フラメンカ物語

中内克昌［訳］

九州大学出版会

まえがき

ここに訳出する『フラメンカ物語 Le Roman de Flamenca』は『ジョウフレ物語』（十二世紀末頃）と共に、中世オック語文学の〈ロマン〉（物語風作品）として現存する希有で極めて貴重な作品である。中世オック文化を象徴するこの作品も、南フランスのカルカソンヌ市立図書館でその写本が見つかるまでは、何世紀もの間その所在も知られず、独りひっそり何処かで生き長らえていたわけである。それは《表と裏両面、横一段に各ページ二九行（または三〇行）の割り付けで書かれた二二五×一四〇ミリの羊皮紙一三六葉から成る》唯一の写本によるものであった。そのまま日の目を見ることもなく、朽ち果てる可能性もあったわけで、毀損により本文の最初の部分や間の何行かの詩句、それに最後も中断欠漏しているが、今日のこの作品に対する高い評価を損ねるほどではなくて幸いであった。

こうしてただ一つだけ残された写本のおかげで、今の世に生きる我々も一気に時空を超えてヨーロッパ中世に身を置き、身近なものとしてその文化に接し、当時の人々の社交や催しなどの賑わいや喧噪の場にも立ち会い、また彼らの心の中までも窺うことができる。今回の翻訳作業を通じ改めて、写本なるものが存在することの大いなる意味に気付かされた。ちなみにフランス中世を通じての最高のベストセラーであった『ばら物語』には、三百種以上の写本があるといわれている。この数字からもその時代の多くの人たちは、寓意《アレゴリー》による教化文学の方に強い関心を寄せていたことが知れるであろう。

美しきフラメンカを娶った領主アルシャンボーは、その結婚披露宴での些細な出来事から嫉妬に駆られ、彼女を塔に閉じ込める。異国の騎士ギヨーム・ド・ヌヴェールはその話を聞き彼女を愛そうと心に決め、《愛の神》の導きによりブルボンへ赴く。助修士に扮したギヨームとフラメンカの教会でのやりとり、地下道を通っての密会を通じ、ふたりは愛を深めてゆく。『フラメンカ物語』は、多彩な登場人物たちの心の動きの描写を通じて展開される華麗な物語である。

目次

まえがき …… i
I ヌムールでの結婚式、ブルボンでの大宴会 1
II 嫉妬 19
III 騎士ギヨーム、愛の神に誘われ 37
IV 聖職志願 70
V 《ああ!》から《あなたさまへの》まで 91
VI 《あなたさまへの》から《喜んで》まで 117
VII 《喜んで》から初の密会まで 135
VIII 愛の続き 144
IX 出立と騎士としてのギヨーム 156
X 準備と歓迎の集い 169
XI ブルボンでの馬上(槍)試合 180
訳注 …… 191
解説 …… 217
参考文献 …… 223

I　ヌムールでの結婚式、ブルボンでの大宴会

……………………………………………………[1]
……それから彼[2]は単刀直入に言った、
《そちたちの気持ちを包み隠さず
聞かせてほしい。たとえ神からわたしに
幸運が授かったとしても、
皆にとって幸せなことにならぬのではないか?
わたしとしてはずいぶん長い間望んできた
アルシャンボー殿[3]との縁組は。
ところで本日かの地より使者たちが来て
先方もそれを求め申し込まれたのだ。
領主自らの指環でもって先方は
わたしの同意があれば、フラメンカを娶りたいとのこと。
もしもわたしから断るならば、
きっと傲慢無礼と受け取られよう。
一方、王[4]のほうもこうまでおっしゃっている、
あの娘《こ》をぜひ妻として迎えたい
しかも彼女《あれ》を措いて他の女性を求めるつもりはないと。
だがわたしには娘がスラボニア人になることは
いかにも心苦しゅう思えるのだ。
わたしとしてはあの娘が城主夫人にでもなって
週に、あるいは月にあるいは年にでも
一度は会えるようになるほうがよい、
冠をいただいた王妃となって
二度とあの娘に会えなくなるよりも。
とこしなえに娘を失うようなことになったら、
これまで世の父親が味わったことのないほどの
苦しみをわたしは味わうことになるだろう。
それはそうとその方たちはこれをどう思う?》
――《殿、と皆は答えた。そのようにお思いになるなら、
アルシャンボー殿にお気持ちを隠さず申されるべきです。
この世のいずこにもあれほど強靭な剣を
帯びたすぐれた騎士はおりませぬ。
あの方のお心にやましいところなど一切ありませぬ、
真心と殿に対する親愛の情から申し上げますが、
いざという時アルシャンボー殿は
スラボニア王やハンガリー王よりも
殿にとってもっと強力な助っ人になるでしょう。
それゆえ御奥方様に事の次第をお話しになり
フラメンカ様にはご意向をお求めなさいますよう、
お嬢様は十分思慮分別をわきまえて
おられる方でございますから。

手前どもはこれから皆部屋を出て
館の外で殿をお待ち申すことにいたします》

伯爵は妻を呼び寄せたが
フラメンカもぜひ話し合いに加えたいと思った。
二人は部屋に入ってきて
伯爵のそばの席に腰をおろした。
《実はねえ、と彼は切り出した。相談せねば
ならぬことがあるのだが、よろしいか。
そなたもすでに聞き及んでいると思うが、
ここにいるいとしい我が娘《こ》は
かの王を夫君にすることになるやも知れぬのだ。
王が娘を妃に迎えてくださるのは、確かに、
われわれにはとても名誉なことだ》
――《殿御、わたくしはその刃《やいば》にかけられても結構です、
今もこれからもそれを望むくらいなら！
そのようなお話を聞くとぞっといたします。
まさかわたくしの掌中の珠である娘を
遠方に嫁がせても構わぬとおっしゃるのでしょうか？
……………………………………
（一葉分欠漏）
……………………………………………………

ゆうに一つの裕福な町に匹敵する贈り物だった。[5]

使者たちは一日たりともブルボン[6]まで
休息をとらなかった。帰りついてアルシャンボー殿に
会うと、殿は使者ロベールの長の不在に
ひどく重い気分になっていた。
ロベールの姿を見て殿はすっかり陽気になり、
ギー伯爵のことフラメンカのことを
いろいろとたずねた。
騎士たちはめいめい確信をもって
お嬢様はロベールが言うよりも
百倍もお美しい方ですと言い切った。

彼らが務めであったすべてを報告し終えると、
《よし、と殿は言った。これで縁談はめでたく調った、
約束にはあくまで従い、背くことのないようにしよう。
ロベール、まことにこの度はご苦労であった、
またそなたに助力を惜しまなかった
騎士諸君にも感謝したい。
そこでねぎらいだけでなく彼らに、なんとか
できれば、ふさわしい褒美を授けたい。
しかし輿入れの日も間近いことだろうし

こちらもその下準備のために
あまりのんびりしてはいられない。
日曜日の未明に出立することにしよう。
当方はきっちり百人の騎士で臨もう、
それぞれ四人の従者をつけることにする。
みんなして同じ目印になる装いでいこう。
そして従者たちは同じような
服装をした若者たちだ、
品行方正で教養もある。
全員剣と紋章を持参しよう、
九の字の描かれた鞍と盾
同じ形で同じ色した、
それからまた〈のぼり〉も》
（それは領主の軍旗で、
馬上試合の列の先頭で掲げられるものだった）
《駄馬も五十頭は必要だ、
びっこを引くような馬はあってはならぬ。
徒《かち》(7)の者は連れて行かぬように(8)……》

出立の手はずが整うとすぐ
ロベールは伯爵のもとに
道筋などをよく知っている
使者を遣わすことを忘れなかった。
ヌムール(9)まで使者は急いだ。
彼は賢明で分別もあったから、
伯爵に言うべきことはきちんと伝えた。
で、伯爵もそのことについて
息子以外の誰にも話さなかった。
《実はな、と彼は息子に言った。こうも短い
差し迫った期間内に宴会を催すとなると、
どうすればよいか思案しているところだ、
アルシャンボー殿が二週間以内には必ず
ここにお越しになるということなので》
――《心配ご無用です、と息子は答えた。
父上、必要なだけのものは十分ございましょう。
たくさんの金品を施し使うこともできます、
一文たりとも借金することなしに。
銀貨と金貨もたっぷりお持ちです。
先立って宝物《ほうもつ》も見ましたけれど、
五年来ずいぶん数を増しておりますので
使い果たされることはありますまい。
妹はこの世で最高の美女ですし
申し分ない家系からしても、
アダム以来例を見ぬほどの

祝宴となるようにすべきです。
父上のすべての友人をお呼びし
敵方の人たちとも和解なさいませ。
この地よりドイツに至るまで
館にとどまっておられる諸侯で
早々にご来臨なさらぬ方
喜んでご来駕されぬ方はいますまい》
――《そうか、頼むぞよ、苦痛にならぬ程に
万事の処理にあたり采配を振るうてほしい。
凛々しく寛大な態度で臨んでほしい、
百スー要求する者には十マール与え、
五スーなら十スー与えるようにせよ、
そうすればそなたへの信望も高まるだろう》
――《父上、書簡をしたためましょう、
優秀な足の速い使者たちを遣わせましょう。
近くの者も遠くの者もみんなが
続々とこの祝宴に来てもらえるように》

そこで彼らは五人の使者を派遣する、
サロモンという名の者を筆頭に
二番手はギオ、三番手はロバン、
四番手はジラール、しんがりはコラン。
彼らは一週間で方々をくまなく駆け回ったので
フランドル全土において諸侯も、
公爵にしろ伯爵にしろ誰ひとり
かつて類を見ないような
祝宴がヌムールで開かれることを
知らされぬ者はいなかった。
(ヌムール)伯の方からも友人たちを招き、
誰も彼の招待を断ることのないよう
一人残らず彼の館に来てくれるように、
敵方の者たちとも停戦をし和を結んだ。

アルシャンボーの側からも約束をたがえずに、
期限の日の三日前にやって来た。
彼らは懇ろに迎えられ面目を施され
皆から《美男の殿》という敬称で呼ばれた。
彼はそこで大いなる名誉をかち得たが、
フラメンカの姿を見るやいなや、
彼の体内のハートに彼女は
愛のほむらを燃えたたせ、
それはまことに甘美な快いものだったので
彼は胸中の炎を一切体内に秘め、
身をさいなむ激しい情欲も

外面に現れ出ることはない、
内に燃え外は身震いしている。
それゆえ彼の病が熱によるものと
見えもせずに思われもしない。
だけれども即効薬でもなかったなら
命にかかわることになっていただろう。
その妙薬が見つかったのだ、
それは飲んで苦いどころか、
実に甘美で純なものだったから
いずれそのような妙薬により
病気がなおるものならば、
たとい手足の自由がきかなくなっても
構わないと考えぬような
息災な人間はこの世にいやしない。
アルシャンボー殿はすっかり興奮している、
それほど恋しさが彼の胸を締めつける。
日曜日まで待たねばならないのは
彼にとり大きな苦痛であり難儀なことだった。
金曜日か土曜日にでもそんな薬をくれる
神父でも学者でもいてくれたらと思った。
もしもそれほどの贖宥《しょくゆう》が金で買え
あるいは先物としてでも手に入るものなら
分割払いにしてなどとは言わないだろう。

聖霊降臨日《ペンテコステ》の土曜日、
いま現にヌムールで華やかで
豪華な皆が集まる宴会が開かれる。
ラニイ(10)でもプロヴァン(11)でも、
それほどたくさんの栗鼠《りす》の毛皮、
絹やウールの衣装にお目にかかれる市は、
だれもついぞ見たことがなかった。
これ見よがしの装いですべての金持ちたちが
徒歩で一週間もかかる周辺の地から
わんさとそこにやってきた。

大勢の伯爵や男爵たち、
それに領主や陪臣たち、
更にほかの富裕な颯爽たる騎士たち、
各自が人より目立とうとしている、
町も全員を収容しきれぬほどだった。
周辺をぐるりとりまく
美しい牧場のなかで、
めいめい野宿のため陣取った。
そこには夥しいさまざまなテント小屋、

いろいろ違った布の天幕、
雨にも北風にもびくともしない
数々の流儀の小屋があった。
黄色の、白色の、それに真紅の
対をなすテントが五百以上はあった。
天幕の金色の球飾りの上で鷲が輝き、
太陽が昇ってくると
山あい一帯が炎のようにきらめく。
ジョングルールの大軍団もそろっていた、
この連中がもしも豊かな感受性に恵まれ
滔々と歌詞が口をついて出るようなら
ダマスカスまで馬にまたがって行けただろう[12]、
町中にあった晴れ着は残らず
その場所に集められた。
そのどれでも贈り物として欲しければ
こう言うだけで頂戴できた、
《伯爵になり代わってのお願いです》と。

会合のための態勢はすっかり整った。
できるだけ多くの客を招き手厚く供応し
金に糸目をつけないのが長者というもの。
施されることを望む者には各自
努めてすぐに与えるようにする。
そこには当世よく見るけち臭さは毫もない。
今の時代、人はすぐにこれで事足れりと考える、
それ故「価値」は地に落ちている[13]。
そのことにちっとも驚くことはない
皆すぐに右へ倣えしようとするのだから。
その目指すものが何であるかご存じか？
それは「悪意」であり、それが「真価」と
その支配下にあるすべてを追放した。
「価値」とその連れの「歓び」も死んじまった。
――おやまあ！ どうして？ ――いやもう！ 「羞恥」が
日ごとに衰えてきているからだ――ところで「知識」は
それを回復させようとはしないのか？
――神かけて！ それは全くない、「好意」は
今や正真正銘の「欺瞞」に過ぎないのだから。
諸君が単なる助言のみを求めてみても、
誰もそれを与えてくれないだろう、
それが己のため、あるいは友人のため
利益になるというのでなければ
あるいは敵に痛手になるのでなければ。
また「若さ」を売り物にする者も間違っている。
これは言う必要もないが、「愛」が失墜し

うなだれているのは誰にもよく分かっている。
それはそうと問題の話に戻ることにしよう。

日曜日、朝早く
それまで三晩眠っていなかった
アルシャンボー殿は、
伯爵が部屋に入ってきた時
すでに着衣し、靴もはいていた。
伯爵はフラメンカになり代わり彼に挨拶した。
アルシャンボーは答えた《これはこれは、
殿がフラメンカの名を口にされる時の
私の喜びを神が殿にも与えられますように》
——《さあお立ちになってあの娘《こ》に
会いに彼女《あれ》の部屋までおいで下され。
あそこにはどっさり麝香《じゃこう》や竜涎香《りゅうぜんこう》があり
ほかにもきっと彼女からの贈り物がありましょう》
——《殿、ほんとにそこにご案内いただけるなら、
私がこの世に生をうけてこの方、
これほど喜んで参る所はどこにもありますまい》
伯爵は彼の手をとって、
一緒にその部屋まで案内し
彼をフラメンカに紹介した。
彼女には気が進まぬような素振りはなかったが、
何か少しおずおずした様子であった。
伯爵は言った《これがあなたの奥様です、
アルシャンボー殿、どうか妻にもらって下され》
——《殿、お嬢様がすぐに「ハイ」とおっしゃるなら、
何もこれほど喜んで頂戴しませんでしたよ》
それを聞いて姫はほほえみ、
父君に言った《お父様、きっとわたしを
ご自分の思いどおりになさろうとしているのね、
こんなに簡単にわたしを人様に渡されるのですもの。
でも、それがお気に召すのですから、お受けします》
その《お受けします》のひと言がアルシャンボーには
とてもうれしくて、大いに我が意にかなったので、
彼はフラメンカの手をとって
彼女を抱き締めないではいられなかった。

それから二人は別れた。
アルシャンボー殿にはよく分かっている
思いを寄せる相手のこと、自分に心変わりのないことが。
フラメンカを見つめながら彼はドアの方に向かう、
そしてそこから目でもって別れを告げる。

フラメンカの方は高ぶった様子もなく
彼ににこやかな表情を見せ、
呟くように言う《神のご加護がありますように！》

五人の司教と十人の修道院長が
祭服をまとい正装をして、
彼らを教会堂の中で待っていた。
アルシャンボー殿は儀式が
長たらしいのにひどくいらいらした。
正午はすでに過ぎていたが
フラメンカとの婚儀は終わっていなかった。
彼女に口づけをした時、彼はとても幸せに思った。
ミサが終わると直ちに、
全員〈食べくらべ〉[14]をしに行く。
そして誰もそれで負けた者はいない、
祝宴において必要なものはすべて
十分用意されていたから。
その場の様子を長々と語るつもりはない
語ったところで退屈させるだけだろうから。
頭の中に思い描きうるもの
あるいは口が欲しがると思われるもので
欠けたるものは何もなかった。

アルシャンボー殿と伯爵はサービスにつとめたが、
アルシャンボー殿の視線はしきりに
彼の心から離れぬ場所に注がれていた。
それ故内心誰もが食事の途中でも
中座してほしいと思っていた。
ジョングルールたちが語り始める、
一人が指揮して楽器を奏し
もう一人が歌をうたう。
だがそれもみんなアルシャンボー殿には
ひどくつまらなくて、もしも次の夜
その損失の償いが約束されていなければ、
きっとどんな妙薬をもってしても
彼の気持ちは収まっていなかっただろう。
損した分は取り戻す、というか取り返した。
その夜、彼は姫君と寝所を共にし
彼女を新しい奥方にしたのだった。
彼はその道にかけてなかなかの手腕家だったから
どんなにその気のなかった女性も、
彼から愛の懇願をされれば
たちどころにその言いなりになっただろう。
それ故力によっても術策によっても
抵抗するすべのなかったフラメンカを

手なずけることは容易であった。
そっと優しく彼女に接吻をして抱き締める、
彼の触れるところで痛い思いをさせぬよう
できるかぎり気を配りながら。
ともかくも、その時には、
彼女は何の不平も言わず抗議もしなかった。
結婚の儀式は一週間以上続いた。
笏杖を持った司教と大修道院長たちも
たっぷり九日そこの場所に居つづけて、
十日目に別れの挨拶をし
上機嫌で帰って行った。
アルシャンボー殿の胸中も晴々している、
己が望み欲するすべてのものを得たのだから。
彼はもう自分の意のままに
面目を得させ喜ばせてやりたい妻に
してやれること以外の何も考えない。
強い羞恥心が思いとどまらせなければ、
新妻に自らの手で冠をかぶらせ
櫛と鏡の贈り物をするのだが[15]。
ところで会も終わりに近づき
これ以上とどまるのは
適当でないと考えた時、
彼は伯爵に脇に来てもらいそっと言った
《殿、私の方も披露宴を開く準備を
いたさねばなりませぬ、それもできるだけ早く。
殿への神のご加護を祈って、これでお暇いたします。
そちらでお決めになった期日に
お嬢様を私のもとによこして下さいますよう》
懇ろだがあわただしい暇乞いをして、
アルシャンボーはまっすぐブルボンへ帰った。
彼はこれからの準備のことが気になる、
できるだけ豪華な祝宴にしたい、
相手のあの豪勢さと比べられて
とやかく言われることのないように。
彼はフランス王のもとに使者たちを遣わし[16]
なるたけ早くご来臨を給わり
王妃様もご同伴あそばすようにと
折り入って懇願をした。
そしてよろしければまっすぐに
ヌムールにお立ち寄りになり、フラメンカを伴って
お越し下されば、まことにかたじけなく、
末永く股肱の臣としてお仕えいたしますと。
ポワトゥーとベリーのいずこにも

彼のもとから使者と親書が
こない諸侯はいない。
ボルドーやバイヨンヌ、
ブライユといった辺境の地においてすら、
招待状を受け取らぬお歴々はいなかった。
みんな招かれ、みんなやって来るだろう、
断じて家にとどまることはあるまい。
そうしている間に、アルシャンボーは町でも
準備を整えさせ、ベンチに美しいカバーを掛け、
街路を立派なカーペットと
素晴らしい幔幕《まんまく》や絹布で飾らせる。

金も銀も、ドゥニエ銭もラシャ布も、
カップにスプーンに大杯《さかずき》も、
持ち帰れるすべての品物が、
彼のご下命により、願い出られなくても
お受け下さる人たちに与えられるよう。
町が広がる果てまで、
彼は街路も各自掃除するよう仰せつける。
野雁と白鳥と鶴、
鷓鴣《しゃこ》、鴨《かも》と（去勢した）雄鶏、
鵞鳥、雌鶏と孔雀《くじゃく》、
兎、野兎、のろ鹿と鹿、
大きな野性の猪と熊も
もうこれ以上は要らないほど十分ある。
その他の肉も質の劣るものではあるまい。

アルシャンボーはどこの宿屋にも
不足せぬようたっぷり調達させた、
野菜もオート麦も蜜蠟も。
そのどれについても、思い付いたら
彼は少しも待てなかった。
ラベンダー、香、シナモン（肉桂の皮）と胡椒、
クローヴ（丁字《ちょうじ》）、メース（にぐずの殻）、ガジュツなど
どっさり持って来させていた、
町の全域にわたり
それぞれの十字路で、
それらを大釜で薫くことができるように。
そこを通るとえも言われぬ香りがして
モンペリエでクリスマスの頃、
香料屋が香辛料を碾《ひ》く折りも
それほどの芳香を放つものはない。
どれも金箔のついた緋色の
五百着の揃いの衣服、

千本の槍と千個の盾、
千振りの剣と千組の鎖帷子《かたびら》、
すべてが宿屋に用意されている、
それに千頭の潑剌とした軍馬も。
アルシャンボー殿はそのすべてを
彼から騎士に叙任されることを
望む者たちに授けようと思っている。

準備万端ととのうと直ちに、
王は大貴族連を伴い
フラメンカも一緒に連れてやって来た。
その一行は大人数で込み合いながら
列の長さは六、七里以上に及んでいた。
皆の先頭を、軽快に跳ねる馬に乗った
伯爵の子息が、拍車をかけて飛び出す、
豪華に飾り立てた装いで自分たちを
迎えに出ていたアルシャンボー殿と、
真っ先に対面したいと思っていたので。
そこには優に千人の勇壮な騎士たち、
千人の市民、千人の下僕《しもべ》たちがいた。
めいめい王をお出迎えし、ぜひご来駕を、
と申し上げる《手前のところには美しい緑陰と
立派な住まいと素晴らしい果樹園がございます。
陛下、どうかお願いでございます、
拙宅にお泊まり遊ばされますよう》
――《そのように請われてもどうにもならぬ、
と王は言った。フラメンカと一緒なものでな。
ならば、この諸侯らを泊めてやってほしい》
――《では陛下、皆様にお泊まりいただきましょう、
必要なものはすべて十分揃っております》

皆静かに混乱もなく宿泊でき、
自室のドアを閉めきったままの者はいなかった。
王妃もよい宿が見つかり、
フラメンカも王妃のよき隣人として振る舞った。

ご婦人方が人びとから
ご機嫌伺いされるのを望まなかったことに、
ひどく不満だった者たちもいた。
それというのも彼女らは馬に乗っての旅疲れと、
暑さにすっかり参っていたからだ。
それぞれ休息をとって
気分もよくなり元気を取り戻した。
九時課を告げる鐘が鳴ると、

みんな食事をしに行き、もりもり食べた。
いろいろな種類の魚に、
梨やさくらんぼといった
六月が旬の果物を添えた、
大斎日[17]にふさわしいものはすべて供せられた。
王は二羽のやましぎを
贈り物としてフラメンカに届けた。
フラメンカも当然のことながら、食後、
王にそれのお礼を申し上げた。
その披露宴では、いかなる時も、
残り物をむだにならぬよう恵み与える
貧者たち以外には、欠けたものはなかった。

その翌日は聖ヨハネの祝祭日[18]であった。
華やかで盛大な祝日で、
その華麗さはどんな行事にも引けを取らなかった。
クレルモンの司祭がその日
荘厳ミサ曲を歌った。
そして《預言者以上[19]》と呼ばれるほどだった
主イエス・キリストの聖ヨハネに対する
愛について説教をした。
次いで、王に代わって、司教は
皆に、絶対に従うべきものとして、
いかなる事情があろうと、
二週間過ぎるまではその場所を去らぬよう、
これは王の思し召しだからと伝えた。
聞く側は大喜びで耳をそばだてていた、
誰しもたとえ一年であろうと、
そこから立ち去りたくなかったのだから。
王もそれほどの期間そこでの滞在をお望みなら、
口外せずに、喜んでそうしていただくだろう。
全員でミサを聞き終えると直ぐ、
王はフラメンカをパートナーに選び
彼女と一緒に教会堂を出た。
王のあとに少なくとも三千人もの
夫人同伴の騎士たちが従った。
全員打ち揃って、祝宴の準備がされた
大宴会場の方へ向かって行く。
会場は立派で広々していた。
一万人もの騎士たちが入り
ゆったり座ることができたし、
その上奥方たちや姫君たちと
そのお付きの者たち、
更に公達たちと主人に仕える下僕たち、

またジョングルールたちも
その数千五百人以上を
収容することができた。

一同は手を洗ってから、
腰掛けでなく、絹地で
全体が覆われたクッションの上に座った。
手拭き用に出されたナプキンは
こわばってごわごわなものなどはなく、
どれも柔らかでなめらかな手ざわりだった。
貴婦人たちが席につくと、
山海の珍味が次々に運ばれてきた。
いちいち内容の説明をする必要はあるまい、
ともかく小麦、根菜、ぶどう、
果実や新芽などベースにして
作られるすべてのもの[20]、
空気、土、海と海底が
育むもののなかで
食べられ、食べられるはずの珍味がたっぷり、
分け前が最も少ない者でも、
自分より優遇されていると思われる者を
妬まずにすむほど、食卓を賑わせていた。
みんな望みどおりに供応を受けた。
けれどもそのうちの五百人以上の者は
フラメンカに目を奪われ
うっとりと彼女を見つめていた。
誰でもその立ち居振る舞いと、
いや増すように思われるその美しさを、
見れば見るほど目の保養になり、
食べる方の口はお留守になる。
だがそんなことは彼女の与り知らぬこと！
とは申せ、誰であろうとただひと言でも
彼女に口を利くことができるならば、
あとは何も食べなくとも構わないだろう。
こんな次第で多くの者が空腹のまま席を立った。
貴婦人たちの中で、フラメンカにあやかりたいと
思わぬような者は一人もいなかった。
太陽の美と燦然たる輝きが
比類ないと同じように、
フラメンカは彼女らの中で輝いているのだから。
その生き生きした顔の表情、
眼差しは優しく愛に満ち、
語る言葉はまことに魅力的で味わい深く、
ためにこの上なく美しく才たけて、

いつもは誰よりも快活に見えていた女性も、
ほとんど口もきけずおどおどしていた。
当人にも自分の美しさは取るに足りぬと思われた。
それどころか《あの若奥様がおられる所で、
ほかのどんな女も美しく目立とうとしたって
とても敵いはしないわ》とまで彼女は言った。
輝いて、絶えずその輝きを増してゆく
フラメンカの顔の生き生きした色つやに、
ほかの美女たちは色あせ影が薄くなる。
まことに神はこのような美形を作り給うに、
どのような労もいとわれなかった。
常に好感を与え、会って話を聞く者たちには
彼女はいっそう好ましく思われる。
女たちが彼女の美しさをほめそやすからには、
その美しさはまことと思ってよい、
全世界において、その美しさを
ほかの女たちが口を揃えて
ほめる女性は三人もいないのだから。
しかも彼女らはこのように言う《私たちの方が、
女の美しさについては、そちらよりよく存じています。
殿方の皆様には、女性というのは好感がもてて、
お話ぶりやお持て成しぶりが
懇ろでありさえすればよいのでございましょう。
ところがその女性《ひと》の脱衣のさま、
その寝相や寝起きのさまをご覧になれば、
賢明な男性なら、それからはもう二度と
そのような空言はおっしゃらないでしょう！》
意地悪で愚痴っぽい女たちは、
我らの主が選りすぐられ慈《いつく》しまれる女性に
授け給うた色香をけなしおとしめようと、
そんなようなことを言う。
フラメンカはそのように言われることを
少しも嘆くことはないし嘆いてもいない。
けちの付けようがないために、
女たちはとやかくの批判を差し控える。
彼女らが何も言わぬ理由はほかにない、
フラメンカに僅かな弱みでも見つけていれば、
とても黙ってはいやしませぬ。

食事が終わると再び手を洗い、
各自それぞれの席にとどまり
ぶどう酒を飲んだ、
そうするのが習わしだったので。
次いでテーブルクロスがはずされ、

めいめいに大きな団扇《うちわ》と一緒に
立派なクッションが配られた。
それらは全員に行き渡り、
各自思い思いにくつろぐことができた。
それからジョングルールたちが立ち上がった。
その誰もが自分の芸を聞いてほしいと思っている。
あなた方がそこに居合わせたなら、いろんな音色の
弦の響きを耳にすることができたであろう。
ヴィオルの新曲や恋歌、
不調和詩《デスコール》や物語詩《レー》[21]を知る者は誰も、
我先に自分を売り込もうとする。
ある者はヴィオルで『忍冬《すいかずら》の短詩《レー》』を弾き語り、
またある者は『タンタジェルの短詩』[22]を。
ある者は完全な恋人の短詩を歌い、
またある者はイヴァン[23]の作になる短詩を。
ある者が竪琴《ハープ》を弾けば、ある者はヴィオルを。
ある者がフルートを吹けば、ある者はファイフを。
ある者がジーグを弾奏すれば、ある者はロッタを。
ある者が語りを始めれば、もう一人が伴奏する。
ある者が風笛を吹けば、ある者は縦笛を、
ある者はミュゼットを、またある者はシャリュモーを。
ある者がマンドーラを奏でれば、ある者は

プサルテリウムを一絃琴と音合わせをする。
ある者はマリオネットを操り、
またある者はナイフを使って曲芸をした。
一人が床に腹ばい、もう一人がとんぼ返りをし、
別の一人が中身の入ったグラスを片手に踊った。
一人が輪をくぐり抜け、もう一人はジャンプする。
だれ一人へまをしでかす者はない。

王様や侯爵とか伯爵たちの
数々の物語を聞きたかった人たちは、
心行くまで聞くことができた。
みんなそれらの話に聞き耳を立てた。[24]
なぜなら、ある者がプリアモスのことを語れば、
またある者はピラモスにまつわる物語を、
ある者は美女ヘレネーをどんなふうに
パリスが拐《かどわ》かしたか語る、といった次第だから。
ある者たちはユリシーズの物語を、
ヘクトールやアキレウスの物語を。
ある者はアイネーイスとディドーについて、
アイネーイスのために、どんなに彼女（ディドー）が
哀れで不幸なことになったかを語った。
ある者はラヴィニアについて、

彼女が塔のてっぺんから見張り番に
弩《おおゆみ》の矢に巻き付けた文《ふみ》を射させたことを。
ある者はポリュネイケスとテュデウスと
エテオクレスの物語を語り、
またある者はアポロニウスが何故
ティルスとサイダを手放さなかったかを語った。[25]
ある者はアレクサンドロス王について語り、
またある者はヘーローとレアンドロスの物語を。
ある者がカドモスのこと、彼が祖国を出て
テーバイ市を建てた顚末を語れば、
ある者はイアソンのことと
決して眠ることのなかった竜のことを語った。
またある者はヘラクレスの剛気の物語を、
ある者はピュリスがデーモポーンのために
非業の死を遂げたいきさつを物語った。
ある者が美少年ナルキッソスがどのようにして
己の影を映し見ていた泉で溺死したか語れば、
ある者はプルトンがオルフェウスから
どうやってその美しい妻を奪ったかを語った。
またある者はペリシテ人《びと》のゴリアテが
ダビデが投げた三つの石で打たれ
殺されたさまを語った。
ある者はサムソンが眠っている間に
デリラが彼の毛髪を縛ったことの次第を語り、
またある者は神のために戦った
マカベウスについて。
更にある者はユリウス・カエサルが
我らの主に助けを乞うことなしに
独りでどんなふうに海を渡ったかを語る、
なにしろ彼は恐れを知らなかったのだから。
ある者は円卓の騎士について、
王が分別をもって報いなければ
誰もその場に赴かなかった、
常に武勇が貴ばれるその物語を。
またある者はゴーヴァンについて、
またリュネットが救出した騎士[26]に
付き添っていた獅子について話した。
ある者はランスロに求愛して
断られるや彼を牢屋に閉じ込めた
ブルターニュの乙女[27]の話を、
またある者はペルスヴァルが
馬にまたがり宮廷にやって来た時の話を。
エレックとエニードについて語る者があれば、
ペリードのウゴネの話をする者もある。

ある者はゴルヴァナル[28]について
トリスタンのために耐えた苦しみを、
またある者はフェニス[29]について、乳母が
彼女に死んだまねをさせる話を聞かせた。
ある者が無名の美男子[30]のことを語れば、
ある者は〈嘆きの人〉が戸口のところで見つけた
真紅の盾にまつわる話を、
またある者はギフレについて語った。
ある者はカロブルナン[31]のことを語り、
またある者は家令のクーが
人のことを悪く言ったということで、
一年間牢屋に閉じ込められた話をし、
またある者はモルドレ[32]について語った。
更にある者はヴァンドル家から追い出され
漁夫王に迎えられた
イヴェット伯の話をした。
ある者はメルランの予言について語り、
またある者は〈人殺したち〉が〈山の老人〉の
術策により、どんな振る舞いをしたか物語った。
ある者はシャルルマーニュがどんなふうに
ドイツを分割するまでに支配をしたかを語った。
またある者はクロヴィスとペパンの
一部始終の物語を語り、
ある者はルシフェル殿が傲慢さ故に
栄光の座から追放された話を聞かせた。
ある者はナントゥィユの小姓[33]について
またある者はヴェルダンのオリヴィエのことを。
ある者がマルカブリュの詩を朗唱すれば、
ある者はダイダロスがいかにして
空中をうまく飛べたか、だがイカロスは
軽率さのため溺死した顛末を話した。
こうして各自最も得意とする物語を披露した。
ヴィオルの弾き手たちとこれほど多くの語り手の
ざわめくような楽の音や声が
どよめきとなって広間に満ちていた。
王が一同に向かって言った。
《さて、騎士の諸君、
従者たちの食事が終わったら
馬に鞍を付けさせなさい、
それから、みんなで騎馬槍試合に出かけよう。
だが、それまでの間、王妃は
直ちに、儀礼どおりに
わが優しき友、フラメンカと
ダンスを始めてもらいたい。

余もそれに加わらせてもらおう。
全員起立し、そこのジョングルールたちは
テーブルの間に並んで位置についてほしい》
早速、騎士たち、奥方たち、令嬢たちは
互いに手に手を取りあったが
その中に多くの美女たちがいた。
未だ曾てイギリスでもフランスでも
これほど華麗な舞踏会は催されたことはない。
ヴィオルの名手である二百人のジョングルールは、
お互いに楽器の音合わせをすますと
二人ずつ組になってやれるよう、
皆から離れて腰掛け、舞踏曲を
一音符もたがえることなしに演奏した。
貴婦人たちはたびたび見つめ合いながら
自分らなりの恋の牽制をしている。
彼女らは気に入られたい一心で
それをほとんど自分で抑えられない。
彼女らの、宙に向かう敏感でぴりっとした、
視線や嘆息がよくそれを示している。
愛の神が誠に甘美な喜びを与えたので
みんなそれぞれそのまま、
天にも昇る心地がしていた。
実際にはっきり言って、
愛というものが存在してこの方、
これほど多くの美女の集まりを見たことがない。
王も、たとえ誰かにパリとランスを奪われ、
その知らせが彼にもたらされたとしても、
決してダンスをやめることもせず、
悲しみ嘆く顔も見せなかったと思う。
「歓び」と「若さ」が彼らの従姉《いとこ》である
「武勇」夫人と先頭を切って踊り始めた。
その日、「吝嗇」は口惜しいけれど
地下に潜んでいようと考えた。
だが、「貪欲」がやって来て言った
《奥さん、何してんのよ？　ほら見て、
あの踊りまくっている連中を。
あーあ！　あんな見栄などすぐにしぼむわよ、
毎日が聖ヨハネの祝日というわけではないもの。
今、あの人たちは満ち足りて踊っているけど、
あのように散財するのを、嘆く者もいるのよ。
いずれあの人たちの中に一か月もたたぬ内に、
わたしたちを好きになり、今日の浪費を
悔やむ者たちがいるはずよ》
「吝嗇」はすすり泣いて

次のように言った《ようこそいらっしゃいました。
おかげ様で私も生き返りましたわ、
「貪欲」さん、神にかけて！
どうかあなたの封土が自由でありますよう、
今後は独立不羈の奥方におなりになり、
領主や諸侯であれ、王や公爵であれ、
聖職者や侯爵であれ、騎士たち、
農民や町民まで配下にされるよう望みます。
でも貴婦人方は私からあなたに渡せません、
この人たちに対する権利は私にありませんから。
あなたにも自由にできる権利のないものを
差し上げるわけにはまいりませんもの。
それでもご婦人方のどなたかが
あなたに付き添うことを望んだとしても、
私がそのことを恨むなんて思わないで下さい》
三十八人以上の従者たちが
すでにそれぞれの馬に鞍を置き、
馬衣《うまぎぬ》を着せ一門の紋章と
鈴を取り付けていた。
騎馬槍試合に出かける合図が邸内に鳴り響いた。
踊りの渦は解散した――こんなすばらしい舞踏会は
二度とお目にかかれまい――各自、供の者に
できるだけ早く必要な武具を持ってくるよう
せき立てる。婦人たちもこそこそと
立ち去るということはなかった。
みんな陽気で分別もあり
利口であったから、彼女らのために、
武具に身を固め騎馬槍試合を披露する
騎士たちをしっかり見ておこうと、
窓辺に行って腰を下ろした。

Ⅱ 嫉妬

アルシャンボー殿はてきぱき事を運び、
休むいとまもなしに九百九十七人の
騎士たちに武具をまとわせた。
全員ばら形装飾のある絹のタイツをはき、
徒歩で大宴会場にやって来て、
王の御前に参上した。
王は自らの贈り物として彼らには
愛の苦しみをうんと味わってほしいと言った。
そして王妃も王の言葉に同調し、
その外に付け加えることはしなかった。
その日の内に王は武器をとったが、

槍さばきにかけて王よりまさる騎士は
三人もいなかったと言い切れる。
彼は槍の先端に誰のものなのか
衣の袖をなびかせていた。
王妃はそれを苦にする素振りは
見せなかったが、もちろんよく分かっていた、
それは愛の合意のしるしゆえに、
その衣手が戯《おど》けによるものでないことは。
王妃はその袖が誰からのものなのか
つきとめることができるなら、
ひとりだけを除いて[34]、どんな女性でも
きっと償いはさせるから、とつぶやいた。
内心彼女はフラメンカが
その袖を贈ったものとにらんでいた。
その折は王妃は、思い違いをしていたのだ。
これでも彼女はアルシャンボーに
話したいことがある旨を伝えさせた。

アルシャンボー殿は直ぐにやって来た。
槍も盾も、記章までも
騎士が騎馬試合に携帯するものは、
すべて揃いの装いであった。
王妃の前に到着すると、
彼はさっと馬から降り、お辞儀をし、
慇懃に挨拶をした。
王妃は挨拶を返すと、彼の手をとり、
窓のところに行き座らせてから、こう言った
《アルシャンボー殿、あたし気分がすぐれないの。
それで、あなたのお考えを聞かせていただかないと、
この気分ますます収まらなくなりそうですわ》
彼は答えた《お妃様、神のご加護がありますように！
思い悩まされることなどございませぬよう！》
王妃は、自分のすぐそばの
窓辺にフラメンカが座っていたが、
彼女を右手で軽くつついて、
こう言わないでは
いられなかった《ねえ、いいかしら、
アルシャンボー殿とお話したいんだけど》
フラメンカは丁重にはきはきと答えた
《それならば、どうぞ、そうなさって下さいませ》
棕櫚皮と藺草《いぐさ》で全面覆われた
近くの窓のところに、
ヌヴェール伯爵夫人[35]がいた。
髪の毛は黒みがかった色ではなく、

金色よりもっとみごとな黄金色で、
それが彼女の最大の魅力であった。
フラメンカはその夫人のそばに行ったが、
じっと黙っていたのではなかった。
それどころか愛想よく楽しげにお喋りしてから、
自分のコートをクッションにして、
それに伸び上がるような姿勢で体をもたせ、
下で試合中の騎士たちに見入った。

王妃は間髪を容れずに、
どうしよう、困ったことだとばかりに
こう言った《アルシャンボー殿、ねえ、
王のなさることは非道《ひど》いのではないかしら、
事もあろうに、あたしの面前で、愛のしるしを
掲げて行くなんて？　あたしにも
あなたに対しても、ひどく失礼ですよ、
あたしほんとうに、そう思うわ》

アルシャンボー殿にはぴんと来た、
王妃はフラメンカがあの袖を王に
与えたのではないかと疑っているのだと。
これらの言葉から王妃の本心がわかったので、
彼は直ぐにこう答えた
《お妃様、皆が敬い申すお方の名において、
私は王があなた様を辱められてまで
愛の歓びを味わっておられるとは思いません、
ただお務めを果たされているだけなのです。
王が愛の歓びを単に演技されておられるのを
私は実際自分のものにすることができるよう、
王のお相手をつとめられればと存じています。
あれは全くのお楽しみにほかなりません》
――《アルシャンボー殿、まあそのようにでも思って
ご自分で納得されなくてはならないでしょうよ、
この二週間が過ぎるまでは》
――《嫉妬とそのことを、どうか混同なさらぬように、
まったく根拠のないことですから》

すると王妃は首を振って言った
《まさかそちらは嫉妬はせぬとおっしゃるの？
いや絶対に！　嫉妬なさるわよ、
またそれなりの理由もあるはずです》
――《で、なぜ、お妃様、そのようにおっしゃるのです？
ご意見などなさらず、私を信じて下さい、
さようなことは重々承知しておりますから》

その時不意に一人のジョングルールがやって来て
アルシャンボー殿に向かって言った《殿、
王様がブロワ伯チボー様を
ただいま騎士に叙任なさろうとしています。
それで、チボー様[36]がじきじき手前を遣わされ、
殿にお出向き願えればとのことです。
あの方のためにも、ぜひご出席下さいますよう》
アルシャンボー殿は王妃に挨拶をして引き下がる、
表面より内心はもっと憂鬱になって。
だがあちらさん（フラメンカ）は何にもご存知ない。
ああ！　何たる罪、何という悪意に満ちた！
王妃は何とかしてアルシャンボー殿が
心安らかに眠ることも休むことも
できぬようにしようとしたのだ。
彼女は愛の神に癒やしてもらわないと
とても立ち直れまいと思われるほどの
激しい苦悩を彼の心にしょい込ませた。
だがいずれ、悪戯心から、愛の神が癒やしてくれる、
それは疑惑が事実となる時なのだ！

アルシャンボー殿が王のもとに行くとすぐ、
チボー伯爵の騎士叙任の式があった、
そして、彼と共に四百人以上の
一族郎党も騎士に叙せらせた。

アルシャンボー殿は王妃から
ひどく不愉快な話を聞かされ、
沈鬱な気分になって別れていた。
それでも彼は従者を呼んで
申し付けた《晩課[37]の鐘を鳴らしなさい、
王がそれをお聞きになってから、
早速晩餐ということにしたいから》
しかし窓辺に行って、
騎馬試合をする騎士たちを
見入っていた貴婦人たちは、
晩課の鐘が鳴るのを聞いて
口々に言う《まだ九時課[38]の時刻でもないのに、
もう晩課の鐘を鳴らすなんて！
騎士さんがこんなにやり合っている最中に
抜け出す女《ひと》のご亭主なんか負けちゃえ！
晩課だからとて、この場をほったらかせないわ！》

そうこうするうちに王が入って来た。
思慮深い教養人らしく、

彼は広間でフラメンカの方へ行き
彼女を連れて出て行った。
諸侯ら全員王のあとに従い、
婦人達を案内して行く騎士たちも
楽しげにご機嫌をとりながら
夕べの祈りに出掛けた。
みんなして大声小声で晩課を唱えた。
祈禱が終わると、直ぐに
王はフラメンカを連れて出て、
彼はいかにも親密な間柄のように
手を彼女の胸に置いた。
王妃はそれを見てひどく腹を立てた、
またアルシャンボー殿も思いは同じだったが、
決してそれを顔には表さなかった。
全員粛然として夕食をとりに行った。
食卓にはあり余るほどのゴーフルや飲み物、
ロースト肉やくだものや揚げ物、
新鮮なばらとすみれの花、
眠りを妨げることのないよう、ぶどう酒を
冷やすための氷も雪も備わっていた。
男女を問わずその日の接待攻めに
さすがみんな疲れてきていた。

そこで次の日まで休息ということに相成った。
夜が明けると、眠たさもものかは、
新たに騎士に叙任された者たちは
それぞれすでに記章をつけ、
鈴をいろんな流儀で振り鳴らしながら
通りを馬にまたがって突っ走って行く。
一大喧騒が巷に満ちる。
それとともにアルシャンボー殿の不安は募り、
胸が切なく苦しくなって
死ぬほどの思いでいる。
一方では、気を取り直さなければと思う、
そのために、理由が何であれ、
自分にフラメンカに対する疑念を抱かせた
王妃を心中ひそかに責め立てる。
不快な思いはできるだけ巧妙に隠し、
宝物庫を気前よく開けて
たっぷり与え出費をし、
人に財産分けできる自分は幸せだとも思う。
宴会は十七日、更にそれ以上も続き、
誰もどの日の宴会が一番豪華だったか
言おうにも言えないほどだった、
なにしろそこでの大盤振舞いぶりは

日に日に高まっていたのだから。
有力な領主や諸侯たちも皆
アルシャンボーがどうしてこんなに
散財できるのかと驚嘆していた。
二十日目の日に王と
ほかのみんなも引き上げて行った。
王妃としてはその宴会が
更に一か月も続いてほしくなかっただろう、
王は本気でフラメンカを恋していると
彼女は内心思い込んでいたのだから。
しかし王は彼女に気があったわけではない、
それどころかアルシャンボー殿の面前で、
その新妻を抱きしめ接吻してあげるのは、
大いに彼の名誉となると思ってのことで、
やましいところは少しもなかったのだ。
それぞれにアルシャンボー殿のことを
褒めそやしながら帰って行く、
そして皆彼の対応に満ち足りた気分でいる。
ジョングルールたちにも十分金品をはずんだので、
どんな貧乏芸人も、博奕《ばくち》を慎めば、分限者になれた。
アルシャンボー殿はすべての来客を送って出た。

だが心は激しい不安にさいなまれ
すっかり憂鬱になって引き返す。
これが嫉妬というもので
疼《うず》くような苦痛が彼の胸を締めつける。
それは彼をしばしば狂乱状態にさせ、
すっかり考え込ませてしまうので
彼はもう思い込みから抜け出せない。
自分の邸《やしき》に戻ると、
お付きたちは、その気分のすぐれぬのを察知し、
早々に彼のもとを去って行った。
苦しみのあまり彼は両手をよじり合わせ、
今にも泣き出さんばかりであった。
そんなに早く自分の部屋に戻り
妻と落ち合ったら殴ってやろうなどとは
全く思ってもいなかった。
しかし見ると彼女は一人きりでなく、
ちゃんと取り巻き連にかこまれ
そのそばには大勢の
城下の婦人たちが集まっていた。
それで彼は気分を損ない腹を立て
ぶっきらぼうに彼女たちに背を向け、
いかにも脇腹が痛そうにうめきながら、

長椅子のはしにどっと横になった。
彼は自分の命はどうなってもよいと思う、
だから非難や抗議を恐れなければ、
そこから起き上がることはないだろう。
悲しげな顔をして彼は一人皆から離れ、
何度も言っていた《ああ！　私《わし》は何を考えて
妻を娶ったのか？　まったく！　どうかしていたのだ。
以前の生活は平穏で幸せではなかったか？
確かにそうだった！　わが父母は呪われよ、
男に何の益ももたらさぬものを
選ぶように私にすすめたのだ！
とにかく現に私の妻に、妻になっている！
ああ！　妬《ねた》ましさに胸ふさがる思いの
何というこの苦しさ！
どう振る舞ってよいかわからない。
これもみなあの女のせいなのだ、
彼女に心あるなら私は神に見放されてよい！
だが何とか彼女にも考えさせるようにしなくては。
ああ！　ああ！　自分はどうすればよいのか！》
まさしく彼は泥沼に陥った。
何をしようにも手につかない、
しょっちゅう入ったり出たりしている。

外面は猛《たけ》っているが、心の内はなえている。
確かに嫉妬している、そのすわった目付きからも。
歌っているつもりでも、震え声の泣き言になり、
ため息をついているつもりが、怒号の声になり、
何がなんだか自分でもわからない。
何のことか誰にもわからない。
猿みたいに何やらしきりにつぶやいているが、
一日中、罵ったりぶつぶつ不平を言っている。
よそ者を見るとひどく不愉快になっていた。
だれか他人がやって来ると、
やたら忙しげなふりをし、
平静を装って口笛など吹き、
小声で言っていた《できることなら、あんたを
仰向けにして外へ放り出してやりたいね！》
彼はベルトを指にはさんでぐるぐる回し
《ピイヒャララ》[39]と民謡の節に合わせ
踊りながら歌いだす。
それから眉を上げ、横目で妻をちらりと見る、
また他方、召使いの者たちに手洗い用の
水を持って来るように合図する、
これから昼食をとりたいからと。
それもよそ者に出て行ってもらうためなのだ。

縦横に糸を通す機《はた》織り人の手のように、
絶えずあっちこっち行ったり来たり、
そしてどうにも我慢できなくなると、
こんなことを言う《美男の殿、よろしければ、
昼食を私共とご一緒に、もうそのお時間ですから！
そうしていただければ私も嬉しゅうございます、
女を口説かれるのによい機会でございますぞ》
それから彼は犬のようなしかめっ面をし、
笑いもせずに歯をむいて見せる。

誰とも会わぬのが彼の望むところらしい。
誰もが自分の妻に邪心を起こし、
彼女に手を出すと思っているのだ。
そんな奴はいずこに行こうとも呪われよ！
誰かが自分の妻と話しているのを見ると、
男はすぐその場で妻を犯すと彼は思う(40)。
《こっちがついあの密通《こと》のお膳立てをしてしまった。
王はすぐにそれに便乗されたのだ。
ヌムールを発たれる前に、
きっと手を出されたのだと思う。
彼女の美味《あじ》を知っておられるのだ。
だからあれほど馴れ馴れしくされていたのだ。
私もそのことで王を疑うこともなかっただろうし、
彼女が王に手出しされぬようにしてやれたはずだ。
だけど今も、彼女を狙っている者がうろついていて、
そんな奴が勝手に、まだ多くやって来るだろう。
彼女が皆に見せるあの愛想のよさは一体何だ？
それを見ても彼女《あれ》が私のものでないのがよくわかる。
畜生！　奴らは彼女に墓穴を掘らせるつもりなのだ！
もうこれ以上奴らの牧者でありたくない。
自分に害を与えてまで他に尽くすなんて
下手な牧者のすることだ。
彼女に墓穴を掘らせる！　それを言うは易いこと。
王があのように馴れ馴れしくしたって、
そうは簡単にいきますまい。
ああ！　忌々《いまいま》しい！　何と自分はついてないのだろう！
ひとりの女も守れぬようでは、
ローマのサン＝ピエトロ聖堂のわきに横たわる
柱石(41)もなかなか持ち上げられないだろう、
また小娘ひとり説き伏せられぬようでは、
ドーム(42)を打ち倒すのはむずかしいだろう。
いっそ自分は独身《ひとり》のままでいればよかった、
彼女のために礼儀作法も
若さの特権(43)もすべて失ったのだから。

いや全く、まずい交換[44]をしたものだ！
あの時後先も考えずこんなことになってしまった。
王妃には何もかも分かっておられて
私が嫉妬することになると言われたのだ。
神の呪いあれ、あの預言者に！
せめて毒消しの妙薬でももらえていたなら！
ほんとうに私は前代未聞の
やきもち焼きなのだから。
誰にも負けないやきもち焼き、
当然寝取られ男《コキュ》になるだろう。
いや、「なるだろう」ではない、
現にそうだし、それははっきりしていることだ》
このように思うと自分にも無性に腹が立ち、
彼は髪の毛を引っ張り、頬ひげをむしり、
唇を噛み、歯ぎしりをし、
ぶるぶる身震いをし、かっかしてきて
フラメンカをにらみつける。
彼女のあの艶やかな美しい髪をばっさり
切ってやろうという衝動をほとんど抑え切れず
彼女に言う《裏切り奥様、私《わし》は今にでも
そなたを殺し、ぶん殴り、その髪の毛を
引っこ抜いてやりたいくらいだ。
そのしっぽのように三つ編みにした髪、
来年には、そいつをきっと髷《まげ》に変えているだろう、
私に引っこ抜かれることのないように。
それにしても、そなたはしてほしくはあるまい、
その御髪《おぐし》をばっさり切ったりは。
それを隠さねばならぬのもさぞ辛かろうよ、
「おお！　あんな美しい髪は見たことない！
純金よりもっとぴかぴかしているぜ」などと、
やって来ては口々に言う
あの女好きの連中のためにも。
私にはよく分かっている、奴らの盗み見もサインも、
互いに握り合う手も触れ合う足も。
そなたは誰の相手をするつもり？
策略にかけてはこちらも負けはしない。
それにしても何ともやり切れない、
私は悩み苦しみ、そっちは平然としてるのだから。
私は骨にも神経にも筋肉にも
そなたに過失があれば響くのだ。
なのに、そなたには与り知らぬ顔をされ
そうよろしくやられては、たまったものではない》
――《あら、どうしました？》と、フラメンカが答える。
――《何だと！》と彼。《それが私への答えなのか？

とんでもない！　私をこんな不幸な目にあわせて！
こっちは死にかけてるのに茶化すとは！
これもあの女たらしの男どものせいなんだ。
でも見てろ、われらの主に誓って言っておくが、
あの連中には扉を開いてはやらないぞ。
妻を守るべき立場にある者は、その彼女が
正当な監視人と持ち主以外誰からも見られぬ
牢のような所に閉じ込めておかないと、
時間を無駄にすることになる。
たやすく引き止めておくにはそれしかない》

——《ああ！　哀れな情けない男、
疑い深くしかめっ面などして、
お前は今愛に身を焼き嫉妬に狂っている。
もじゃもじゃのひげを生やした疥癬野郎、
お前のひげは荒々しく逆立って
フラメンカにはいばらの茂みか
野栗鼠《りす》のしっぽみたいに思われよう。
お前は恥辱にまみれ家名も汚した。
でもそんなのはどうでもよい、寛大過ぎて
恥をかかされるくらいなら死んだほうがよい。
寝取《コキュ》られ男として耐えるよりも
札つきのやきもち焼きでいるほうがよい。
天下に知られたやきもち焼きでいるほうがよい
間男された夫となって苦しむよりも》

すでに国中のみんなが知っている
アルシャンボー殿の嫉妬深さのただならぬことを。
オーヴェルニュ全土で、アルシャンボー殿と
彼のフラメンカに対する態度振る舞いについて、
シャンソンやシルヴェンテス、歌謡や歌曲、
エストリボとかルトロアンシュが作られている(45)。
これらでもっと彼のことを歌ってやれば、
それだけ彼の恨みが治まるなどと思ってはならない。

友人の誰かが彼の嫉妬をとがめてやれば、
彼はその者にもっと好意をもつなどと思うなかれ。
それどころか怒ってこんなふうに答えたものだ
《お主《ぬし》の言うことはもっともだし、よくわかる。
かと言って、誰かにとがめたりする資格がある？
私が嫉妬するからとて、当たり前ではないか！
誰だろうと私みたいに嫉妬深くならぬ保証はない。
このことで、私をあざ笑い揶揄する者たちも
私よりもっとやきもちを焼くだろう、

私みたいな立場にあってこれほどの美女を
四六時中目の前にしていたならば。
私はお妃をその美しさゆえに
自分が欲しく思うような皇帝も国王も知らないし、
私の妻はこちらに迷惑な過ちなどを犯していない、
こちらが彼女に苦情は言っているけれど。
とはいえ、分別ある者は禍いが身にふりかかる前に、
そうならぬよう用心するはずだ。
それはそうと、どこかの下賤でいたずらな奴が
愛というものの何たるかも知らずに、雅《みやび》の愛を装い、
とんでもないことを考えていたとしたら、
一体自分はどうすればよいであろう？
まあ、そんなことは信じてほしくない、
でも、ただ、これだけは言っておこう
己の全財産と引きかえても、私はそれを望まない、と。
ところで自分の羞恥はどのように考えればよい？
自分の妻を監視し彼女に尽くすことに
腐心するのはばかげたことであろう。
誰もがここに来る来ないは本人の自由だ。
だが、断じて、誰も彼女《あれ》に会ってほしくないし、
この私をさしおいて彼女に話しかけるほど
好意を寄せてほしくない、
いや、ほんとうに、たとえ相手が
彼女の父の伯爵だろうと母であろうと、
妹だろうと兄のジョスランであろうと》
気にくわない叱責を受けた
その友人が去って行くと、
彼はぶつぶつ独り言を言いだす
《あいつは私の中でむしろ
褒めるべきはずのものを責める。
叱責の仕方がちっとも分かってないんだ。
ただこっちをやきもち焼き呼ばわりするだけで
自分ではうまく言い聞かせたつもりでいる。
彼はずいぶん言葉巧みに話したが、
彼のあの深刻な小賢《こざか》しさより
私は自分の愚行のほうをとる。
ボローニャなのか[46]、それともほかの所だろうか、
あのお偉い男があんな屁理屈を学んだのは？
今日のような日に訓戒を垂れに来るなんて。
こうでも言ってくれるとよかったのに《美男の殿、
しっかりご用心なされよ、殿のお連れ合い
――つまりわが妻フラメンカ――には、
うまい言葉でもって丸め込まれ

身勝手なことをされないように》とね。
ただこれだけの言葉で十分であったはず、
なのに彼はそのようなことは一切言わず、
とんでもないでたらめなことをしゃべり
ただこっちをやきもち焼きだと言いやがった。
そうか！　星占いでそうだと決め込んだのかも？
それにせよ、まさか！　私のことをあんなに言うとは。
で、こっちもどうかしてる、そんなこと信じるなら！
確かに、彼には何もほとんど分かっちゃいない。
だからこそ、ついさっき私の部屋で
この冬中は立ち直れそうもないような
侮辱をこの私に加えたのだ》
そう言ってから彼はすっくと立ち上がり
全力疾走で走りだす。
毛皮の服の袖をまくり上げ、
裾をたくし上げて疾走するさまは、
さながら踊りをおどる農婦のようだ。
大急ぎで城の塔に行ってみれば、
フラメンカはそばに付き添っていた
たくさんの婦人たちに
取り囲まれて座っていた。
嫉妬に狂わんばかりの勢いで
彼は言う《すぐそばに罰当たりめがいる！[47]》
それから階段をへて退散しようとするが、
ふと段を踏み外し横倒しの格好で
仰向けにでんぐり返り、
あわや首の骨を折りそうになる、
不幸というか、不運というか。
彼は頭のてっぺんを掻き、うなじをこすり、
ズボンを上げ、長靴を脱ぎ、
次いで立ち上がり、それから座り、
次に伸びをし、それから大あくびをし[48]、
そして最後に十字を切る
《神のみ名によって！　これこそ
まさに幸運の前触れか？》
それから彼はベルトを取りに戻り
横目でちらりと妻の方を見るが
彼女にひどく困惑した顔をされ、
独り言を言う《自分はほんとにどうかしてる。
このような妻をもった男はいやしない！
で、そちは妻をどのようにどうやって
引き止めておくか分からぬと言い張るのか？
分からぬ？――分かるさ――どうやって？――殴るのさ！
殴ったところで何になるだろう？

さあ！　それで相手はもっと優しい良い妻になるかな？
そうはいくまい、もっと性悪で気難しくなるだろう。
殴っても良からぬ考えを捨てさせられぬことは、
それどころか、狂った心を懲らし
とがめればその火を更に掻き立てるだけだ。
またどんな砦でも塔であっても、心が
一旦恋にとりつかれると、いずれはその思いを
遂げるのを妨げることはできないだろう、
どのような番人を置こうとも！
自分としてはこうすることにしよう、
彼女に寒過ぎたり、日差しが強過ぎたり、
饑《ひも》じい思いをし過ぎたりせぬようにしてやろう。
こんなに愛しているのだから、他人から
彼女を守りきれぬようでは、罰が当たる！
番人は、この自分以外の者は断じてつけない、
たとえ天国でも、これ以上に
忠実な者は見つけられぬだろうから。
自分にはほかにすることは何もないもの。
飲み物、食べる物もたっぷりあるし、
馬乗りにももう辟易《へきえき》しているから。
でっぷり太れるように休息しよう、
ご老人は体を休めなくては。
ただ、この心配《こと》がなければもっとよく休めるのだが。
年取って目の離せぬ若い娘《こ》をもらうとなると、
のんびり構えているわけにいくまいから。
ともかく、彼女を足止めしよう、できるなら、
策を弄し力ずくででも
やれるだけのことはやってみよう。
あの塔は高いし壁は頑丈だ。
そこに閉じ込めておくことにしよう、
付き添いの女を一人か二人つけ
独りきりにさせぬようにして。
また襟首つかんで離さぬようにしよう、
彼女が私の同伴なしで出掛けるなら、たとえ教会へ
ミサにあずかりに行くと言われても、
よしんばそれが大祝日[49]であろうと！》
それはそうとして、さっそく実行だ、
彼はその塔へ直行する。
それに石工も一緒に連れて行き、
隠修士たちがこもる洞穴のような
トンネルを彼に掘らせる。
調理場がその入口になっていた。
彼は不眠不休、立ち止まることはなかった、

己がそうと決めたことを成し遂げるまでは。
嫉妬は彼を狂わせて、
その肉体から心と理性を奪っていた。
彼が嫉妬するのをやめるなどと思うなかれ、
それどころか、日に日に募るばかりで
ひたすら彼は嫉妬の権化にならんとする。
もはや顔を洗うこともひげを剃ることもなく、
そのひげときたら乱雑に束ねられた
カラス麦のようであった。
それをところどころむしり抜いては、
毛を口の中に入れていた。
嫉妬で怒りが爆発すると
まるで犬のようにあばれ回る。
やきもち焼きは救いようのない病人なのだ。
メッス(50)にいるどんな筆記者たちも、
事あるごとにアルシャンボー殿が
口にしたり振る舞ったりしたことを
いちいち書き記すことはできないだろう。
確かに言えることは、「嫉妬」自身も
彼ほどは妬《ねた》みの態度を示すすべを
知らないということだ、だからこれから
筆者の申さぬことはやきもち焼き諸氏の
ご想像にまかせよう、言ってしまうと突飛な
態度に出たり過ちを仕出かす輩《やから》がいるものだから。

女性の側にすれば、どうしてよいか分からない。
嫉妬深い夫の数々の傲慢さや脅しにも
じっと耐えていなければならないのだ。
彼女にすれば生きてるより死んだほうがよい、
昼間もつらいが、夜になるともっとつらい、
気にさわることばかりだったから。
悲しみと死んだも同然の生活の中で
彼女に慰めとなるものは何もない。

心優しい二人の若い侍女が一緒だったが、
彼女らもフラメンカ同様不本意であった、
共に自由を奪われ閉じ込められていたのだから。
礼儀正しく教養もある二人は、
女主人を力づけるため一所懸命で、
彼女へ寄せる一途な好意によって、
自分たちのつらい思いを忘れていた。
嫉妬深い夫は頻りに行ったり来たりしていた、
いつも手には鍵をもって。
彼はほとんどじっとしていないで、

塔の周辺をじろじろ見て回り、
様子をうかがい監視していた。

二人の侍女が食べ物と
飲み物の給仕をしていた、
塔の窓の下枠の出っ張りのところに、
修道院の食堂で見られるように、
アルシャンボーが前もって食事に必要な
すべてのものを準備させていたから。
昼食後、彼の方はいつも憂さ晴らしに
行くように見せかけて外に出ていた。
ところがずっと遠くへ行ったと思ったら
とんでもない、すぐ近くに居続けて、
彼は調理場の中に入りこみ、
妻の一挙一動を
ひそかに探っていたのだった。
何度も彼は妻が手ずから
肉とパンを切って、
それにぶどう酒と冷や水もそえ、
楚々として侍女たちに
給仕しているのを見た。
また、料理人とはアルシャンボーが
そこから彼女らの様子を窺っているのを
決して口外しないことの了解がついていた。
ところがある日のこと、食事中に
侍女たちのぶどう酒が切れてしまった。
自分たちが見張られているとはつゆ知らず、
そのうちの一人が窓の縁にあるぶどう酒を
取りに行くため立ち上がった、
そしてふと、アルシャンボー殿が
調理場に潜んでいるのを目撃した。
彼は彼女を見るなり、姿を消した。
そのことを彼女はフラメンカに話した。
侍女たちの一人はアリスという名で、
稀にみる申し分のない女性であった。
もう一人の名はマルグリットといったが、
彼女もあらゆる美質をそなえていた。
二人とも仕える奥様に最善を尽くし
敬意を払い気に入られるよう努めていた。

フラメンカは辛労辛苦にたえ、
何度も溜息をつき、あくびをかみ殺した。
夫のために幾多の激しい不安に
さいなまれていたし、

涙を呑むことも再々あった。
悲嘆にくれいらいらが続いていた。
ただ神の大いなる恵みにより、彼女の方に
愛がなく子もないのがせめてもの幸せだった。
なぜなら愛しながらも自らの愛を
はぐくむものが何もなければ、
もっとつらい目にあっていたと思われるから。
もしも愛の神が、彼女を喜ばすために、
こっそりそれを教えていなかったら、
決して彼女は愛するということはなかっただろう。
ところが愛の神は時と場所から潮時と見るや、
彼女に恋の駆け引きを教えたのだった。
しかしまだ彼女は長いこと嘆き、絶望していた。
祝祭の日と日曜日のほかは、
塔の外へ出て行くことは一日もなかった。
しかもその時でさえ、騎士も聖職者も、
彼女に言葉をかけることができなかった、
教会でも、アルシャンボーが彼女を
一番暗い隅っこに行かせるようにしていたから。
その場所の両側は壁になっていて、
前面には、高くて分厚い
仕切り板を立てさせていた、
それは彼女のあご辺りまでの高さで、
座り場所のぐるりを囲っていた。
その囲いの中にはフラメンカと侍女たちが、
またやきもち亭主も望めば共に入ることができた。
けれども彼は熊や豹がそうであるように
檻の外に座っているほうがお好きなようで、
どう見ても胸に一物ある風情だった。
福音書が朗読される時に、
たまたま快晴で近くに居合わせていた者は、
注意して見ればフラメンカの姿が見られただろう。
供儀の際は彼女の方から出て行かないで、
アルシャンボー殿が司祭を
彼女のところに来させていた。
彼女が夫にすっかり目隠し状態にされてなければ、
司祭の手に接吻していたなどと思ってはならない。
供物を捧げるのは彼女でなく、
監視人のアルシャンボー殿の方で、
彼は妻に顔のヴェールを取ることも
手袋をぬぐことも許しはしなかった。
それゆえ司祭の方は彼女の顔を
復活祭でも豊熟祈願日にも見ることがない。
彼女に接吻牌[51]を差し出すのは聖祭侍者だった、

だからその者はそのつもりで気転をきかせば、
きっと彼女を見ることができたであろう。
《行けよ、ミサ終れり《イテ・ミサ・エスト》》と告げられると[52]
アルシャンボー殿は正午の祈り[53]も
九時課の祈りも待たずに、教会を出ていた。
早速彼は妻たち一行を呼び寄せる
《さあ、こっちへおいで！　おいでったら！
私はこれからすぐに昼食をとることにする、
あまり待たさぬように、いいかね！》
彼は彼女たちに祈りの時間さえ許さなかった。
女たちにはそんなふうにして二年間が過ぎた。
日ごとに彼女らの精神的苦痛は、
倦怠と不満とともに増していった。
朝となく夜となく
アルシャンボーは自分自身を罵り
愚痴をこぼしてばかりいた。

ブルボンには立派な温泉場があった。
土地の者も他所者《よそ》でも皆、
そこで意のままにのんびり湯あみができた。
それぞれの浴場には効能を書き付けた
看板が掲げられていた。
跛行者《はこう》も足を痛めた者も、
必要な期間滞在すれば、
すっかり癒えて帰って行った。
みんな望む時間に入浴することができた。
賃貸し代金を受け取る浴場主と
交渉し同意を得ておけば、不都合な
人間とはそこで顔を合わさずにすんだ。
どの浴室にもぐらぐら煮えるような
熱い湯が湧き出ていたが、
その傍らでは熱湯を冷ます
冷水も湧いて出ていた。
そこには万病に効く浴場があり、
それぞれの温泉場は一戸建ての家のように、
しっかり屋根で覆われ塀に囲まれていた。
そしてやや離れていくつかの部屋があり、
人々はそこでくつろいで休むなり、
仮眠するなり、涼をとることもできた。

その中でひときわ立派で豪華な浴場があり、
その所有者とアルシャンボー殿は
最も懇意な間柄にあった。
自邸から近いこともあってアルシャンボーは、

そこへ度々湯あみに行っていた。
経営者の名はピエール・ギオンといった。
彼の浴場は万全の設備で、
掃除も行き届き、よく磨かれた、
言わば貴人客向けの浴場であった。
アルシャンボー殿はそこでは
無料で自由に入浴していた。
彼は妻にも少しは息抜きをさせてやり
優しいところも見せようという気になった時、
彼女をそこへ連れて行っていた。
しかしそんなしたたかで配慮に欠けた好意は
所詮長続きするものではなかった。
何しろ彼は浴場から出る直前、
彼女が履き物と衣服を脱ぐ前に、
隅々まで丹念に調べた上で、
群れから追い出されきゃんきゃん鳴きながら
しゃぶれる骨を見つけに行く
小犬のように、出て行っていたのだから。
彼は肌身離さず持っていた大きな鍵で
常に扉をしっかり閉め、
それから出て外でじっと待っていた。
フラメンカが外へ出たい
という時は、侍女たちに
浴場内に吊していた
鈴を振って鳴らさせていた。
するとアルシャンボーは
扉を開けに急いでやって来て、
気むずかしい顔をしながら
彼女に言わずにはいられなかった
《今年中出ては来ぬつもりだったのか？
ピエール・ギー殿が届けてくれた上酒を
ここでそなたに振る舞うつもりであったが、
腹立たしゅうて、それはやめにした。
で、それはそのまま屋敷へ持ち帰っておいた。
よくもまあこれほど長湯していられるものだ！
もう昼食もすませていてよい時間なのに。
約束しておくが、もし次回も
こんなに時間が長くかかるようなら、
今後一年間そなたの入浴は相成らぬことにする》
そう言ってから彼は浴場の方に目をやり
そこから誰か出てこないか見ている、
なぜなら彼は己の目は信用しないで
どこかの隅っこに誰か男が
潜んでいるかもと常に思い込んでいたから。

その時マルグリットが彼に答えて言う
《殿、奥様はもうお出になっていたはずです、
私どものためにお残りになったのでございますよ。
私たちは奥様がご入浴中にお背中を流すなどして、
その後で湯あみをいたしました。
そのためこんなに長いことかかったのです、
ですから落ち度はすべて私どもにございます》
――《もうよい、と苦々しげに彼は言う。
女どもは大人も子どもと同じように
水浴びが鵞鳥たちより好きとみえる、
だが私が呆《あき》れているのはそちたちのことではない[54]》
アリスが女主人の方にちらっと目くばせしながら
やり返す《まこと、殿のほうが、
私どもよりもよくご入浴なさいますし
お湯あみの時間はもっと長うございますわ》
そう言って彼女は笑った、嘘だと分かっているので。
事実、アルシャンボーは妻を娶ってからは、
入浴したことも、その気になったことさえなく、
爪も髪も切ったことがなかった。
彼としてすることは、妻の様子を
こっそり見張るだけで十分だった。
人から何と言われようと
口ひげも剃りはしなかっただろう。
ギリシア人かスラボニアの囚人のようであった。
それも相手を怯《おび》えさせるための魂胆からだった
《妻もますます怖じけづくだろう、
このひげぼうぼうの顔を見れば。
さっそく恋人をというわけにはいくまいぞ》

III　騎士ギヨーム、愛の神に誘われ

アルシャンボー殿が嫉妬に狂い、
無情で人を寄せつけずにいた頃、
ブルゴーニュの地に造物主が
手塩にかけて
育て上げていた
ひとりの騎士がいた。
実に見事に育てしつけられ、その教えも
努力も苦労も徒《むだ》になっていなかった、
未だかつて見ぬほどの美丈夫で、
稀にみる有徳の士であったから。
智にたけ、美男で、武勇にも秀で
アブサロム[55]とソロモン[56]が
束になって掛かったとしても、

彼には物の数でなかっただろう。
パリス[57]とヘクトル[58]とウリュセス[59]を
合わせ一人の人物にしてみても、
分別、才能、美貌のどれ一つとして
評価は彼には及ばなかっただろう。
その立派な見目形《みめかたち》はまことに
筆舌に尽くせぬほどであった。
それでは、筆者のできる範囲で、
手短にその人物の描写をしておこう。

ブロンドの縮れ毛でウエーブした髪、
白く秀でた、平らで広い額、
黒々とした弓なりの、太くて濃い、
はっきり離れた眉毛、
玉虫色の、笑みをたたえた大きな目、
立派で恰好のいい、
高くすっとして、弩《おおゆみ》の
優美な軸のように筋の通った鼻、
充実感あふれた血色のよい面立ち。
五月に開花した日のばらも、
なにかにつけて白さと溶け合う
彼の顔の色つやほどに、
美しくもなければ輝いてもいない、
それ以上みごとな血色は見たことがない。
耳はいかにも形よく、
大きくしっかりして赤みをおび、
口元はきりっとして弁舌さわやか、
いつも愛を語っているようだった。
歯はきれいに揃って、
象牙よりもなお白かった。
輪郭のはっきりした、
やや窪んで一段と品のある顎。
首はまっ直ぐ太くて強く、
腱や骨の突起もなかった。
肩幅は広くて、
アトラス[60]のように頑丈で、
筋肉は丸みをおび、上膊部は発達し、
腕はほどよい太さであった。
大きい力のありそうな堅い手、
ごつごつしてない長い指、
厚い胸板と細い胴。
腰の方はぐらついたりせず
肉付きよくがっしりして、
腿は太く内側にふくらみ、

膝はなめらか、丈夫で
まっ直ぐ長いすらりとした脚。
弓なりの甲高で筋張った足、
駆け比べでも彼にかなう者はいなかった。

以上容姿について説明してきたが、
その彼はフランスはパリにおいて人と成った。
そこで七芸[61]をよく学び身につけたので、
もし本人が望めば、いずこでも
人に教えることもできたであろう。
教会で朗読でも歌でも、
やれば、ほかの誰よりもうまかった。
彼の師はドメルグという名であった。
師は彼に剣術をみっちり仕込んだので
誰も防御のしようがないほど、
常に攻撃のつぼをはずさなかった。
私（筆者）の知る限り、これほど美男で
これほど武勇にたけ、これほど率直で、
これほど頼もしい人物は見たことがない。
身の丈は七フィートあり、背伸びをすると、
ろうそくでもランプでも
壁に掛けるのに、頭上二フィートまで
たやすく届くことができた。
彼が騎士に叙せられたのは、わずか
十七歳と一日の時であった。
伯父の公爵が叙任式で武具をまとわせ
彼に千七百リーヴルの金子《きんす》を与えた。
それ以外に王が千リーヴルを、
ブロワ伯爵が更に千リーヴルを、
彼の兄が千三百リーヴルを与えた。
皇帝からは千マルクを賜った。
イギリス王は彼のいとこであったが、
千ポンドを彼に与えた。
これらの総額は安定した所得となり、
少しも無駄に使われることはなかった。
彼はヌヴェールのラウル伯爵の
弟であったから、その兄がいると思うと
心強かっただろう、とはっきり言える。
あらゆる配慮を惜しまず、財産のすべてを
側近たちとの付き合いや〈奉仕〉にあてた。
彼の与えるものに後味の悪いものなどなかった。
事実、贈り物はすぐ約束どおりなされなければ
受ける側は感情を害するだけだし、

またそれをいつまでも待たせる者は
与え方を心得ず相手を納得させられない。
だが逆に、約束のものが直ちに与えられるなら
そのものの価値と供与者への感謝の念は倍加する。
こうして施しが速やかになされると、
一が二になるほど値打ちは上がり、
何でもすぐに頂戴できるとなると
気兼ねして求めたりせずにすむから、
ギヨームが己の面目のために与えていたものには、
何か特別の有り難みがあったに違いない、
求められるよりも先に与えていたのだから。
喜んで与え相手の欲求を満たして、
自分が何をなすにも感謝させる術を心得ていた。
領主たちや王侯貴族らも
彼の流儀に大いに満足していた。
だから彼に会い何かもらったこともなくても、
そのまことの善行を耳にしただけで
彼に好意を抱かなかった者は、
よほど星回りが悪かったと思われただろう。
彼を褒めて決して褒めすぎることはなかった、
どんな言葉よりも真実が上回っていたのだから。
一日で彼がなしていたことを
一年では書き尽くせなかっただろう。
その彼と愛を語らい、彼にじっくり
見入っていられたご婦人方は、さぞかし
大きな喜びと満足感を覚えたことだろう。

げに恵まれた星の下に生まれた武人《もののふ》であった。
馬上試合に出かけるのに
堂々たる一団を引き連れていた。
騎士たちを捕らえ、馬も獲得するが、
それらは皆出費と贈り物に変わっていた。
いざ試合が始まると、
どんな相手も馬上にとどまっていられず、
その者を片手でつかむと、
即座に鞍から引きずり落とし、
思いのまま、連れ去っていた。
彼は槌矛《ほこ》も棍棒も携帯しなかった、
一発くらったら最後、だれもが
しばし口も利けず気を失っていただろう、
それほど彼の腕っ節は強かった。

馬上試合と敵味方入り乱れての戦い、
ご婦人方や賭け事、犬と鳥と

馬と、いろいろな娯楽や社交など
雅量ある人士の好むものには目がなかった。
兎も角、彼に優《まさ》る者はいないほどの人物だった。
彼の名はギヨームと称し、それに
《ヌヴェールの》という添え名がついていた。[62]
シャンソンや短詩《レー》、不調和詩《デスコール》や抒情詩、
諷刺詩《シルヴェンテス》やその他もろもろの歌曲について、
彼はどのジョングルールよりもよく心得ていた。
博学であったダニエル[63]さえも
彼にはとても太刀打ちできなかっただろう。

宿の主人《あるじ》たちも皆彼を喜んで迎えていた。
料金を水増ししてちょろまかそうとしても、
発つ時、彼はいつもそれ以上の額を与えていた。
それ故、彼のお越しが知らされると、
彼らはいそいそと宿を飾り準備を整えていた。
多くの者が利益にあずかれるチャンスであった。

彼のいるところどこでも、ジョングルールたちは、
上手《うま》い下手もなしに、決して困ることはなく、
飢えや寒さからも保護してもらえた。
だから当然彼らみんなに好かれていた、
衣装から馬までも与えていたのだから。
アルガの領主[64]もきっと同様にしていただろう、
そんなふうにうまくやれていたならば。
それはそうと、もし権利として通るのなら、
この人も同じくらい感謝されてよいだろう、
己にできることを、また再三再四
それ以上のことも、喜んでやっているのだから。
私（筆者）はよく承知している、年に何度も
彼の一年間の全収入を
一日で費やすことさえあることを。
何も殊更彼を称えるつもりはないけれど、
遺憾ながら彼のあまりお気に召さない、
だけどそのことを嘆いているわけでない
ベルナルデ殿[65]のことは別として、
彼のことを褒め立てても間違ってないことは、
誓ってはっきり言えるだろう。

ギヨーム・ド・ヌヴェールは、確かに、
神と神の友[66]を愛し、
聖職者も平信徒も愛していた。
自邸に泊めに連れて来た仲間たちには、
施療院でなされていたように、

パンと水は与えるという約束だけでなく、
立派な衣装や、豪華な用具をつけた
高価な馬まで与えるなどし、
彼らが費やした金銭のことは
一切口にすることもなく、
二、三か月は彼らが物惜しみせず
思う存分与えたり遊びなどして、
楽しく過ごすようにさせていた、
馬上試合や戦争《いくさ》から
国にもどって来る時には、
みやび男《お》ギヨーム・ド・ヌヴェールの、
一身にそなわったあらゆる美質を
百千の騎士たちがしかと身につけ、
各々武勇の誉れ高い勇士と見なされることで、
報いられると彼は固く信じていたので。
まことに自由で気高い精神と
実に鋭敏な向学心の持ち主だったから、
彼にはこの世で解決が容易でないと
思えるような困難な事柄などなかった。
彼にはまだ恋をしようなどという気もなく、
実際どんなものか知りたいとも思っていなかった。
ただ恋愛の何たるかは、人づてに聞いたり、
愛について語り恋人たる者は
いかに振る舞うべきか教える
あらゆる作者を読んで知っていた。
やがて、青春の掟によって、
いつまでも恋も知らずに
いられぬことが分かってきた。
そこで、自分もひとつ
満足のいく恋をして、人からも
後ろ指さされぬようにしようと思い至る。
そして念頭にはもうそのことしかなくなった。
そこへ多くの人々からフラメンカが
彼女を独占しておくつもりの男のために
監禁状態にされている話を聞かされ、
それに彼女というのが、確かな話として、
世にまたとない優れた、美しい
礼節を弁えた女性であることを知る。
彼は彼女とじかに話ができるなら、
恋もできようという気になってきた。
そのことでじっと考え込んでいる間に、
愛の神が陽気に愛想よく、
彼のすぐそばに近寄ってくる。

そして彼にすばらしい幸せな
恋愛を体験させてあげようと
はっきり約束をし保証する。
愛の神は懇々と教え説き、
彼が誰よりも明敏で
才気に富むと言って聞かせる
《そなたは占いや縁起のことに詳しくとも、
その女が閉じこめられている塔の中に、
わたしがそなたのために取っておいた
すばらしい歓びをまだ知らない。
嫉妬に狂った男が、この世で
最も美しい、最も恋に適した女性を、
監禁しかくまっているのだ。
その女を自由にしてやれるのはそなただけ、
そなたは騎士で学識もある人間だから、
直ちに救いに行ってやるがよい

…………………………

（二葉分欠漏）

…………………………

その夜彼はブルボンから
十五里程のとある宿屋に泊った。[67]
愛の神は平和も休戦も許さず、
四方八方から彼を攻めまくり、
寝ていようがいまいが離れずつきまとう。
眠っていようといまいとお構いなしに、
愛の神が絶えず彼の耳もとにいて、
《立ち上がるのだ、遅れたら大変！》
と言われているような気がする。
そのように攻め立てることで愛の神は
この騎士こそお目当てだったことを示したのだ。
もしも彼が馬上試合で武具に身を固め、
激しい攻防を展開していたならば、
誓って言うが、彼はそれほど愛について
考えもせず心にとめることもないだろう。
これまでも耳にし、また確かにそのとおりだが、
生活が安楽で余暇がありすぎると
いずれほかの何よりも愛の方に導かれるもの。
そんなことはござらぬとおっしゃる御仁には
アイギストスの例を見れば納得がいくだろう、[68]
彼はそのことの真実を弁えていたとのことだから。
余暇をなくせば愛もなくすことになる。[69]
それゆえ、のんびり休みながら
大いに気ままに楽しむことで
愛から免れられると思っている者は、

思い違いもはなはだしい。
その愛を殺すか、絞首の刑に処するか、
はたまた捕らえ監禁せんとするのなら、
余暇と休息を断たねばならぬ。
諺にもある《安逸をむさぼる者は
愛の感染を免れがたい》と。

ギヨームは激しい苦悩の中にある、
愛の神に美しい妄想をいだかされ、
見果てぬ夢の喜びを味わわせられて。
彼は一体自分に何か起きるのか知らせてくれる
よい卜者《ぼくしゃ》がいてくれたらと切に思う。
またもう一方では、それを望まない、
その場の成り行きにまかせばよいと思う。
あまりに確実性のある期待には
あの不安の入りまじった期待における
ぞくぞくするような快感がないからだ。(70)

早朝、夜明けとともに、
誰からも呼び覚まされず、
ギヨームは自分で起床した。
朝日が射し込み、ふと目覚めたのではない。
従者たちはすでに起きて、
馬に鞍をおき荷も載せ終わり、
出発を待つばかりであった。
ギヨームは教区の教会へ祈りに行き、
祈禱の中で何度も繰り返し唱えた
《気高き主なる神よ、よき結果をもたらせ給え、
我を悪と苦しみから守り給え、
そして今宵よき寝所《ねぐら》を与えられんことを》
宿に別れの挨拶をしに戻ると、
従者たちはぶどう酒と焼肉と
焼きたてのパンで朝食の最中であった。
宿屋の主人が彼を迎えに出ていて、
出発前に簡単にでも食事をして
お発ちなさいませと懇請した。
《いえ、と彼は答えた。私は結構です、
あまり遅くなってもいけないので。
けれどもこの連中は若いから、
朝早くから食べてしかるべきです、
恥でもないし恥ずかしいことでもない》
そう言ってから主人に挨拶し、馬に乗り、
彼は先頭を切って出発する。
主人の方は従者たちが全員

鞍にまたがるまで手助けをした。
彼らは大急ぎであとをつけ、
主君のもとに追いついた。
そんな時刻に町から出るのは
彼らが最初であったから、
どこのどの道を行けばよいか
誰も尋ねるべき人はいなかった。
けれども以前通ったことがあり、
その道はみんなによく知れていた。
ギヨームはゆったり思いに耽っていられた、
話しかけてくる者もなかったので。
九時課(71)の時刻にブルボンに着くとすぐ、
ギヨームは最良の宿と、最も律儀で
誠実な宿主を探しにかかった。
ピエール・ギーという主人《あるじ》が、
その隣人たちの言うには、
町一番の律儀者とのことで、また
その妻はベルピルという名であるとのこと。
折よくそこに居た人がその宿を教えてくれた。
玄関のところの、石の腰掛けに、
くだんの律儀者は腰かけていた。
そしてギヨームの姿を見るなり立ち上がり、
挨拶をして愛想よく迎えた
《ご主人、とギヨームは言う。もしよろしければ
あなたのところに泊めていただきたい、
聞くところによると、この地において
あなたほどよく出来た騎士も町人も
奉公人もいないだろうとのことだから》
――《ええっ、皆お好きなことをおっしゃいますね。
でも、これだけははっきり申しておきましょう、
たとえここに十年お泊りいただいても、
こちらとして、何らお困りにならぬよういたします。
ここの建物の中には、上様のお好み次第で、
自由にご利用いただける宿舎もございます。
厩舎も続き部屋もたくさんありますし、
大勢の騎士さんたちのための部屋もございます》
――《やあ、ありがとう》これで住まいは決まった。
女将《おかみ》の方もあのランベルジュ(72)とはまるで違い、
どこをとっても申し分のない美人、
聡明で愛想もよく、
ブルゴーニュ語もフランス語もフラマン語も、
またブルトン語も流暢に話していた。
彼女は、いかにも気品があり、美男で、
長身で、人柄もよさそうなギヨームを見るなり、

やんごとない身分のお方に違いないと思って、
その場ですぐに名前を尋ねた。
その問いに従者の一人が答えた
《ギヨーム殿と申されるお方です》
——《殿御、ようこそいらっしゃいました。
まあ、みごとにお育ちになりましたこと、
こんなにお若くしてこれほど背丈のある男子は、
ついぞお見受けしたことございませんわ。
あなたを懐妊され授乳しお育てになった
お母上様に神の祝福がありますように!
ご昼食はきっとまだお済みでないのでしょう、
屋内《なか》で準備万端ととのっております。
主人もさっき帰ってきたところでしたから、
私どももまだ昼食《おひる》は済ませておりませんの。
召し上がり物のほうはたっぷりございます、
お連れの方がもっと多くいらしても。
ここにお泊まりの高貴なお方はみんな
私どもと昼食を共になさることになってますの、
少なくも第一日目には、
また、お望み次第で、それから後も》
——《では、こちらもそういたしましょう、
とギヨームは言った。いつもそうされているのなら、
それがそちらのお気に召すことだろうから》
——《まあ、ありがたい。では、手足をお洗いください》
従者たちはすでに馬を厩舎に入れ
すべての馬具をしまい終え、
鍵を手にさげて持っている。
これで彼らも快適な宿に落ち着けた。
食べ物も飲み物も十分だし
宿の主人も信用できる。

こうなると、愛を望む者はもうそれしか考えない!
ギヨームが心に思うあの女性《ひと》のいる
塔は今、自分のそばにあるのだから。
だが当分相手は彼のことを知らないだろう、
彼女の方は囚われの身、食事時に
座る場所から、思い焦がれる女性のいる
塔を目の当たりにしてとくと眺め、
胸おどらせる男の心をも
牢の中に閉じ込めているのだから。
食事のたびに、心は先回りしているあの塔へ
行きたいと思いはますますつのるばかり。
でもそれは十二分に満たされることはないだろう、

底なしで、奈落の底よりもっと深いものだから。
望んでやまぬ者は皆それを知っている、
なかんずく愛の歓びを求めながら
いつまでも願いが叶えられずにいる者は。

食事が終わるとギヨームは手を洗い、
全館を案内してくれる主人と共に、
浴場や各部屋を見てまわった。
主人はこんな調子だった《この部屋はいかがです、
それともあちらがお好みなら、あちらの部屋でも》
ギヨームが求めていたのはただ一つ、
それは窓がついていて
そこからフラメンカの住む部屋と
塔が見れるということだった。
そのお目当ての部屋が見つかったので、
彼は主人にこう言った《この部屋にします、
こちらの方が広いし気持ちがよい》
――《よいことがございますよ！と主人は答えた。
ここならごゆっくり落ち着けましょうし、
お好きなようになさることができましょう。
ラウル伯爵様もブルボンへお越しのたびに、
この部屋にお泊まりになっておられました。
でも、もう久しくお見えになっておりません、
あの殿もずいぶん変わられましたもの、
いつも騎士の鑑みたいなお方だったのに。
奥様を迎えられてからというものは、
鎧兜《よろいかぶと》に身をかためられることもなく、
社交も武芸もすっかりなおざりにされています。[73]
あなた様もきっとお耳にされていると思いますが》
――《そう、確かにそんな噂は聞いています、
だが、私はほかのことでもっと頭を悩ましており、
苦しさに胸もふさがる思いなのです。
そのために健康を取り戻さねば、
これから何をしていいかも分かりません》
――《まあ、でも万事お望みどおりになるでしょう、
と主人は言った。どうか神のご慈悲により、
あなた様に歓びと健康が与えられますように！
これだけは確信をもって申し上げておきましょう、
手前どもの浴場にお見えになるお客さまで、
どのような病にお苦しみの方も、必要な期間、
湯治なされば、必ず快癒なさいますと》

部屋は立派で清潔で
必需品はすべて備わり、

ベッドも暖炉も実用的なもので
欠けたものは何もなかった。
ギヨームはそこへ自分の荷物を全部
持ち込ませ、きちんとしまわせた。
慎み深くて人柄もよい宿の主人が
引き下がるとすぐ、ギヨームは
従者たちを集合し、一切の卑賤な言動は
とくと慎むよう言い聞かせた。[74]
またお達しとして、決して
彼についての情報は流さぬように、
もしそれを聞かれるようなことがあれば、
ただブザンソンの者とだけ言うよう申し付けた。
各自、なすべきことは些細なことも
いちいち指図を待たず進んでやるよう、
また十分に食料の調達などしておくこと、
めいめい他の者から言いつけられた事には従い、
各自が主人であると同時に僕《しもべ》となり、
お互いの立場を尊重し合うように、
毎日ここの主人と一緒に食事をすることだし。
食べ物がたっぷりあっておいしければ、
出費の方は意に介することはない。
一人びとり礼節というものを忘れず
最善を尽くして奉仕するように、
高雅な心でもって奉仕をすれば
友人もできるし褒賞も得られ、
その者の価値は日ごとに高まるのだから。
《自らの立場、また私の立場も考えてほしい[75]》
――《はいっ、と皆が答える。仰せのとおりいたします》
復活祭の次の土曜日[76]であった、
時あたかもナイチンゲールが、恋に
無関心な者たちを非難しさえずる季節。
たまたま早朝、一羽のコウライウグイスが、
ギヨームの部屋の窓の近くの
木立ちの中で鳴いた。彼の方は
清潔でふんわり柔らかく、ゆったりした
ベッドに寝させてもらいながら、
まんじりともせず夜を明かしていた。
ついこの間は、自分は自由だと思っていた、
今は囚われて隷属の身だと思い込んでいる。
《愛よ、奥方よ、と彼は叫ぶ。私はどうなるのですか?
あなたはこの騎士をどうなさるつもりです?
この前あなたは私に約束された、
必ず愛の幸せを味わうようにしてやると。

これ以上私を待たせられることはないでしょう、
私はちゃんと仰せの通りにしたのですから。
自分のすべての親しい人たちとも別れ
他国の巡礼者として
この国にやって来たのです、
だからここでは誰も私を知りません。
毎日、何やら胸の締めつけられる
思いに、さいなまれております。
確かに今私は病気らしく見せかけていますが、
いずれそうする必要はなくなるでしょう、
この現在の苦しみがなおしばらく続いて
私の胸を疼かせるなら。それは苦しみでなく
何にもまさる喜びになるはずだから。
病でないのにこれほど苦しんだことはありません、
俗間に伝わる諺にこんなのがありますが、
私は今その真実なることを痛感しています
「苦しみはよく耐える者には喜びとさえなり、
耐え得ざる者には更なる苦しみとなる」
あなたに苦情を訴えても無駄ですね、
こちらの言い分は聞こうともされないから。
せめて、何か私を力づけるような言葉を、
かけてくださってもよいのではないですか。

でもそれでいいです、こっちが間違っています、
こんなすぐに意気消沈するなんて。
まだあまり自分を惨めに思ってはならない、
我がために直《じか》の幸せを求めに来たのでないから。
恋人たる者は鉄の心を持つべきだ、
偽りのない心の恋人はだれしも
磁鉄鉱より意志強固であるべきことは、
その名を表わす語もそれを示している。
〈磁鉄鉱《エマン》〉の方は複合体だが、
〈恋人《アマン》〉は単体で、混ざり物はないから、
もっと強靭である、とドナトゥス[77]も言っている。
それぞれの要素は単一であるがゆえに
永続性があるが、それらの含まれる
複合物の方は、もっと損なわれやすくなる、
反する要素が他の要素を壊すからだ。
恋愛も、言ってみれば、単一の純粋で、
透明で、光輝を放つ要素のようなもの。
多くの場合それは二つの心を、それぞれ
均等に分かち合って一つにする。
つまり内にあっては一つ、外見は二つで、
唯一の思いに二つの心が結びつくということだ。
しかし愛は両者に等しく分けられなければ、

その場に長くとどまってはいないだろう。
なぜなら、どちらかそれの足りない方が
別の対立する要素を入り込ませることになる、
心は満たされてなくてはならないからだ。
そうなると愛は長くは続かない、
愛が乏し過ぎれば、均等にということにもならない。
実際、恋愛というのはもともと
恋人でない男と心を分け合うことは許さぬもので、
誰であれ、そんな他人が割り込めば死ぬことになる。
恋は一つの心をそっくり一人占めにしようとする、
そうあってこそいつまでも続くもの。
恋はソースみたいであってはならない[78]、
そんなのは偽りの恋というものだ。
恋はいささかも混ぜものを許さぬ故に、
単純で純粋なものといえる。
磁鉄鉱は硬質ではあるけれども、
その愛ほどに単純でも純粋でもない。
《*adiman*》という語から di を取り去ると
《*aman*》が得られる[79]。それに、ラテン語では
初期の語形は〈adamas〉で、
これは〈ad〉と〈amas〉との合成語、
しかし俗語でやたら使われている内に
二番目の〈a〉の力がそがれて〈i〉に変わった。
ところで、〈a〉が〈i〉よりも優位にある
その分だけ、私の知るある人たちは、
愛の奉仕にかけて、いつもそれをあざけり、
愛についての最初の語のことも知らぬような
者たちよりも優れている。
連中はそんな事は何も知らず学ぼうともしない。
そのことはこれ以上言うまい、そうした輩《やから》は
私の知る者たちとは、もっと比較に値しないから。
白鳥と比べるより、フクロウやミミズクを
これらのことは肝に銘じておくことだ！
さあ、そろそろ起きなくては、夜も明けたから、
このまま横になっていても休まらない》
そこでギヨームは起床し、十字を切る。
そして聖ブレーズと聖マルタン、
聖ジョルジュと聖ジュニエス、
および宮廷風騎士であった
五、六人のほかの聖人たちに
神の恵みを得させ給えと祈った。
さて、衣服をまとう前に、
彼は両開きの窓をあけて
その身の上を思い嘆き恋いこがれる

あの女性《ひと》のいる塔を望み見て、
それに向かい心をこめて頭を下げた。
《塔よ、と彼は語りかける。あなたの外観は美しい、
さぞ内側もけがれなく清らかなことでしょう。
せめて私が今、アルシャンボー殿にも
マルグリットにもアリスにも見られずに
あなたの壁の中にいられたら！》

そう言い終わるや、へとへとになり
彼はもう立ってはいられなくなる、
血の気も失せ、気力もなくなる。
従者の一人が、失神しかけていると
見てとり、飛んでやって来る。
その者が急がねば、失神していただろう、
彼は腕で頭をかかえ
懸命に抱くようにして、
ギヨームをベッドに連れ戻す。
これほど短時間内に、これほど激しく
愛の神に迫られた人間は見たことがない。
若い従者はギヨームの脈を取るが
鼓動を感じず、ひどく心配をした。
それは至純の愛の神がギヨームの心を、
自分に恋い焦がれる男子がいることも
つゆ知らずにフラメンカが眠っていた
塔の中へ連れ去っていたからだった。
ギヨームは彼女を抱いて、
優しく言い寄り哀願をし、
そっと静かに愛撫するので
彼女の方はそれに気づいていなかった。
もし彼女に夢の中でそのように優しく
誰かに抱かれているのが知れてたとしたら、
そしてもしあの嫉妬深い夫が気を失い
意識が戻らぬままになってたとしたら、
彼女が明るい希望と共に浸れたはずの
大いなる喜びと幸福感は
誰も言い表すことはできないだろう。
この真に精神的な喜びとなるものを
二人で共有することができるなら、
それこそ賽《さい》の一の目に値すると思う、
なぜなら願望とか空頼みも、
これまでなかったこと、これからも決して
ないであろうことを考えたところで、
所詮糠喜びみたいなものに終わるのだから。

愛の神はギヨームの心を意のままに
誘導すると、それを持ってまっしぐらに
肉体に戻り、その肉体は意識を取り戻す。
その際、まだなお目は開いてないのに、
ギヨームの満面に笑みが浮かんだ。
夜が明けそめていたが、彼が目を開いた
ちょうどその時、すでに昇っていた太陽が
明るくぱっと輝きを増した。
ギヨームは堂々として、顔も生き生きしている
満ち足りた思いをさせてもらった場所から
戻ったのは誰の目にも明らかだ、
帰って来た彼は、以前にもまして
快活で魅力あふれていたのだから。

従者の方は大泣きして
彼の涙がギヨームの顎、
顔面から額を濡らした。
《殿、と彼は言う。ずいぶん長いこと
お眠りになったので、とても心配でした》
それからハンカチで自分の目をぬぐう。
そこでギヨームが言う《ああ、そうだったのか、
こっちが喜ぶことに胸を痛めてくれたのか！》
こうしてみると、よく言ったものである、
泣き女の流す涙はだれのため[80]、とは。

彼は股引《ブレ》とシャツ一枚の姿であった。
窓のところに、灰色の栗鼠の毛皮の
外套を敷き、彼はそこに腰を下ろした。
例の塔は右手に見えていたが、
靴をはき終えるまでの間ずっと
そこから目をそらすことはなかった。
衣服も靴もぴったり板についており、
履いていたのは古靴や短靴でなく、
ドゥーエの町で作られた
先細りのしゃれた長靴《ブーツ》であった。
ウールの長靴下など穿かなかっただろう、
その方が穿くのに手間取らなかったろうけれど[81]。

しきりと彼は深い溜め息をつく、
そしてそのたびにこう言い添える
《何たる罪ぞ、あのように閉じこめておくとは！
ああ！　優しく、慇懃で心清らかな、
あらゆる美質をそなえた麗しい女《ひと》よ、
この目でもってあなたを見ぬうちに

私が死ぬことのないようにして下さい！》
それから自分の上衣を要求すると、
直ちにそれを、蜜蜂よりも賢い、
イタチやアリよりも
快活で敏捷な供の若者が、
彼の身支度のために用意する。
次はたらいに水を入れて持って来る。
ギヨームは体を洗い終わると、
銀の小針でもって、衣の袖を
実に手際よく縫いつけた。[82]
それから仕立ての良い、黒いウールの
マントをまとい、入浴帰りの者が
するように、すっぽりそれをかぶって
歩いてみたらどうなるかやってみた。
そこへピエール・ギー旦那がやって来て
彼に言った《おや上様、神がきょうあなたに
よき朝とよき一日を与えられますように！
ずいぶん早起きでございますね！
本日はミサがとり行われるまで
たっぷり時間がございましょう、奥方様が
ご列席になるため、遅らせられますので》
ギヨームはそれを聞くと溜め息をついて
言った《では、まあとにかく
まっすぐ教会へ行って祈りましょう、
それから散歩でもしましょう
鐘の鳴るのを聞くまで》
――《承知いたしました、と主人は答えた。
仰せのとおりにいたしましょう
お心にかなうことなら何なりと》
ギヨームは手提げかばんの中に
フランス風に加工したバックル付きの
真新しい大きなベルトを入れていた。
そのバックルの重さはゆうに、
銀一マール[83]はあっただろう、
豪華で趣味のよい素晴らしいベルトだった。
ギヨームはそれを宿の主人へ贈った。
主人は丁寧に頭を下げてから
こう言った《まあこれはこれは、
高価な贈り物を、まことにどうも！
ではこちらも何とかして
ご厚意に報いるようにしなくては。
こんなに豪華なものを頂戴して！
本当にこのような、〈頂き物〉[84]こそ
すばらしい実《み》のあるものと申せます、

バックルはこんなに大きいし、
革の方は、アイルランド産の本革で、
ここらではお宝となる値打ち物ですから。
金製のものよりもこの方が好《よ》ございます》

この主人はまことに信頼するに足る人物で、
結婚により信用を失ったりしてはいなかった[85]。
彼の宿の泊まり客が誰であろうと、
商売に差し障るようなことはなかったから。

二人は共にまっすぐ教会へ行く、
だが彼らの胸中はまるで違っていた。
ギヨームがひたすら思っているのは
愛のことだけ、ほかのことに関心はなく、
一方宿の主人の念頭にあるのは商売気
浴場をちゃんとしておこうと考えている、
翌日その客（ギヨーム）が入湯したいと
言うだろうと心に思っているので。

ギヨームは教会の中に入ると、
聖クレメンス[86]の祭壇の前に
ひざまずいて、
敬虔に神に祈った、
聖母マリアさま、
聖ミカエルおよびその天使の軍団と
諸聖人、それぞれに我を助け給えと。
彼は二度三度主禱文《パテル・ノステル》を唱え、
それからある有徳の隠修士に教わっていた、
七十二の神の名を連ね[87]、
ヘブライ語とラテン語と
ギリシア語で唱えるようになっている、
小さな祈りを捧げた。
その祈禱は人に神への愛と、
常に勇気ある行いをしようという
気持ちをかためさせる。
神に対し固い信仰をもって
それを唱える者はその恩寵に浴するだろう、
そしてそれを心から信ずる者、
それの記されたものを所持する者はすべて、
決して不幸な最後を遂げることはあるまい。
その祈禱を終えると、ギヨームは
詩篇集を手にとって開いた。
その時目にとまった一節がとても気に入った。
それは「われは主を愛する《ディレクシ・クオニアム》」[88]云々というのだった。

《これで神にわれわれの願いは聞き届けられた》
と、彼は書を閉じながら小声で言って、
目を伏せたまま祈りにふけった。
それでも外へ出る前に
彼は心に思う女性《ひと》がそこへ来るたびに
座っていた場所を注意して見届けた。
それにしても教会内でさえ彼女が
〈鳥かご〉に入れられてたとは思ってもいなかった。
その時宿の主人が言った《おやっ！
上様、たくさんお祈りの言葉をご存知ですね。
ここには立派な祭壇と
非常に尊い聖遺物がございます。
あなたほど学問のあるお方なら、
きっと最初からお気づきでしょうけれど》
——《それは、まあそうかも知れないが、
自分としてはうまく詩篇集が読め
答誦の書に合わせて歌い
読誦集を朗読できるからといって、
それほど大したこととは思いません》
——《上様、それはご立派というほかありません。
私どもの殿もついこないだまでのように
上機嫌でいられたら、あなた様を一目見て
歓迎され手厚く遇せられるでしょうに、
ところが嫉妬ですっかり人が変わられました。
私どもにはちゃんと分かっております、
あの方がわけもなく嫉妬されていることが。
お迎えになられた奥様というのは
それ以上は誰も望めぬほどの、
皆に対して優しく、しとやかで、
好感の持てる、魅力的なお方ですから。
ええ本当に、あの方は悩まれ死ぬほど嫉妬され、
その奥様を、ここにいらしても、この仕切りの陰に
押し込めて、人目に付かぬようになさるのです》
——《何も分かっておられない、とギヨームは答えた。
そのようにしても、たぶん何の得にもなりますまい。
でもこちらの与《あずか》り知らぬこと、好きになさるがよい！》
その間に二人は広場を横ぎり
町の外に出て、ナイチンゲールが
快い青葉の季節を嬉々として楽しんでいる
とある果樹園の中にやって来る。[89]
ギヨームは美しい花盛りのりんごの木陰の
涼しい所に行きどっと横になる。
宿の主人は、彼の顔が真っ青なのを見て、

こないだ彼から聞いていた
あの病が、そのように彼の血色を
失わせているのだと思った。
主人は神に一心に祈る、その彼に健康を
取り戻させ、彼のすべての望みを叶えさせ給えと。
ギヨームはナイチンゲールの鳴き声に聞き入り
宿の主人の祈りの言葉は少しも耳に入らない。
愛は人を盲目にし、その者の
聴覚と言葉をうばい、
当人はだれよりも思慮分別あるつもりでも、
人目には正気でないと思われるのは確かだ。
ギヨームは何も聞かず、見ず、感ぜず、
目も手も口も動かさない。
彼はナイチンゲールの歌声がもたらす
甘美さに心を打たれて、
何も見えず、聞こえず、物も言えなくなっている。
その甘美さは彼の心を目覚めさせるが
耳をすっかりふさいでしまい
他のものは一切そこに入り込めない。
逆に、それぞれの知覚は、その〈歓び〉を
分かち合うため、心のもとに戻ってくるはず。
心は主君であり父なる存在である故に、
心に良きことでも悪しきことでも生ずれば、
それぞれの知覚は心のもとにやって来て
いちはやくその意図するところを知ろうとする。
こうしてすべての知覚が内部に集合すると
人の目はかすみ外部は見えなくなり、
正常な判断力を失った状態になる。
善も悪も知覚たちをそのように心のそばに
戻って来させるもの故に、愛の〈歓び〉が、
善悪を混ぜ合わせ心中にある時に、
心の求めに応じて、その主君の方へ
知覚たちを馳せ参じさせるのは、
不思議とも何とも思わない。
すべての知覚は決まって次のように作用する、
それらの一つがメッセージを送った場合、
ほかの知覚たちはひたすら
その一つを助けそのために尽くすこと以外
何もすることはないから、
それらにとりただ一つのことが関心事となる。
そんなわけで物思いにふけっている人間は
物が見えず、感じられず、喋れず
また聞こえなくなることもある。
そうなるとちょっとやそっと人にぶつかられても、

本人はそのショックを感じることもないだろう。
これは誰もが自らの経験からも知るところだ。

教会の鐘が鳴るのを聞くや否や、
ナイチンゲールは声をひそめ
それからぴたりと鳴くのを止める。
《では、と宿の主人は言う。そろそろ
ミサにあずかりに参りましょうか》
この言葉が、我にかえったギヨームの耳に入り、
彼は答える《どうぞ、そちらのお好きなように、
私の方はミサが始まる前
たくさん人が来ないうちに、
教会へ行っていようと思うので》
――《それならば、早く参ることにいたしましょう、
そして内陣[90]でご一緒に席をとりましょう。
自分は読むほうも歌のほうも少々
心得てますので、声はあまりよくありませんが》
――《ああ！　ご立派、神の祝福がありますように！
どうしてそのことを私に隠していたのです？
あなたのために自分も一緒に
歌いましょう、そのほうはまあ大丈夫だから》

二人はそろって教会へ向かう。
すれ違う男も女もみんなが二人に、
《神があなた方を救い給わんことを！》と挨拶する。
これは御復活の聖節中[91]の習わしで
皆心からこのような挨拶をする。
教会堂に着くと二人は
内陣の中にはいった。
ギヨームはそこから、透き間を通し、外を
見ることができたが、それに誰も気づかなかった。
彼は絶えず注意を払い、フラメンカが
いつやって来るか様子をうかがっていた。
彼女を見れば、すぐにこの人だと
見分けられるはずだと思いながら。
それで彼女が顔をヴェール[92]で隠して
いなかったのなら、目についていたはず。
ヴェールをかぶった彼女にしか
お目にかかれぬなら、別の手を考えなくては。
でももし彼女が、何とかして、教会内に
このような恋人がいるのを知り得るなら、
悪魔がそこにいようとも
当人は何かの機会にその恋人に自分の頤《おとがい》でも
見させるようにせぬわけにはいかないだろう。

せめて目隠し布を下げるなり、
目の前の亜麻布《リネン》か何かを
払いのけるふりでもするだろう。
入ってくる時、彼女は素手で
十字を切ることも[93]、彼女への恋に
悩み苦しむ男を見届けるまで、
あたりをじろじろ見回すことも、
恐れもせず厭いもしないだろう。

今か今かと意中の女《ひと》を待ちわびながら、
ギヨームの胸の鼓動は高まっていた。
教会の正面入口に人影が
さすごとに、いよいよアルシャンボー殿が
やって来たぞと彼は思う。
信者らは堂内で並び席につく。
全員が来てそろい
三度目の合図の鐘が鳴ったところで、
皆のあとからあの無情でおぞましい男が
落ち着きのない顔をしてやって来た。
髪の毛はぼさぼさで不恰好な身なり、
それに狩り用の槍でも持たせたら、
山中で、猪《いのしし》をおどすために、
百姓たちが古着をきせてつくる
案山子《かかし》にそっくりだった。
そのすぐそばに、一緒に、
彼のような身なりで、美女のフラメンカがいた。
彼女は、夫を嫌がり、彼に
なるたけ近寄らぬようにしていた。
入口のところで、彼女はちょっと立ち止まり、
うやうやしく一礼した。
この時ギヨーム・ド・ヌヴェールは
初めて可能な限り彼女を見た。
目を据えまばたきもせず見ていたが、
焦れったくて、溜め息をつく。肝心の顔が
見られぬのは、なんとも彼には不満であった。
《ほら彼女だ、と彼に愛の神が言った。
わたしが何とか解放してやろうとしている女だ、
そなたもそうするように努力してほしい。
ただし、人に気づかれるような
流し目で彼女を見たりせぬように。
この世に生まれ来ぬほうがよかった
あの男、あの気違いじみたやきもち焼きを
騙《だま》くらかす方法をとくと教えて、
あの目隠し《ヴェール》へのそなたの恨みを晴らしてやろう》

その時ギヨームは目をそらした、
奥方が隠れ場に入るところだったので。
そして、すぐに彼はひざまずいた。
司祭がまず「我をきよめたまえ《アスペルジェス・メー》」[94]と唱えた。
ギヨームが「主よ《ドミーネ》」[95]と応誦し、
そこの唱句を全部終わりまで唱えた。
その教会で、かくも見事に歌われたためしは
なかったと思う。司祭が内陣から
出てくると、一人の平信徒が
聖水をささげ持ってきて、
司祭はそれをまずアルシャンボー殿に与えるため、
右手の彼のいる方へ向かって行った。
それゆえ歌唱の方はすべてギヨームと
彼の補佐役をつとめた宿の主人が受け持った。
しかしギヨームは度々奥まった場所の方を見やり
(内陣の)囲いの透き間から目を離さなかった。
司祭は灌水刷毛《はけ》[96]で聖水を振りかけ、
最善の注意をはらって塩水を、
フラメンカの頭の方に向ける、
彼女の方はその水を受けやすいように、
髪の分け目の真ん中のところを
見せるような姿勢をとった。

彼女は白くきめ細かな柔らかい肌をして
その髪は美しく光り輝いていた。
太陽がとても愛想よく現れて、
ちょうどその時、一条の光を
じかに彼女にあてたのだった。
ギヨームは愛の神が示すこの貴重な宝の
美しいしるし[97]を見て、
心が満面に笑みを浮かべて喜ぶのを感じ、
「救いのしるし《シグヌム・サリュティス》」[98]を歌い出した。
彼の歌はみんなに非常に好感を与えた、
よく透き通った声で
正確に喜びをもって歌っていたから。
彼が騎士であることが知られていたなら、
その歌は更にもっと好ましく思われてただろう。
司祭は祭壇のところに戻り、
十四歳くらいかと思われる
聖祭侍者のニコラと共に
小声で《われ告白す《コンフィテオル》》[99]と唱えた。
内陣で、歌を歌いこなし、
実際に歌っていたのは、二人の聖歌隊の子供と、
ギヨームに宿の主人だけであった。
ギヨームは自分の声部《パート》を上手に歌ったが、

その間も再三奥まった場所の方へ
ちらっと視線を向けることを忘れなかった。
司祭が福音書の朗読を始めると、
意中の人は立ち上がった。
その時に起立した一人の市民が
ギヨームをひどく不安な気持ちにさせた……[100]
でも幸いなことにその人は脇によけてくれた。
それでギヨームはかの女性《ひと》の方に
改めて目をやり、立っている彼女を見ると、
十字を切った手でもって
顔を覆っていたヴェールを少し下げていた。[101]
また、前の部分は親指で
コートの留め具をおさえていた。
ギヨームはその福音書奉読が
フラメンカに煩《わずら》わしい思いをさせぬのなら
いつまでも続いてほしいと思っていただろう、
けれどもそれはあっという間に終わり
彼には新年の時のもののように思われた。[102]
それが済むと、彼女は十字を切った。
ギヨームはその素手に見とれて、
その手に自分の心が奪われ
持って行かれるような気がした。
彼はひどく甘美な怯《おび》えにとらわれ
あわや倒れそうになった、
だれしも冷水の中に入る場合、
段々水が胸の上あたりになるまで
つかっていると、心臓も肝臓も肺腑も
水に奪われる気がするのと全く同じで、
そうなると本人は言葉を発しようにも
言葉にならず、ただああ！　ああ！と言うだけ、
その時のギヨームもそんな状態にあった。
見ると目の前に献金箱があり
それに向かって彼は都合よく跪くことができ、
そのままそこに祈るような格好で座りこんだ。
彼は頭巾《フード》をかぶったままであったから、
その心の動揺に誰も気づかなかった。
福音書奉読の際もそれを脱がなかったのは、
きっと頭痛のためと思われただろう。
彼はニコラが聖牌を持って来るまで、
身動きせずどの方向にも移動せずに、
じっとその膝つき台に座ったままだった。
ニコラは彼のそばにいた宿の主人にも
親睦の接吻を与え、次に典礼書棚から、
その上で十字を切り、

詩篇と賛美歌、
福音書と祈禱文、
応誦と唱句と読誦よりなる
聖務日課書を取り出す。
彼はフラメンカにはこの書でもって
親睦の接吻を与えた[103]。その接吻の際、
ギヨームは内陣格子の透き間から
——それは狭く小指を通せるほどのものだが——
彼女の赤く小さい美しい口もとをちらりと見た。
その時〈至純の愛の神〉が彼に
もう何があろうと意気阻喪せぬよう促した、
すでに無事目的地に到達したのだから、と。
そう言えば、彼は一年くらいの間に意中の女性《ひと》から
それほど得るものがあるとは思ってもいなかった、
現に彼の目は彼女をまのあたりにし、また心は
彼女への思いに、幾分満たされてきているのだから。

侍者のニコラが内陣に
戻ってくると、ギヨームはあの聖務日課書を
どうすれば手にすることができるだろうと考えた。
そこでそれを手に取らせてもらうための口実に
小声で話しかけた《ねえ君、その中に
教会暦算表[104]と暦《こよみ》があるのかな？
聖霊降臨日《ペンテコステ》[105]が六月の何日になるのか、
それだけぜひ、知っておきたいのだけど》
——《はい、あります》と、侍者はその書を彼に渡す。
ギヨームは太陰暦も閏余《じゅんよ》[106]のことも
説明などしてもらう必要はない。
彼はその書のページをめくりながら、
目指す一つのページのために、どのページにも
接吻したいものと思う、自分のそばに
座している宿の主人にも見られず、
こっそりそれができるものならば。
でも巧妙な手を考えついた
《そうだ、まずこっちが相手に教えて、
それから教わるようにすることだ》
そこでこう言った《ねえ君、それのどの箇所で
親睦の接吻を与えるの？　なるべく
詩篇集でするべきではないのかな》
——《はい、そうしています、さっきも
そのようにしました》と言って、ニコラは
そのページと箇所を指し示した。ギヨームは
それ以上そのことは訊かずに、祈りはじめ
そのページに幾度となく接吻した。

彼は全世界を掌中に収め
己に欠けたるものは何もない気がする。
そして自分の両の目を切り離して
一方の目はあの透き間の方を見ることができ、
片一方でこの目の前のページが見られるなら
さぞ幸せであろう、また事実幸せな気分だった。
彼は長いことこんな思いにのめり込み
とめどなくあれやこれや考えていたので、
司祭が《行けよ、ミサ終われり《イテ・ミサ・エスト》》と告げるのが
耳に入るまで、何も気づかなかった。
この時には、さぞやつらかったことだろう。

アルシャンボー殿はそそくさと出て行く、
あとに付き従う者のことなど
意に介さずに。フラメンカはゆっくり
祈りを唱え、腰かけているひまもない、
それは彼女の侍女たちも同様だった、
二人とも美しく才気煥発で、
若い方も十五歳は過ぎていたのだから、
夫を持ってよい年頃であったのに。
彼女たちは去って行く。ギヨームは居残り、
すでに正午の時禱(107)を始めていた
司祭を待っている。
その祈りが終わったのを見て、
ギヨームは司祭に近づき、丁寧に挨拶をして
話しかけた《神父さま、私を歓迎の意味で
ひとつ恵みを与えていただきたいのですが。
そこで今日、私の宿で昼食をとっていただき、
今後も、私がこちらに滞在いたします間、
私どもと食卓を共になさりませんか》
宿の主人が口を添える《そうなさってください、
そうなさるがよいと存じます》
司祭は物分かりのいい人で、
そんな機会があった時は、大変喜んで
気持ちよく誠実な人たちの相手をつとめていた。
だから、すぐに承諾の返事をした。
ギヨームは心から礼を述べ、
司祭も同様彼に礼を言った。
それから三人は昼食の準備のできている
宿屋の方へ向かった。
食事のことは何も申さぬことにしよう、
とにかく彼らは十分によく食べた。
食卓が片付けられると、
ギヨームはほとんど口を利かなかった、

心はそこになかったのだ。
彼は席を離れ、ひと休みし
塔をじっくり見たいと思って
自分の部屋に入った。
彼は塔とそこの寝室や食堂を
心ゆくまで眺めたあとで、
自分のベッドが整えられているのに気づき、
そこに横になるが、次第にうとうとしてきて、
眠りながらその日のうちに
見たり考えたりしたことを思い返した。
目が覚めた時はもうおそい時刻であった。
宿の主人は司祭とそしてニコラも
来てもらうよう迎えに行かせた。
司祭の名はジュスタンといい
実に誠実味のある人であった。
ギヨームは極めて慇懃に彼に言った
《どうか神父さま、きょうお食事の際は
一切ご遠慮などなさいませぬように、
今後もお勘定は私に任せていただきますので》
――《さようですか、ではお言葉に甘えて》
復活祭の時期、夕食のあとで、
皆でダンスをしファランドール[108]を踊り、
また天候により、いろいろ楽しむのが
その地方の習わしであった。
その夜は五月樹[109]が立てられ、
そのためお祭り気分は更に高まった。
ギヨームと宿の主人はとある果樹園へ
出かけて行った。そこにいると町の方で
人びとの歌声が、また野外では
緑の葉陰でさえずる
小鳥たちの歌が聞こえていた。
恋にもだえるどんな心も、
これら歌声の調べが、恋の傷を疼かせ
傷口を広げるほど、染み入りもせず、
苛《さいな》みもせず、意気阻喪させることもなければ、
それは揺るぎないものと見なしてよい。
日がとっぷり暮れめいめい家に閉じこもった。
非常に思慮深くて世故に長けた
宿の主人は言った《帰らねばならぬ
時間ですね、それがよろしゅうございましょう、
宵《よい》の冷えはお体のためによくありませんから》
ギヨームは心残りがあったが宿に帰った。

そして昼間体を休めていた
ベッドの中に戻ってきて、
供の者たちも眠りにつくと、
彼は自分自身とも激しく対決せねばならなかった、
こう言いながら《愛よ、愛の神よ！
今すぐに助けていただけないのなら、
あなたのご助力は当分必要ないでしょう。
私の心はあそこ、あの塔の中にありますので、
この肉体もそこへ移して下さらねば、
もうおしまいだとご承知おき下さい。
愛なくして人はほとんど生きられません、
だから私ははっきり申し上げます
今直ちに私のことにお構いいただけぬなら
ほかの恋人《おとこ》でもあてがって下さい、
私は去って行きますから。どこへ？　知りません、
ただし、すべての人びとが行くところ、
つまりあの世です、あなたがそこでも
この世と同じほど力をお持ちか知るために。
あなたは私をこの世で喜ばせてやったから、
いつかまた戻るなんて思わないで下さい、
いえ、私はあなたを知り不運だったと思います。
ところで、「慈悲」さま(110)、あなたはどうしてくれます？
いつも、ここぞという時に、来てくれてました。
愛の神がその矢で私を射貫き
傷つけて、私の恋心を一度に
燃え上がらせたのを、御覧になりませんでした？
どうやらそれの毒にやられたようです。
二か所傷を負っているように感じます、
というのは耳と目とに、
激しい痛みの衝撃を受けましたから。
かくも見事に的に命中させる愛の神ほど
巧みな射手をいまだ見たことがありません。
何しろ、その切っ先はどこに当たっても
心臓に直行し、ぐさり刺さったままで、
傷口はちゃんと元のようにくっつき
見た目もすぐにきれいにすべすべになり
そこには何も当たっていないようだし
矢もなにもそこを射貫いたように見えません。
そんなわけで傷ついた者は、気力をなくし
飲み食いも眠ることもできないのに、
痛みを感じることはないのです。
でもそれ以後は、心は全く癒やされません、
その者のために、愛の神が
彼の胸に刺さっている矢でもって、

その愛の対象を突き刺さなければ。
その突きが最初の突きと同じほど強ければ、
傷を負った両人は、機会が到来した時に、
公平に合致して癒えることになるでしょう、
一方の傷ついた者が相手を癒やせますから。
どんな恋する者の心も、保証します、
その心はもう一つの心に傷を負わさねば
決して完治するものでないことを。

しからば自分はどんなふうにして癒やされる？
恋する相手は自分に会ったこともなく、
自分を何者かも、また苦しめていることも知らない。
どうやって愛の神はこの心に刺さった矢で
あの女性《ひと》の胸を射貫かれるのだろう、
彼女が内々にも人前でも私と会わぬ場合は？
彼女が私の話を聞くか、話しかけてくるか、
私に会うか、触れるかできるなら、
その時全き愛の神はその四つの手段のいずれかで、
彼女に攻撃を仕掛けることになり、
私を癒やすため彼女に傷を負わせるだろう、
彼女としても私がもだえ死なんとするのを
目の前にして、いささかも憐憫の情を
覚えぬことなどありえないだろうから。
だけれども、とんだ目にあわぬとも限らない、
実際に身に覚えのある男たちの言うには、
確かにひどい奥方もいるもので、
二年も三年も男に求愛させ懇願させ
お相手をさせ伺候させたあげくの果てに、
全く情け容赦なく
約束ごとにも応じない、とか
騎士《おとこ》の側は相手を口説きおとしたつもりでも、
彼女には恋人だなんて迷惑だという顔をされ、
いつかは自分を愛してくれるはずと
勝手に思い込んでいたことを
相手に詫びねばならぬことにもなる。
そのため肉体は彼女から離れ心を置き去りにする、
心は体につながったまま従うつもりはないからだ。
そこで肉体は、心が自分に消え失せるよう迫るなら、
長いことそのそばで従《いたず》らに時を過ごさせられた
彼女自身が自分（肉体）を拒否する前に、
あいつ（心）を亡き者にするのだがと考える。
だけど男の方は、それを得ようと長い間耐えてきた
愛の奉仕の権利を、他の男に取られたことに
気づいて認めたならば、

もう彼女の愛のことは気にかけず
彼女と一緒にいることを望みもせず
どこか途中で出会えればなどとも思わない。

だが、これら不幸な男たちの苦しみは大きい、
彼らは六年、七年、八年、九年と
偽りの顔にだまされてきたのだから、
愛の神がこれ以上深く私を傷つけぬうちに
今すぐにでも立ち去るには、自分はどうすればよい?
賢明に思慮深く振る舞うことだ
(愛の神に)さらに無理強いされる前に
解放されたいと思うのなら。
それにしてもどうなることか気づくのが遅すぎた、
自分としてはここにやって来る前に
そのことも十分考えておくべきだった。
でも事態がこのようになり
愛の神に抗することもできぬ今となっては、
ただそれにすがりながら
できるだけ耐え忍ぶほかないし、
忍耐により試練に打ち勝てるだろう、
怖じけていると自分がみじめになってくる。
あすは五月の朔日《ついたち》だから
至純の愛の神のお望みしだいで、昨日《きのう》のような
すばらしい褒美をもらえるかもしれない、
しかも盛大な祝日になるだろう、
二人の選ばれた使徒の祝日だし(三)
二人の使徒はきっと騎士をひとり
連れているに違いない。
自分にとっても何よりの祝日になるだろう、
私が最も欲し、心を打ち明け、
身を捧げるこの世の人に会えるなら》
そう言って彼は眠りに落ちた。
そして目を完全に閉じるやいなや
愛の神は彼に快い休息を与え、
眠りの中で意中の女《ひと》に会わせてくれた。
いつしか彼は彼女の前にひざまずき
懇願していた《どうか、お慈悲を、
奥方さま、どうか、お慈悲をたまわりますよう。
あまねく世間に光り輝いている
あなたの完ぺきなまことの美点、
あなたの声望とあなたの価値、
あなたの美しさ、あなたの気品、
あなたの才気、あなたの慇懃さ、
あなたのぬかりない応待ぶりと

何もかもすばらしいお評判《うわさ》を耳にして、
許していただけるなら、お仕えしたいと
こうしておそばに参りました。
で、この私を奉仕者《しもべ》として
お取り立ていただければ
それ以上ほかは何も望みません、
お仕えできるだけで十分ですから。
ただ私が、こんなに気早に胸中を明かすのを、
どうか悪くおとりにならないで下さい、
一途な恋心に胸が締めつけられる思いで
今、お慈悲にすがろうとしているのですから。
でも、あなたとお話ができ、
度々お目にかかれるのでしたら、
何もこうまでは申さないでしょう、
あなたに会いお話することで
十分報いられたことになると思います。
けれども私は心の目以外に
いつまたあなたに会えるかしれませんので、
こうして一度にたくさんのことを
お願いさせてもらわねばならないのです。
かように厚かましく申すのもそのためで、
この厚かましさは畏怖の念によるものです。
あなたの賢明さを存じ上げているゆえに、
畏《おそ》れがあなたに私の思いのたけを
打ち明けさせるほど大胆になっているのです》

ギヨームが能うかぎり懇願し終ると、
（夢の中の）奥方は答えた《まあ、どなたですの、
かくも優しくわたくしをお求めになるあなた様は？
こうお訊ねしたとてお気を悪くなさらないで、
今までこうもおっしゃられた方はありませんし、
わたくしこれまでそんな風に多くの愛の言葉も、
それは一言も聞かされたことがありませんもの》
——《奥方さま、私は、あなたの臣下であり僕《しもべ》である
ギヨーム・ド・ヌヴェールと申す者で、
ここ、あなたのもとに参りましたのは、
折り入ってお慈悲を乞い
あなたと少しでもお話できる
機会を得させていただきたいがためです、
あなたのお力添えなしに私は生きていられません》
——《ねえ、でもご自身で考えてみて下さい
わたくしにどんなご助言ができるかを。
今仮にわたくしがあなたを愛したいと望んでも、
あなたはわたくしから喜びは得られませんし

わたくしもあなたとの楽しみは味わえません。
あなたはわたくしを愛してくださっているのに
わたくしの方があなたに喜びも幸せも、
それができるのに望まず与えないのなら、
それはこちらの傲慢さのせいとすべきでしょう。
けれど、それを望みながらできないのであれば、
そのことで咎められることはないと思います。
それに、わたくしが自分で何をするにも、
力のないことはあなたもよくご存知でしょう。
ですからどうかわたくしを愛したりなさらないで、
それはあなたに何の益にもなりませんし、
およそ恋などわたくしには無縁ですから。
こうして恋をせずにいられるのは
この牢獄の中のわたくしへ
神の賜った最大の恵みなのです》
——《ああ！　愛《いと》しい人、私はどうすればよいのです、
あなたから良き助言を受けられないなら、
私が愛して求め、私が必要とし愛《いと》おしみ、
比すれば他の人々は手袋一つにも値しない
あなたから？　そうなると私に助言する人は、
ご承知おき下さい、卜者ということになるでしょう。
すっかり私の心を縛ってとりこにしている
愛しいあなた以外には、
私はこの世のほかの誰にも
自分の胸中を明かすことはないでしょう、
あなたは私が自分のすべての思いを、
すべての歓びも憂いも託しているお方ですから。
それゆえこの私の願いが受け入れられず、
臣下《しもべ》として取り立てて下さらなければ、
自分の命はどうなってもよいことになるでしょう、
私の心はとても誇り高いので
あなたから活力をいただけないとなれば、
これ以上生きることは良しとせぬはずですから》
——《殿御、あなたは温雅に謙遜されていますが、
おっしゃるとおり、わたくしに面目を施されようと
本気でお考えのようにお見受けします。
わたくしに適切なご助言ができるものなら
ほんとに喜んでそうしたいのですけれど、
わたくしは野獣のような心は持ってませんし
鉄の女でも鋼鉄《はがね》の女でもありませんもの。
あなたのような騎士《ナイト》がわたくしのために死んで
ほしくありません、わたくしでお救いできるなら。
どんな親切心も、そのような優しさのこもった
願い事を少しでも聞かされれば、

ほろりとして御意に従うに違いありません。
その懇願の優しさは、相手に聞く意思があるなら、
冷たい鉄をも割る力がありましょう。
甘い優しい懇願にころりと乗せられぬよう
女の方は素気《すげ》なくせねばならないのです。
女性というのはほんとうにしたたかで
そうした優しさに心を動かされたりいたしません。
その心はとても依怙地《いこじ》で冷淡で
自分の殻の中に閉じこもり、
優しさのこもった願いがそこまで下りても
すぐにほぐれることはありません。
依怙地を通すのも、愛と情けに満ちた
その優しさに、温かみがあるからです。
それがしばしの間でも働きかけてくる相手は、
それをすっかりやわらかく練り、意のままに、
決して純な粉で作られてはいないのです、
縮めたり伸ばしたりできるものではございません。
優しさこもる懇願は神も聖人たちも説き伏せ、
海も風や嵐も静めます。
それのもつ力はそれほどに大きいので、
自分が応じることになるのを恥だとは思いません、
とりわけそれが「歓び」と「価値」と「分別」が栄え、
すべての善なるものが更に向上しようとする
ところ[112]から来ている場合には。
それゆえに早速ご要望に応えて
わたくしの方からお教えしておきましょう。
そう、教会でわたくしに親睦の接吻を
与える人になり、上手にその折を利用すれば、
毎回一言だけ口にすることにより、
きっとわたくしとお話できると思います、
それ以上おっしゃる余裕はないはずですから。
そして次の回は何も一言もおっしゃらずに
わたくしの方がお答えするのを
待っていただくようにするのです。
お話し合いする方法は以上述べたとおりです。
それと、わたくしが時折湯あみに行く
ピエール・ギーさんの浴場内に、
誰の目にもつかないような、
部屋まで通じる抜け穴を、
地下に穿《うが》ってはいかがでしょう。
そこを通り、こちらの入湯の時間に合わせ、
わたくしのもとに来ていただくということです。
まあこのように方法をお教えしましたが、
わたくしが全体的にお示ししていることは

あなただけでとくとお考え下さい。
何の問題であれ他人が立ち入ったり
手を貸したりしてほしくありません、
わたくしはあなたにだけ身も心も捧げ、
ただあなた故《ゆえ》に愛の神へ従うのですから。
では、わたくしの言うことをもっと信じたいなら、
このわたくしの腕の中にいらっしゃい、
愛しい人、接吻してあげましょう。
あなたは真に凛々しく高潔で、
礼節をわきまえた勇敢なお方、
どんな奥方も、どのようにしてでも、
あなたに名誉を与え、あなたを迎えて
あなたのお望みどおり従うはずですわ》
彼女はそう言って彼に接吻し、抱擁をする、
その言葉、その動作、その表情の
すべてが彼に愛の歓びを与えた。

Ⅳ　聖職志願

ギヨームが夢の中で意中の女性《ひと》から
すべての助言を受け終わったところで、
愛の神自ら喜びにひたっていた彼を揺り起こして
言った《ギヨーム、そなた一体どうするつもり？
今はもう夢だけ見ていたいのか？》
ギヨームは溜息をつきながら答える
《もうそれだけで十分幸せでしたのに！
愛の神さま、ひどいではありませんか、
こんなにも早く目覚めさせられるとは。
あなたは私に与えてくださっていた
眠りの中での大いなる恵みを、早くも
私を起こされて、取り上げられたのです。
愛の神さま、お願いです！　どうか、
もうすこし眠らせてください！
でもまあいいです、眠らなくても、
夢に見たものを全部思い出している内に
すっかり夜が明けるでしょうから》
彼は見た夢を何度も思い返し、
一人にんまりしながら心に誓う
《あの夢がほんとに正夢《まさゆめ》にならなければ
もう断じて梨は口にしないことにする。(113)
それに、神のおぼしめしなら、彼女はきっと
誰がその助言を私に与えたのか知るだろう》

彼はこのようにしてその夜と

明くる朝を、太陽の光が
差し込んできて、部屋を
真っ赤に染めるころまで過ごした。
そうしてうとうとしながら起きたが、
ぼうっとはしていないで
先に窓を開けに行き
それからきちんと服を着替えた。
その時彼の顔色を見ていた者があれば、
きっと恋する男のそれと見てとっただろう、
顔は青ざめ、目のまわりには
青みがかったくまができ、こめかみが少し
くぼむほど、憔悴《しょうすい》しきっていたから。
確かに恋に心を痛めていない者は
驚いて、一体ギヨームはどういうわけで
そうなったのかと首をかしげる、
実は恋の病というのは、体調に起因する
他の病気の場合ほど速やかに回復しない。
それはまことにつらく激しいもので
その発熱による苦しみようといったら
たった一日あるいは一晩だけでも
他の病気の十八日分以上のものだから。
その理由は、つまりこういうことである
恋は心に攻めかかり、その心の持ち主を
とらえて息もつかせないほど
がんじがらめにする病気なのだ。
そうなると本人はあれこれ思い巡らしても、
常に同じ対象の方へ引き戻され、
苦悩の度合いはいつまでも変わらない。
他の病気なら、遅かれ早かれ、
多少とも心安まる時があるものだが、
この場合は苦しまずにいられる時がない。
造物主も、肉体の支配者として
肉体の要求は満たしてやるし、
その病には行き届いた治療をするけれど、
こと恋に関しては、どう助言してよいやら
分からず、なすすべがない。
それでその病める心を突き放し
その持ち主にこのように言う《そのことは、
そちら様の方がご存知のはず、探してごらん、
お望みならば、そっちの病気に効く薬を。
ただし、薬草も樹脂[114]もわたしの権限に
属するものはどれも用いないように、
これらはそっちの傷には効かないから》

恋愛は精神の傷であるが
その傷を負った者たちはそれが癒えるのを
望まぬほどそのことに喜びを覚えるもの故、
造物主はこの問題には一切介入しない。
だから恋の痛手を負った者は
血の気がなく、痩せこけ、
土気色の顔をして弱り切ってるようでも、
意外と健康状態は上々なのだ。
精神は心にごく近いもの故に、
それが何らかの痛みを覚えれば、
心の方もその余波を受けぬわけにはいかず、
その苦痛のお裾分けにあずかることになる。
心が痛みに苦しむことがなければ、
恋は病ではなく好ましいものといえよう。
それは心に激しい苦痛を伴うからこそ
病と呼ばれるが、まさにそのとおりである。
確かに恋はどんな膏薬《こうやく》も効きめがない
つらくて心が疼く病なのだ。
なにかそれに効くようなものがあれば、
ポイボス[115]もそれは十分承知していたはず、
彼はすばらしい医者でもあり、
開闢以来最高の名医だったのだから。

その彼も恋の病に苦しみ、自らの学識について、
それらは自分を除けば万人に役立つと言っている。
つまりこうした言葉で、彼は恋に対しては、
効能のある薬は見つけられなかったと
はっきり告白していたのである。
だから私（筆者）はギヨームが見た目に
ひどく変わっていたことに驚かない。
彼が手を洗い終えたところに
宿の主人がやって来ておじぎをしながら、
こう言った《天にまします神の
ご加護があなた様の上にありますように！》
——《どうも、その私のための願いをそのまま
神があなたにも叶えさせられますように。
ミサを告げる鐘はもう鳴りましたか、
でなければ取りあえず昨日のように
外へ散歩に出掛けませんか？》
——《まあ、それはお好きなように、それよりも
よろしければ、上等のアブサンを少し
召し上がっていただきたいのですが。ちょうど今、
五月頃は、それの飲みごろでございますから》
——《なるほど、では、それを持って来させてください》
——《はい、ここにございます、生《き》で上等なのが》

ギヨームは荷の中から自分の酒杯を取り出させた。
皇帝がそれで飲んだと言ってもおかしくないほど
それは美しい、大きくて立派なカップで、
黒金《ニエロ》象眼の装飾が施されていた。
その重さは銀五マールほどで
形も十分それにふさわしいものだった。
ギヨームが最初にそれで飲み、
次いでそれを宿の主人にこう言いながら
差し出した《今後はこれでやってください、
アブサンも一層おいしくなります。
で、このカップは私のものにしておくより
ぜひあなたのものにしてほしいと思います》
主人の方は何とも答えようがなく、
それがとてもまことととは信じられず、
ただうれしげに声を出して笑いだした。
それでもギヨームが折り入って頼むので、
彼はそれが手もとで使える間は、
ほかの銀カップでは決して飲まないこと、
また絶対に他人に売り渡したり、
それより、小さいもの大きいものを問わず、
もっと立派なものとも交換せぬことを
しかと約束した上で受け取った。
彼はそれを妻に預け、彼女は
一旦それを大事にケースにしまってから
貴重品入れの箱の中に納めなおした。

付き人たちは食事に余念がない。
ギヨームと宿の主人は、われらの主に
祈りながら、教会堂へ向かう。
けれども二人の祈りは、同じ父なる神に
向けられても、中身は似ても似つかぬもの、
一致するものは何もなくて、
共通なのはその神の名だけだった。
ギヨームはなすべきことはちゃんとしてから
その前日に自分がいた
同じ場所に来て席についた。
司祭に慇懃にあいさつするとすぐに、
意中の女性《ひと》が入った場所を見ようと
彼はその方に目を向けた。
三時課(116)がすっかり終わる前に、
美女にはおよそ不似合いな先導者の
アルシャンボー殿がやって来た。
ギヨームは鴣《しゃこ》をねらう大鷹のように、
囲いの透き間の方へぐっと首を伸ばして、

己の唱える言葉に殆ど注意を払わなかったが、
その間ちらちら横目を使いながらも、
詩篇中の唱句を決して見誤ることはなかった。
しかもそれは彼にとり思いがけなく幸いして、
そのように様子を探ったのがむだでなかった、
なぜならこの度は正面入口で立ち止まってから
フラメンカは彼女がいつもしていたよりも
長いこと祈りを捧げていたから。
彼女は右手の手袋をぬいで、
つばきを吐くために(117)
顔の下の部分を覆っていたヴェールを下げた、
それでギヨームははっきりその口もとまで見た。
彼は目で、彼女に接吻し、愛撫し、
内陣仕切りのところまで付き添って行く。
未だかつてこれほど晴れやかな月曜日はない、
とギヨームには思われた。
太陽が間もなく、
フラメンカという別の太陽が
神に向かいひれ伏して祈っていた
場所に向け光線を放った。
ただ、彼女の顔を覆うヴェールによる
あいにくの薄雲さえかかってなければ、
ほかの太陽の光が射し込んで
彼女のいた一角を殊更に照らす
必要など全くなかったであろう。
フラメンカの顔が発する光で十分だったはず、
もっとも彼女の方は、そんなことなど
一切念頭になかったけれど。
ギヨームは聖務日課書を手に持って
口ではその書のページをめくり歌いつつ、
うまく眼《まなこ》は囲いの透き間に向けていた、
彼の思いはすべてそこにあったのだから。
彼としてはミサが福音書の朗読と
「神羔誦《アグヌス・デイ》」(118)だけで終わってほしかっただろう、
自分が会うことのみ心当てにして来ていた
当のフラメンカは、その時立ち上がっていたから。
彼は自分の視線と彼女を隔てる
あの仕切り板の位置が変えられ、
あの目隠し《ヴェール》が他のところに移されるなり
燃え盛る火の中にでも放り込まれるものなら、
大金をなげうつことも厭《いと》いはしなかっただろう。
ニコラが親睦の接吻を与えることになった時、
ギヨームは詩篇のどの部分で与えるべきか
あとでそのページを見つけやすくするために、

彼に教えておこうと思った。
《ねえ君、と彼は言った。ひとつ教えてあげよう、
私が去ったのちに親睦を与える際のよい箇所を、
言う通りにすれば、そちらも上達するはずだから。
それはだね、「汝の城壁のうちに平安があり《フィアット・パクス・イン・ウィルッテ》」(119)
の唱句に常に決めておくことだ。
ところで君には、私から訳《わけ》を話すまでは
この土地から離れないでほしいんだ。
ダビデは、詩篇集が出来上がると、
ソロモンに毎日そのところの唱句に
接吻をするよう申しつけた。(120)
それでソロモンの統治期間
その王国は天下太平だったのさ》
ニコラは答えた《ほんとそうですね、
はい、ではそうするよう決めておきます》
——《どうするにせよ、とギヨームは付け加えた。
君、その書をこちらによこしてごらん、
なんなら、教えておいてあげたい
祈りの文句がまだたくさんあるから》
ニコラは、ギヨーム——彼は相変わらず
仕切りの透き間の方へ目を凝らしていた——が
先刻示したページで親睦の接吻を与えるとすぐ、
その詩篇集を彼に返した。
ギヨームはそれを手にするや
心はすっかり歓びで生気を取り戻した。
彼は頭巾《フード》ですっぽり顔を隠すようにして、
その書を自らの額《ひたい》へ、目へ、
あごへ、顔全体へそっと当てながら、
狭い透き間の方をじっと見ている、
相手に見せようとしてやっている自分のしぐさに
彼女は気づいてくれているか知るために。
確かに恋する男というものは
相手の心はこちらの望みを見抜き
こちらが苦しむ時は相手も苦しむものと
得手勝手に思いがちだから。
で、もしも愛の神が公正であるなら、
すべての心は同じつくりになっているはず。
けれどいつも愛の神のなさることには
公正さもなければ節度もない。
ギヨームは、ニコラがぎこちない手つきで
親睦の接吻を与え、
フラメンカがうやうやしく
頭《こうべ》を下げその美しい唇を
書物に押し当て接吻している間に、

一言でも話しかける余裕があるかどうか
しっかり見きわめておこうと思った。
そして、ニコラがその書を手もとに戻すまでに、
彼女に言葉をかけるのは
十分可能なように思われた。
ミサの詠誦が終るとすぐ、
アルシャンボーは昂然《こうぜん》と胸を張り、
一番に教会堂から出て行き、そのあとに
フラメンカが従っていた、ジョングルールたちの
騒々しさもなく、常に彼女に付き添い
履き物や着替えのためにかしずいている
アリスとマルグリットの
二人の侍女のほかには、
供として付き従う者もなく。
彼女らはいずれも、なすべき事も
お仕えする奥様からのお申し付けも、
一切なおざりにしなかった。

信者たちが出払ったあと、
ギヨームはニコラの時禱を聞き、
それから彼の耳元で
ささやくように言った
《あまり遅くならぬように来なさい、
早めに昼食をとることにしているので》
――《はい、わかりました》と、ニコラは答えた。
ギヨームは手に持っていた書を閉じ、
それを書架に置いてから
すぐに教会堂を出た、
宿の主人もうれしげに
彼のお供をして一緒に。

乙女たちは前の晩に立てていた
五月柱をすでに取り払って、
「恋のなぞかけ」[121]を歌っていた。
彼女らはギヨームの真ん前を
こんな歌詞の五月の歌を歌いながら
通り過ぎた《こんな奥様っていいな、
男友達もやきもきさせず、
やきもち焼きもお咎《とが》めも恐れずに、
好きな騎士さんと森の中へ、
牧場へ、あるいは果樹園へ行き、
それから自分の部屋にお連れして
二人で存分におたのしみ、その間
やきもち焼きはベッドの端でじっとしている、

そして彼が口出しすれば、彼女は答える、
つべこべ言わずに、さっさと出て行って！
わたしの腕の中で愛する人がお休みだから。
五月朔日《ついたち》！　そしてやきもち焼きは去って行く》
ギヨームは心の底から溜め息をつく、
それから小声で神に祈る
あの娘たちの口ずさんだ
歌の節が現実のものとなりますように、と。
宿屋に戻ってきた時に、
主人が言った《ちょっと上様、昨夜
あなた様用に設《しつら》えさせました浴室を、
どんなものかご覧いただけますか？》
——《今日入浴はしません、とギヨームは答えた。
ちょうど朔《ついたち》の日でもあるし、
それは心しておくがよいでしょう。
あすは太陰月の九日目だから、
湯浴みするのによい日です》
——《はい、かしこまりました》と、
主人は非常に快く答えた。
その時、ピエール・ジュスタン師がやって来た。
ギヨームは待ってましたという顔をして、
愛想よく彼を迎え抱擁した。

《神父さま、お差し支えなければ、と彼は言った。
二人だけでお話をしたいのですが》
それから、すぐさま従者の一人に言いつけた
《さあ、部屋を開け放すんだ、急いでかたづけ、
屋内では、ベッドの上に毛布や毛皮を
ほうりっ放しにして置いたりせぬように、
特に天気のよい日には、
私の方から申し付けをせぬ限り》
その好意的なもてなしの言葉を聞いて
司祭はとても、うれしく思った
…………………………………

（欠　漏）

…………………………………
それから彼は司祭に言った《あの、神父さま、
確かに現在私はあまり健康がすぐれませんが、
ありがたいことに、金銭的には恵まれています。
それで私から、灰色の栗鼠の毛皮つきの
新しく仕立てた白衣を、あなたに
差し上げたいと存じます。
そしてあの善良で素直なニコラ君には、
私の供の者がこしらえた
白い小羊の毛皮で裏打ちしたのをあげましょう。

彼を来させてください、一緒に帰れるように》
――《それはどうも、と司祭は答えた。
そのようにおっしゃられても、こちらとして
すぐにその法衣を受け取れると思われます？
まだそんなにしてもらう資格もないのに、
受け取るようなことをすれば、
それは盗み以外の何物でもありますまい》
――《まあそうおっしゃらずに、お受けください、
それに値するかどうかなどお考えにならずに、
もう十分なことをしていただいてますから》
ギヨームにぜひ受け取ってほしいと執拗に言われ
司祭は断りきれなくなり
その法衣を届けてもらうことにした。
食事の後でギヨームは寝室へ
入り、そこで休息をとった、
不安におののき、汗をかき、
大きく伸びをし、身震いをし、
あくびをし、嗚咽《おえつ》し、
嘆き、溜め息をつき、涙し、
気を失ったような状態でも
それを休息と呼べるなら。
ギヨームはとっぷり日が暮れるまで、
そんなふうにして自分の部屋で休んだ。
それから、いつもどおり、木立の中へ
ナイチンゲールの囀りを聞きに行ったが、
胸の痛みはおさまるどころか、
さらに増すばかりであった。
とは言え、恋の病というものは
苦しみが募るほどよくなるものだし、
痛みが和らぐと余計苦しくなるもの。
だから大損するのも覚悟の上で
一か八かの勝負にでる賭《か》け事のようには、
その苦悩から逃れることはできないのだ。
宿の主人が帰る気になった時、二人は帰った。
そしてジュスタンに敬意を表して夕食をとり、
それからギヨームは床に就いたが、
なかなか寝つかれなかった。
度々起き上がっては窓辺に行き、
つぶやいていた《ああ！　恋に対して
一体何の役に立つというのだろう、
富も才能も力も知識も、
勇気ある行動も騎士の位も、
身につけた教養も 礼法《クルトワジー》も、

美貌も分別も家柄も、
身内も友人も手柄《いさお》も！
愛の神さえ恋に対して無力なのだ。
だからそれが一番気になるところ、
愛の神が恋に対し何かできるのなら、
私はその神を誰よりも愛している故に、
当然、救いの手をさしのべて、
恋に苦しむ私を助けてくれるはずだ。
けれど恋は人のわずらう病であり
愛の神はその病をもたらす側だから、
その自分から発したものを
和らげたりはできないということか。
こうなると身分や家格よりも運次第だ、
愛の神には来るはずの時に来てくれず、
助けられるだろうに助けないという
気まぐれなところがあるからだ。
果ては私の愛する女はほかの男を愛し、
その男は他の女に愛の懇願をするだろう。
したがって誰も、私は彼女を、彼女もその男を、
その男も他の女を、恋人として持てなくなる。
そんなわけで愛の神は自己矛盾におちいるが、
その矛盾の中で新たな調和を見出す、
それはわれわれ皆が等しい力で引き合うからで、
互いに対立しながら調和がとれてくる。
してみると世人を導き支配する愛の神は
あくまでも中正であり公平であるということだ、
だから私が愛されることなく愛しても、
相手の女性が彼女の愛にひどく冷淡な男に
強く心を引かれるようなことがない限り、
彼女に仕返しをされることはないだろう。
けれどもまた、彼女が他の男へなびいても
こちらは彼女を責めるわけにはいかないだろう
今まで彼女に話しかけることもできず、
相手に胸に秘めた思いを伝えるための
従者や侍女など自分は侍っていないから。
メッセージに代わる文《ふみ》も届けられない、
あの塔内は、アルシャンボー殿が受付係、
主君と見張りと門番の役も兼ね、
こちらが包む謝礼を受け取ってもらえる
受付係など、そこには置いてはいないから。
今自分ではっきり態度を決めねば、
助言をしてくれる人はもう見つかるまい。
ああそうだ、きょう明け方、目覚めの際
——あれからは眠れなかったが——

見た夢のお告げによると、
ジュスタン師の了解を得て、
そのもとで聖職につくようにとのことだった。
ニコラには直ちにパリへ
——あれはとてもいい少年だから——
二年ほど勉強しに行ってもらうことにしよう。
宿の主人には引っ越してもらい
家屋敷をそっくり明け渡してもらおう。
それから執事の者たちには
素早く石切りのできる石工を四人、
つるはしと金づちを携えて、
こっちによこすよう申し付けよう。
彼らは夜間こちらの宿舎に来て
蠟燭《ろうそく》の明かりで作業してもらい、
私の部屋から浴場に通じる
両端をぴったり閉ざして塞いだ
きちんとした道をつくってもらおう。
彼らにはこのことを誰にも口外せぬよう
諸聖人にかけて誓わせよう。
作業が完了すれば、みんな引き揚げてもらい、
私の方は健康を回復したようなふりをし、
少し元気にもなったように振る舞おう。
いずれ宿の主人を呼び戻すが、
なぜ私が彼を家から
立ち退かせ、私から遠ざけていたのか
絶対に見破られないようにしよう、
こちらはただのんびりくつろいで
休養のためだったと思わせるようにして。
そのほかに、彼には金銭でもって
目をつぶってもらおう、それだけ与えなくては。
あの女将《おかみ》のベルピル夫人、
現在何も織らず縫わず紡いでもいないが、
とても思慮深く頭もよさそうなこの人には、
きれいな金色の小さい星をちりばめた
緋色の布を進呈しよう。
きっと長持ちする彼女のお宝にもなるだろう、
その布と、これも添えてあげる
真新しい色あせしてない
良質の美しい玉虫色の毛皮でもって、
一張羅の衣装を作ってもらうなら。
それにしても、もし愛の神が今このように
私の思っていることを是とされるなら、
何とかしてそれを私に知らせてくれないものか！〉
こう言い終わり彼はベッドに飛び込むが、

シーツをばたばた振るい丸めたりする。
愛の神が彼に激しく戦いを仕掛け
数々の欲望をかざし彼を突つきまくるからだ。
彼には常に愛の神が自分を呼び寄せ、
自分を悩ませ脅迫するかのように
なじりつつ、話しかけてくるような気がする
《そなたはそなたと心に思う女の間に、
故意に、二つの大きな壁を築いている故、
恋人としての掟《おきて》どおりに行動していない(122)》
そこで彼は、はっと誰かに名指しで
呼びつけられたかのように、
急いで窓辺へ行き、
塔を土台から頂上まで望み見る。
確かに恋にのぼせた者のすることは支離滅裂、
寝そべってみたり起き上がったり、
またひどい眠気におそわれると
こう訴える《愛の神よ、どうか私を眠らせて、
いつもどおり夢を見させてください。
せめて夢の中で、目覚めている時には
会えない女性《ひと》を、私に見せてください。
あなたのことです、奥方さま、私の言いたいのは、
そしてあなたに思いを馳せ眠りにつけるなら、
きっとこの身によい事が起こるでしょう。
だから私は、あなた、あなた、と言い続けます、
あなたさま、あなたを〈奥方さま〉とお呼びします
いつまでも、私が目を覚ましているかぎり。
たとえ外見は目を閉じていても
心はあなたと共に眠らずにいてほしい、
そう、あなたと共に、奥方さま、そう、あなたと…》
最後はとぎれ、すぐに彼は眠りに落ちて
何にも妨げられずに、
その奥方を心ゆくまで見つめていた。
とかく、このような思いをいだいて寝入ると、
本人が望んでいるものが夢の中に
現れるといったことは普通よくあること、
ギヨームにも度々そのようなことがあった。

彼は明け方まで目が覚めなかった、
だがそれから、ミサを拝聴できるよう
すばやく起床した、
その日は祝日ではなかったので、
朝早くそれが行われるのを承知していたから。
ミサが済むと、彼は浴場へ行き
そこから出てきたのは三時課の刻(123)ごろだった。

彼は浴場の敷地内を入念に調べ、
自分の描いていた計画どおりに
専用の地下道が造れそうな場所を選んだ。

その湯治場の土壌は非常に柔らかい
石灰華《せっかいか》[124]からなっていたので、金づちなど使わず、
刃物でそれに文字を書いたり
切り込みを入れることもできたであろう。
彼が寝泊りしていた部屋の
奥まった所の壁のすぐそばに
ほかのどこよりも薄暗い一角があり、
そこから地下道を通すことにした。

彼はくたくたになって浴場を出た。
司祭と宿の主人ピエール・ギー旦那、
また書生のニコラ君も
彼を出迎えに来た。
そして女将《おかみ》も部屋にやって来て
彼に丁重に挨拶をした。
彼に敬意を表し、その部屋で四人とも、
彼を加えて五人で、昼食をとった。
食事が済むと、ギヨームは友情のしるしに
この家《や》の女主人に贈るつもりであった
緋布を持って来るように言いつけた。
供の若者の一人が、間をおかず、
それをトランクから取り出しに行った。
テーベにもテッサリアにも
これほど美しい良質の布はなかったであろう。
ギヨームはそれを女将への贈り物とする
《奥さん、あなたにはこの上等の布地で
夏向きのコートと、あなたによく似合う
寛衣《ブリオー》[125]を作ってもらいたいと思います。
それに、神のおぼしめしにより私が
苦しんでいる心痛からのがれられるなら、
毎年これくらいのものを差し上げましょう》
それから更に、アラス[126]の司祭長からもらっていた
美しい波形模様のある毛皮を彼女に贈った。
それはカンブレ[127]で生産されたもので、
値段も四マールかそれ以上する品であった。
次いで彼女に、言葉たくみな男が
おもねるように、こう付け加えた
《どうぞそれは贈り物としてでなく
担保として収めて下さいよ、まだたくさん

差し上げるものがありますからね》
――《まあ、と彼女は答えた。どうしましょう！
この担保は十分贈り物の価値がありますわ。
どうか神があたくしに、またここにいます
夫にも、あなた様のために
ご満足のいくご奉仕ができますよう
力をお与えくださいますように。
あたしたちはそれを心から願ってますので、
ねえ殿御、何なりとご要望がございましたら、
ご遠慮なくお申し付けくださいませね。
…………………………………………
あたしたちが騒々しくてご迷惑でしたら、
こちらは、向こうに、別に何軒かの家と
たくさん適当な宿舎もございますから。
何ならあたしたちがそこへ越して行き、
そちら様がよしとされる時に、戻りましょうか》
――《奥さん、ありがとう、よく言ってくれました、
あなたは病む者の望みを何もかも
見抜いていらっしゃるようですね。
それは願ってもない話、ご主人が否《いや》と言われぬなら。
ただ私としてはご主人にいやな思いをさせるより
自分が不自由を我慢する方がいいんです》
そこで主人が答える《いや、とんでもない、
よもやそんなふうにおっしゃって、
上様のお気に召すようなことが
手前の意に添わぬとでも
お考えになっているとするなら、
それは思い過ごしでございますよ。
手前ども喜んで宿替えいたしましょう、
そして明日、何はさておき、
神にお苦しみを癒やしていただけるよう、
奉公人たちを向こうに行かせ、
部屋を整え模様替えをし、
一階と各階の掃除をさせて、
明後日には、間違いなく、
お互い納得の上、そこへ越すことにいたします》
――《ご主人、どうかそれはご随意に。
順調に行けば、そう長い間ではないでしょう、
いずれそのうち私も元気を取り戻し
病もすっかり癒えると思います、
その時はこちらへ帰って来てください。
けれど、現在自分がかかっている病の苦しみを
恥をしのんでまで訴える気はありません。
この家の中では、炉辺で自分ひとりで

体に塗油することも再々あると思います、[128]
これは大勢人がいては具合が悪いでしょう。
ところでジュスタン猊下《げいか》さまには
早速私の髪を切り落とし
盛大な剃髪式《トンスラ》を執り行ってほしいのです。
実は以前私は剃髪しておりましたので、
剃冠《ていかん》の内側の髪をこのように
伸び放題にしてきて
罪を犯したことを十分承知しています。
私はペロンヌの教会参事会員で
も一度それに戻りたいと存じます。
ですから式は盛大にしていただきたいのです。
幸い聖務日課のことは一応心得てますので、
もっとよくそれが覚えられるよう、師のもとで、[129]
毎日練習することにいたします。
まだ大丈夫、それほど老いてはいませんから！》
司祭はギヨームから、その色の鮮やかさでは
随一とされるモンペリエで箔打ちした
あの美しい金箔のどれよりも、
もっとみごとな黄金色《ブロンド》の彼の髪を
ばっさり切ってほしいと言われ、
胸が痛み、返す言葉もなかった。
ペール・ギー旦那もそれには
涙を抑えることができなかった。
彼の妻はひざまずいていたが、
切なさをはっきり面《おもて》にあらわして、
目から涙があふれ落ち
顔はその涙で赤くほてっていた。
ニコラはしっかりと聖水盤を手に持って、
各自最善を尽くし奉仕につとめた。
供の者たちはその場を離れ、
めいめい思いっきり、
よよと泣き、嘆き悲しみ、
切なげに身もだえした。

切れ味のよい、だがさほど
大きくない鋏でもって、
司祭はギヨームの髪を刈る。
続いてこめかみと首筋を剃り
頭頂を大きく冠《かんむり》状に剃髪する。
ベルピル女将《おかみ》が切り取った髪を焼くなどと
思うなかれ、それどころか彼女はそれを
純白の美しい絹の布の中に納める。

それを編んで立派な組みひもをつくり
コートの留め飾りにするつもり、
そして仕上げてから、フラメンカへの
贈り物にしようとしているのだ。
そうなれば、その髪は擦り切れるまでに、
数限りなく接吻《くちづけ》されることだろう！
ギヨームは司祭に、脚付きでないが
非常に土台のしっかりした、約四マールの
金めっきした素晴らしい大盃を、
慇懃にこう言いながら差し出す
《神父さま、あなた様への報酬です、
床屋さんへの謝礼は当然でございますから》
司祭はそれは受け取るわけにはいかないと言った
《大切な物を取っておくのがいやなんですね、
きっとそうでしょう、そのようにお見受けしますよ》
――《まあ何にせよ、神父さま、お受けください、
とギヨームは答える。この私の気持ちが
徒《むだ》になることのございませぬように》
――《いえ、どうぞその点はご心配なく、
それでは、お言葉に甘えて頂きましょう》
宿の主人とその妻は、口もきけぬほど驚き
部屋から出て行った。
彼らは見るからに苦しんでいる様子の
ギヨームのことで心を痛めていたのだった。
それまで泊まり客でこれほど気前がよく
金銭的にたっぷり報われた客はいなかった、
何しろこの人は彼らに三日間で
三十マール以上するものを与えていたのだから。

司祭とニコラはギヨームと
それに彼が呼び寄せていた
供の者たちと共に部屋に残った。
彼はその若者たちに泣くのは止すよう
言い聞かせる《まだ泣いているのか！
それは明らかに筋違いというものだ》

司祭はギヨームに切願する
《どうか神があなたに好運を与え、
あなたの最も愛するところのものを
お示しになりますように。言ってください、
私に何かしてほしいことがありますなら。
お申し付けくだされば何なりと、
喜んでお役に立ちたいと思います。

この私にはあなたのような
さすがとお見受けする才覚も
思慮も長所もありません、
でも必ず、自分の力の及ぶかぎり、
あなたのために何でもいたしますから》
――《ああ、恐れ入ります。ではとにかくお願いです、
私をあなたのもとで聖務に献身させてください。
そしてニコラ君の方は、勉学に
パリへやられるようお勧めします。
彼は優しい少年で、私も気に入っています、
頭脳もまだ非常に柔かですから
ここにいて三年かけて学ぶより
向こうでは二年でもっと多くを学ぶでしょう。
私から彼に四マール金貨を与え、
毎年衣服を支給しましょう。
私はうそは申しません、
はい、このとおりお金と、衣服用に
十二マール銀貨を添えておきます、
これで十分きちんとした身なりでいられます》
このように言われ司祭は喜びのあまり
《ほう！》と感嘆の声以外何も言えなかった。
しかし、ちょっと考えてみてから
言い足した《さすが富めるお方、
われわれの初対面の日が
永遠《とわ》に祝福されますように！
あの甥っ子がここにいて学ぶのに
それほど時間を無駄にするとなれば、
これほど嘆かわしいことはありますまい。
彼のことはあなたにお任せします、
いつまでもあなたの僕《しもべ》でいられるように。
彼は文章や詩の書き方もよく心得てますから、
二年でも学び終えた時には、
その方も倍くらい上達するでしょう。
ところで、ここで聖職に就きたいとの
あなた様からのご要望の件ですが、
あなたは現在もこれからも主人であり、
私はあなたの望まれることをいたします》
――《とんでもありません、とギヨームは答えた。
それより見習い書生にでもしてやると
約束していただきたいのです。
でなければ私の申し出の意味もなくなります、
自分としてはあくまで恭謙な態度で
あなたにも神と同様お仕えしたいのです。
ですから私が聖務の要領を会得しさえすれば、

ほかのこともご遠慮なくお申し付けください。
もしも、他の奉仕者をさしおいて
私を特別扱いされるようなことがあれば、
その折角のご好意も私にはありがた迷惑で、
神父様にも、余計な悩みの種になりましょう。
それよりも私《わたし》用に黒い絹か灰色のラシャと
厚手の粗布かウールの生地で、
体全体をすっぽりおおう、
丸形の大きいゆったりしたマントを
作らせておいてくださいませんか。
私はもう宮廷の騒々しい宴会には
辟易《へきえき》してますし、そこで見られるのはすべて
軽薄さと空虚な遊びでしかありません。
当人はその場で大儲けしたつもりでも
夜になり、気がつくと貧乏《びいびい》になってるのです》

イザングラン殿はそのようにお説きになる、
だがもし司祭が卜者であったなら、
きっとルナールのようにこう言えるだろう、
《ベランよ、四方八方に目を配り用心しろよ！[130]》
彼らはあのマントを仕立てさせに町へ出て行く。

供の若者たちは言っていた《病が癒えたら、
殿はただの平民になられるということなんだ、
もう決して宮廷には姿を見せられないだろう。
これから先あの衣服をまとわれると
カルトジオ会かシトー会の
修練士[131]のように見えるだろうよ》
ギヨームは独《ひと》り居残った。
こうして目論んでいたことの大部分を
果たせた彼は、入浴をし、
宿の主人の特別の計らいによる
上等のワインをちょっと飲むと、
急に眠気を催しひと休みすることにした。
愛の神は、たちまちのうちに事を進め、
どうだそれ見ろとばかり彼に言う、
わたしが聖職に就かせてやったのだぞ、と。
ともあれ《天国《コエルム》》あるいは
《使徒によって《セクンドゥム・アポストルム》》の祈りについては[132]、
すぐにでも何とかいけるだろう、
彼は剃髪を授けられる前から
自分の役割はよくわかっていたから。
愛の神が命じたり望むことの中に
とがめてよい点があるとするなら、

要求が多すぎて隠し立てすることを
人間に強いることだと言えるだろう。
愛の神には主君もいないし廷臣もいない、
だから思うように振る舞うことができ
人間に自分の望む変装をさせるのだ。

木曜日に宿の主人は越して行き、
その日にギヨームはシャティヨン(133)へ
職人たちを探しに行かせた。
使者として選んだのは一平民《ヴィラン》で
その者はギヨームと面識はなかったので、
職人らに誰の求めによるものか言えなかった

ただ岩や石を穿《うが》つ仕事であること、
それに賃金はきちんと支払われるから
その点誰もが大いに満足するだろうとしか。
そしてそのことをもっと信じてもらえるよう
彼は職人たちの出立前に、そのために
用意してきていた銀十マールを与え、
期間は一か月ということで雇い入れた。
その使いの者はムーランの生まれで、
彼は決して誰にも口外しないだろう
また夜間に自分のもとへ帰って来るものと、
ギヨームは固く信じていた。

土曜日に神学生ニコラは
その地を去った、たっぷりお金を持ち
大いにご満悦の体《てい》で。
これで勉強は大丈夫、ちゃんとやるなら。
ギヨームは晩課の祈りを捧げに行った、
頭頂部を丸く大きく剃髪し、
仕立てさせたばかりのマントを着て、
初めそれは少したくし上げられていた、
彼がふだんしていたように、両手を
腰に当てた構えは許されると思っていたので。
いずれにせよ彼は非常に育ちがよく
祭式での侍者の務めにも通じていたから、
どのように振る舞うか見ものであった。
教会堂内では、彼は決して腰をかけず、
司祭が口にする言葉のひとつひとつに
終始耳をそばだて聞き入っていた。
司祭の方は思い続けていた
この人は聖霊によって話しており
神の啓示を受けたのだと、

なにしろこんなに若くしてこれほどの恭謙さは
ついぞお目にかかったことはなかったから。
彼を見ていると、ますます立派に思われ、
その表情は純で敬虔の念に満ち、
今しがた地上に救済をもたらすために
勢いよく降り立った天使のようであった。
ジュスタン師は神からこのような、
衣食の世話や自らの務めもりっぱにこなし、
悔悛者がなすように
献身的に自分のために尽くしてくれる
補佐役を授かり大喜びだった。
晩課のあとギヨームは読誦《どくしょう》を
そらで唱え、それから朝課の時に
唱えることになっている答誦を歌った。
彼は背骨をこすったり手のひらに
爪を立て押しつけたりする必要はなかった、[134]
その方は司祭以上によく知っていたから。
見事に朗読し歌い終わるとすぐ、
彼は司祭と一緒に宿に行き、日差しを受けて
夕食を共にし、それから司祭は引き返し
ギヨームも彼に同行した。
教会堂に戻ってくると、
ギヨームはきわめて素直に尋ねた
《あの、私ここに泊まりましょうか?》
――《いや、いいですよ、朝課の鐘は
代わりにわたしが鳴らしますから、であなたは
最初の鐘の音でおいでなさい、もしそれが
聞こえぬほどぐっすり眠っておられなければ。
まあ三回目の鐘で来てもらえれば結構でしょう》
――《どうも恐れ入ります、すると誰に食事や
履物などの世話をさせられますか?》
――《それはご心配なく、若者を一人
下男として住み込みでおいてますから、
雑用は彼がやってくれます。あなたは教会で
お勤めの際に補佐してもらえればよいのです。
ほかの仕事のことは気になさらずに、
そのことだけしてもらえればもう十分です》
ギヨームはひとりで町の方々を歩きまわる、
泥んこ道も塵埃《ちりほこり》も何のその、
他人の目もはばかることなく、
そこにはフランスやブルゴーニュ、
フランドルやシャンパーニュ、
ノルマンディーやブルターニュから
湯治のためにやって来ていた、

たくさんの異国人がいたのだが。

その夜彼は一睡もしなかった。
最初の鐘の音を聞くと
すばやく起きて一人の従者を呼び、
彼が出たあとその者が
部屋のドアと宿の出入口を閉めた。
愛の神が彼を導き、愛の神が彼を運び、
愛の神が彼にかかわるすべてを指図し、
愛の神が彼の髪を切り落とし剃髪式《トンスラ》を施させ、
愛の神が彼のまとう衣服を変えさせた。
ああ！　愛よ、愛！　御身《おんみ》は何と多くを為しうることか！
ギヨームが思いを寄せる女性《ひと》に近づくために
剃髪し聖職に就くなど一体誰が思っただろう？
ほかの恋する男たちは着飾り、
凝った身なりをし、めかしこみ、
立派な装身具のこと、馬のこと、
衣装のことしか考えないのに、
この助修士ギヨームは〈異端者《バタラン》〉となり、[135]
己が意中の女《ひと》ゆえに〈神〉に仕えんとしている。
あの懸命に妻を見張るやきもち焼きは
ほんとうに困ったもの、力ずくでは
無理でも、策略できっと彼女を奪えるだろう、
あの手なら何とかうまくいくはずだ。
ギヨームを疑いの目で見る者などいなかった、
せいぜい隠修士くらいに思う程度で。
彼は急いで教会堂へやって来て
十字を切るとすぐに、
司祭であらせられるジュスタン師の手から
奪うように小鐘を手もとに引き寄せた。
それまで組み鐘を扱った経験はなかったが、
少しも戸惑ったりすることもなく、
最初の合図の鐘のあと大鐘を鳴らした、
しかもその二度目の段になると
彼の鳴らし方が実に見事で、それには
鐘楼自身も教会堂も驚嘆した。

朝課が終わると、ジュスタン師は
ギヨームに少し横になり休むように勧めた。
そして彼を鐘楼に隣接する、
ニコラがずっと寝起きしていた
小綺麗な小部屋に連れて行った。
そこの床には藺《いぐさ》と葦《よし》が敷きつめられていた。
ギヨームはそこでもなかなか眠れなかった、

新たに気がかりになることがあったので。
あの奥方《ひと》に親睦の接吻を与える際
何と言えばよい、彼は考えあぐね訴える
《愛の神よ、何をなさり、何処におられます?
私はどう言えばよいのです? 何と言うべきか
どうして教えに来てくださらないのです?
私の困惑など問題ではないのですね。
聞こえませんか、それとも眠っておられるのですか、
どうかされました、口がきけなくなったのですか、
それともずいぶん尊大にお構えになり、今はもう
私のことも誰のことも眼中にないのですね。
神が使徒たちを遣わされるに当たり、
「汝ら王たちに引き渡されし時は
如何に何を言わんと思い煩うな、
言うべき事は、その時に
授けられるべし」[136]と言われましたが、
あなたもそうおっしゃりたいのですか?
使徒も決して帝王の前において、
自分の求めてやまない女性《ひと》の前で、
今日過ちを犯すのではと怯えている
この私ほど恐れは抱きませんでした。
でもまあ、あなたの意図されるものを
すべて試し、私が適切で手短な
言葉を交わせるよう、きちんとお膳立てして
くださってるか見ることにしましょう、
私の言うことはわかりやすい
適切で簡潔なもの、
要するに私の胸焦がす相手が容易に
理解できるものでなくてはなりませんから。
でも実際、彼女に何と話しかければよいか、
それを考えれば考えるほど
適当な言葉が見当たらなくなる。
だのに、まだ寝てるなんてどうかしている!》

V 《ああ!》から《あなたさまへの》まで

そこでギヨームは部屋を出て、ドアを閉め、
鍵を戸口の閾《しきい》のところに戻しておく。
ジュスタン師がそれをそこから取ったので、
その同じ場所に返す、そこまでゆうに手が届くから[137]。
ヴィダルという名の召使いに
聖水の準備をするため
水と塩を持って来させた。
彼が手を洗いにかかったところで

司祭が目を覚ました。
彼は司祭に手洗いのための水を差し出し、
それから二人は一時課(138)の祈禱を始めた。
そして三時課(139)の読誦をすませ
いつものように
みごとに組み鐘《カリヨン》を鳴らすと、
みんなミサにあずかりに教会堂へ来た。
大勢の群れのあとで、
アルシャンボー殿が、相変わらずしんがりに
やって来た。もし彼にそこまで決める権限があれば、
日曜日も祝祭日も認めることはないだろう(140)。
その彼の表情はまるで髪の毛を逆立てて描かれた
あの悪魔たちのように思われた。
フラメンカが彼ゆえに楽しい気分になれぬのも、
それ故決して由《よし》ないことではなかったのだ。
どんな女性でもそんな悪魔が目の前にいれば
ぞっとして不安を感じるのは当然だから。
それでも彼女は彼の後について行き
いつもの隠れ場の中に入る。
ギヨームもその様子をはっきり見た、と私は思う、
彼はほかには何も注意を向けていなかったから。
この点で私（筆者）を信じないという者がいれば、
こちらも絶対その者を信じない、
たとえ本人がそのことを名誉にかけて誓っても。
ギヨームは己のなすべきことは熟知しており、
聖務日課、奉献文、聖体拝領誦なども
しかとそらで覚えていた。
司祭が説教をすることもなく
週の祝日をいちいち知らせることもなかった。
ギヨームの声は明るくさわやかで、
「神羔誦《アグヌス・デイ》」(141)を朗々と歌った。
それから式次第にのっとり、
親睦の接吻牌を受け取り
それをすぐに、内陣の席に座っていた
彼の宿の主人に与えた。
当の主人は内陣の中にいたが、
それを自分のところでとどめないで、
その外にいた信者たちの方へ回し、
〈親睦〉は教会堂内を一巡した。
ギヨームは例の書物(142)を取りに行った、
けれどもそれにゆっくり時間をかけたので
彼がかの大切な女性《ひと》が隠されていた
場所の前に行きつくよりも先に、
アルシャンボー殿は接吻牌を受け取った。

彼としては何としてもアルシャンボー殿に接吻も
親睦を与えることすら望まなかったのだろう。
そこでやっと内陣から出る、神よ彼を助け給え！
実際いかなる場合にも、彼はその時ほど
心に動揺を感じたことはなかったのだから。
目も顔も上げもせず
あちこち見ようともしない。
即座にフラメンカの方へ向かって行く、
これからあの奥方と話をするのだ、
とにかく一言そっと彼女に耳打ちしよう、
ただしすべてを愛の神にゆだねよう、と
はっきり心に決めて。またこうも思う
《もし今日愛の神が私の願望《ねがい》に
少しの希望の光も見いださせてくれなければ、
断じて愛の神を当てにはすまい。
でも、神意にかなうなら、うまい具合にいくだろう。
愛の神は急を要する場合は現れもするが、
これほど燃え立つ思いの切なる願いであっても
なかなか来てはくれないような気もする》
まあ恋をしていれば誰しもこういうものなのだ。
ギヨームは意中の奥方の前に立っていた。
彼女が詩篇集に接吻し終わると、
彼は彼女にそっと《ああ！》と言った。
ただし、彼女によく聞き取れぬほどの
小声でもなかった。
ギヨームは謙虚に頭を下げて引き下がった、
ひとまずこれで前進したことになると思いながら。
彼が今、騎馬試合において
百人の騎士を落馬させ
五百頭の軍馬を獲得したとしても
これほどの喜びを覚えることはないだろう、
己が思いを寄せる女がもたらす
〈歓び〉ほど、ひたむきに恋する男を
喜ばせるものは断じてないのだから。

司祭はいたずらに時間を空費することなく、
ミサのあとは、いつものとおり、
六時課[143]の勤めを始めた。
ギヨームは詩篇集を手に持って
その各詩篇に目をやっているふりをしていたが、
その書を手もとから離す前に
さっきの《ああ！》という言葉を思い出しながら、
彼女が口づけしたページに何度も接吻した。

アルシャンボー殿は、決して妻をそこに
残して行くようなことはせず、一緒に連れて
さっさと教会から出て行った。
ギヨームは彼女を情のこもった眼差しで
ずっと目のとどくところまで見送った。
それから祭服を畳んでかたづけ、
聖盃《カリス》と聖体皿《パテナ》を
安全な場所に納めてから、
宿の主人と司祭と連れ立って教会を出た。
昼食のあと宿の主人は
ジュスタン師と一緒に帰って行き、
ギヨームは独り宿舎に残った。
従者たちが食事を始めると
彼は自分の寝室、すなわち
ゆっくり休める部屋に引きこもった。
彼が小踊りして喜んだのも無理はない、
出だしは好調に思えたのだから。
その喜びも長続きしていれば大きかっただろう、
ところがたちまちのうちに絶望的になる、
真の恋人《アマン》の無上の喜びが
その目先にとどまっているのは、せいぜい
賭博師の場合と同じくらいの間だから。
程なく彼の気持ちは変わる。
《ああ！とギヨームは言う。なぜ私は死ねないのか？
愛の神よ！　あなたは私に大したことはされてない、
てっきり〈六〉と思ってたのに、出たのは〈一〉の札とは！(144)
きっとあの奥方《ひと》の耳には入っていなかっただろう、
私が溜息まじりにささやいたあの言葉は、
こちらはもう消え入るような思いだったのだから。
彼女は顔を上げた時に、ほんの少しだけでも、
自分の方を見てくれていたはずだし、
あれほどすぐに顔を隠すことはないはずだ、
少しでも私の言うことを聞いてくれていたのなら。
きっとあの目隠し《バンド》のせいなんだ、
そうかあれが彼女の耳をふさいでいたのか。
畜生！　目隠しなんか作ったのは一体だれだ、
あんなものを考え出した者はつるし首にされよ！
はっきり透けて見えるような
それがために聞こえにくくならない
薄手のものがなんで作れなかったのか？
ああ、情けない！　自分はどうすればよい？
さあこれからどう出ればよいか？
わからぬ。ではだれにわかる？　愛の神？　どうかな？
あの方はこちらの苦しみなど眼中にないんだから。

──それは違う[145]──なぜ？──違うとも──どんなに？
──ほら！　今日そなたにあの女と話させてやっただろう。
──確かに、あの奥方と言葉を交わしました、
だけどそれが私に何の益になり助けになりました？
──いや、甲斐はあったとも、言ってみよ、
いつそなたはこれほど得をしたことがある？
そなたの女が詩篇集に接吻をし
あの隠れ場に再びはいる前に、
まったく自由にあの笑みを浮かべた
小さな美しい口もとを見ることができただろう。
──それも確かだ、自分があの奥方に
二人が同じ書物に触れるところまで
近づいたことは、はっきり認める。
で、もし二人で前以て示し合わせていたら、
もしお互い恐れによる戸惑いもなく、
またあれほど多くの目撃者もいなかったなら、
あれ以上よいことにはならなかっただろう。
ところであのタンタロスの嘆きの話[146]
彼は死ぬほど飢えと渇きに苦しみ、
水の中に身を沈めて
顎《あご》のところまで浸される。
まわりにはみごとな果実が垂れている。
けれども水を飲もうとすれば水は引き、
果実のほうも食べようとすると遠ざかる。
それは神々の秘密を隠しおおせなかったため
彼に科せられた地獄の責め苦だ。
だから私の場合、あれはこちらが
あの美女《セイレン》[147]の、そのすぐれた価値に
魅せられて、近寄りすぎた
報いの責め苦だったのだ。
こうして彼女の呼び声[148]に引き寄せられ、
私はそのそばにあって欲望の中で
飢えと渇きに死ぬほど苦しんでいる。
為すことが狂気の沙汰と言われようと
自分は何としてもやり遂げるつもり、
他人《ひと》を当てにすることなしに、
私は自分ひとりで苦痛をも我慢したい、
二人共これから癒えて行くのなら。
女の側がこちらと喜びを共にしてくれなければ
こちらは彼女と何の楽しみも味わえぬだろう。
私としても、そうあってこそ恋愛のもつ味わいに
独特の風味が添えられるのだから
お互いに相手から喜びが得られるなら、
その風味は更に味わい深いものになる。

現在の自分のように、熱烈に恋をして、
愛する女を両腕に抱き、
口づけしたり愛撫などしている時、
相手はいやいやそれを我慢していて、
そんなことなんかどうだってよいことで、
何となくそれを受け入れているのだと思えてくると、
せっかくの甘い快楽から何の風味も失せてしまう。
それゆえ彼女の喜びによりその甘美さを
こちらが感じる風味に加えてもらい
喜びを与え合い味わいを深めるようにしなくては。[149]
そんなふうに喜びを味わうことのできぬ者には
恋愛の妙味などほとんど分かりはしないだろう。
こちらの言わんとすることがぴんと来ぬ者は、
きっと「眠りながら恋する女に口づけする男は
それなりの愛の証《あかし》しか与えられぬものと思え」
という諺を、聞いたこともないのだろう。
ところでどうして自分が不安にさいなまれ、
こんなに死んじまいたいのかわからない。
でも、要は疑わしい点がある場合には
できるだけよい方に解釈することだ。
だからあの奥方は私の言ったことを聞いていても
それを表《おもて》に出さぬようにしていたのだと思う。
女の真意はかりがたい、と言われているし、
それが事実であることは自分も承知している。
要するによくよく考えた上でないと
本心を明かそうとはしないのだ。
彼女は私が他国《よそ》者であることがはっきりわかると、
きっとこう思っただろう《あの見習い助祭さんが
「ああ！」と言った意味がわたしにはわかる。
わたしからなんら愛の証も得ようという
期待があの人になければ、あんな場所で、
よもやわたしに話しかけたりはしなかったと思う。
そう、きっとそういう意味だったのだわ。
ところがわたしが監禁状態にされ、
自由を奪われ塔に閉じこめられたまま、
公共広場でも街中《まち》でも、男性のだれも
わたしに話しかけも、かけられもしないのを知り、
あの人はやむを得ず考えついたのでしょう、
なるたけよそよそしさと図太さを装って
あのようにわたしと言葉を交わす方法を[150]》
かと言って自分は気を取り直してよいものか？
いや、なおさらそうせねばならないのだ、
人間に意気消沈は付き物だから。
「汝の愛深ければ、恐れも大きい」とも言われる。

自分も、深く愛していればこそひどく恐れるのだ。
それゆえ私の歓びは、ただ一言で、
私を満足させてくれるあの奥方《ひと》から
来ぬかぎり、最高のものにならないだろう。
そしてその時まで、不安と期待と
願望と悲嘆の繰り返しになるだろう。
真の恋人《アマン》に値する者はだれしもそうで
一つの善のために百の悪にも耐えねばならない》

このようにギヨームの心は激しく動揺している。
さっき喜んでいたかと思うと、今度は嘆き悲しみ、
急に元気が出てきたり、すっかり落ち込んだりする。
フラメンカは――彼の頭の中ではそばにいるが――
教会から帰ってきても、
彼女が耳にしていたあの言葉を
しっかり心に留めていて、
そのことにやや御機嫌ななめであった。
それでも夫の目の前にいる間は
巧みに自分の本心を隠していた。

アルシャンボー殿は昼食をすますとすぐ、
いつものように、塔を出て
召使いたちが食事をしていた
大広間に入って行った。
フラメンカは浮かぬ顔して居残り、
つくづく我が身の不幸を思った。
悲しいやら嘆かわしいやら、
自分が哀れで情けなくなり、
心から出る涙が目ににじむ、
その深い悲しみはだれが見ても明らかだ。
かつて今以上に自分が不幸と思ったことはない。
彼女はギヨームのあの言葉を思い出して
言った《こちらこそ「ああ、いやだ！」と言いたい。
先ほど「ああ！」と言ったあの人は、苦もなければ
病気でもなく自由を奪われたりもしてないみたい。
それどころか、美男で背は高いし、ただ礼節の方に
問題がありそう、わたしを愚弄《ぐろう》したのだもの。
あんな罪を犯しておいて、わたし我慢ならないわ、
こんな苦しい思いをさせ、涼しい顔をされたのでは。
まことのことを茶化すなんてひどいと思う、
そんな場合たった一度のあざけりも、
百人のうそつきに騙されるより、
相手はもっと傷つくのだから。
そも、あの人は何を言い、望み、求めてるのかしら？

まだこの程度の不幸ではすまされないのかしら？
わたしが生きてるのは苦しむためでないかしら？
ああ神様！　あんな所で不意打ちをかけるなんて
わたしがあの人にどんな過ちを犯したのでしょう？
変わった場所で、いきなりびっくりした！
それにしてもあの人は他人に聞こえるほど
大きな声で話さぬよう、ずいぶん気を
つけてたけど、引き下がる前には
顔色が変わっていて、少し
ほっとしているよう見受けられたわ、
恐れを抱いていたのが、恥ずかしさで
顔がぼうっと赤らんできたみたい。
あれは一体どういうことなのだろう、
ひょっとしてわたしを求めているのかも？
ああしてこちらの愛を懇願するつもりかしら？
駄目だわ、それはほかで求めなくては、
わたしの愛は愛というより
苦しみと悲しみだけの、
苦渋に満ちたものだもの。
嗚咽《おえつ》と溜め息とあくび、
惨めさ、不安と流す涙、
胸にしみる悲しみと辛《つら》さが
わたしの隣人でわたしの親しい仲間、
それにわけも分からず、昼夜の別なく、
挑んでくる、わたしの願いが叶えられるものなら
殺してもらってたはずのアルシャンボー殿が一緒。
いっそコルシカやサルジニア島で、
アルメニア人やギリシア人たちの中にいて、
石や木材を引っ張る苦役に服する
奴隷でいるほうがまだましと思う、
たとえ自分に恋敵《こいがたき》や姑《しゅうとめ》がいても、
今以上に不幸だとは考えられないもの》
アリスは彼女の嘆きを聞いていたが、
その女主人の悩みの理由がわからなかった。
フラメンカはマルグリットを呼んだ。
《ねえあなた、いらっしゃい、
で、アリスの方も、わたしの悩みを聞いてね。
実はわたし死んでしまいたいの、
胸が張り裂けそうに苦しくて
今にもばったり倒れ死んで冷たくなりそう、
相手は若い男性《ひと》だけど――誰だか知らない、
これまで会ったこともなくて面識もない――
その人にわたし今日ひどく侮辱されたのよ》
――《それ誰ですの、奥様？》とマルグリットが尋ねた。

——《それがねえ、親睦の係りをつとめた人なの。
あなたたち、わたしのそばにいたわねえ、
それはそうと、本当のことをいうのよ、
あの人がわたしに言ったこと聞こえなかったか》
——《では奥様、それをおっしゃってみて！》
——《それがねえ、それを思い出すと
わたし苦しくてならなくなるの、でもいいわ
言っちゃいましょう、もうどうなったって構わない。
あの人はわたしを苦しめ蔑《さげす》むつもりで、
わたしには何の楽しみも慰みも、
喜びも心の安らぎもなく、
苦しみと悲しみと悩みしかないのを承知の上で、
「ああ！」と言ったのよ、あたかもあの人が
ひどく苦しんで、わたしの方はそうでないように。
そう言ったのも、わたしに自分の不幸を思い知らせ
常にそのことを忘れさせまいとしてるのよ》
——《でもね奥様、とマルグリットが答えた。
正直言って、わたくしあのお方に
悪意があってそう言われたとは思いません、
そんな下卑《げび》たことを口にされるほど
無作法な方のようには見えませんもの。
いつも親睦の接吻を与えてた人と違って、
あの方はもっと美男で背も高く
朗読も歌のほうもお上手だし、
どこをとっても貴公子然とされてます。
わたくし思いますに、奥様の美しさに
あの方はすっかり心を奪われて、
ほかに思いを伝え懇願なさるすべもなく、
あのような大胆なことをなさって
胸中を打ち明けようとされたのですよ》
——《なら絶対、とアリスが言った。
あなたがそのようにぴんと感じたのなら
そうだと思うわ。ところで奥様、あの方は
奥様の前ではどんな顔をなさいました？》
——《それがアリス、こちらをまともに見なかったの》
——《ああ、ああ！　それならあの方は、傲慢さや
悪意や不遠慮さから、あんなに言われたのでなく、
きっと内心どきどきなさっていたのですわ》
——《そう、あの人こちらに話しかける時
ちょっと溜め息をつき、ぱっと顔を赤らめたの》
——《それは言わずもがなですわ、おわかりでしょう？
奥様を愛してらっしゃるのです、間違いありません。

あたくしあのお方については何も存じませんけれど、
奥様としてはきっちりと丁寧にお相手をされ
お答えもそつなくなさるがよいと思います》
——《それがあっという間のことなのよ、ねえ。
ではまず、あの人が最初に話しかけた言葉と
ぴったり通じ合うような言葉を
見つけなくてはならない、ということね。
わたしにはとてもできないわ、その場で
とっさに上手に答えるなんて。
それに女ってだれしも、少なくとも最初は、
相手の人に自分の思惑が知られぬように
多かれ少なかれ本心は隠すものよ。
そして口にする言葉は控え目にして
相手に期待の念をいだかせてはいけないし、
また失望もさせてはならないのよね》
——《奥様、その演技の仕方はあたくしより
奥様のほうがよくご存じですわ、でも、ほんと
悪いことは申しません、どうかあの方が
気をよくされぬことはおっしゃらないように。
神が奥様を牢獄から解放するため、
あの方をわざわざ御許《おもと》に遣わされたのですから。
奥様ご自身がご自分に益するせっかくの機運を
ふいになさって、人は哀れと思うでしょうか?
決して同情されるに値しないでしょう》
——《では、わたしがあの人の心のうちを
知りつくし、あの人も思いを逐一打ち明けて
(あと二か月以内に、それまで共に命あるなら、
こちらも彼のすべての思いを知るだろうし)(151)
愛の神の手に委ねられたと分かれば、
わたしはあの人のために理想の恋人《ダーム》になり、
こちらも心を閉ざすようなことはせず
あの人の望みは何でもかなえてあげたい。
女は相手の愛が真実か偽りのものか
容易に見分けがつくものよ。
また女の側が真剣に愛されていると
知りつつも、愛の正道を踏み外すなら、
それは自らの愛が不実で慎しみもないためで、
それを懇願する者こそばかを見るってことよ。
愛の神は移り気な女を決して望まれない、
心変わりしたり一旦約束したことも
守れない女は、真の奥方《ダーム》とは言えないのよ。
ではどんな女性《ひと》って? そう! 上手にだまし
いろんな口実でお預けのままにしてじらすの、

自分を心から愛してくれて、常に奉仕をし
優しい言葉で求愛する相手を。
もし一年も待たせて、なおも慈悲の心が
女性に対して、ただの一度も
相手を彼女に失望せぬように
喜ばせることをさせないなら、
それは冷酷な悪魔のしわざなのよ。
また、女性が一旦喜ばせた相手に
あとで自分の愛を与えることに疑問を抱き、
時や場所によっては
彼が望む何もかもは許さないなら、
その最初の愛の証はうそ偽りのもので
真心からのものでなかったことを、
彼女ははっきり知ることになるでしょう。
結局その女性は相手を裏切り、その人に
死ぬ思いをさせるまで、だまそうとしてたのよ。
その相手が去って行っても、責められないわ、
それだけでなくその人は、彼女が居たり
行こうとしている場所をも避けるでしょう。
この世には相手が竜でも蝮《まむし》でも、
熊や獅子や狼やどんな野獣であろうと
手なずけられないものっていやしません、
こちらさえその気になって、優しくあしらえば。
だからその女性はだれよりも悪いということ、
「慈悲」も説得しおおせない女なのよ、
愛の神が勝利者たちを説き伏せるから、
「慈悲」は愛も権利も道理も、
優しさも無力なままであるときに、
現れてくれればそれでいいの、
そこで万事願いがかなうわけなのよ。
ところであなたたち、あの人に何とか答えるように
とのことだけど、どう答えたらいいかしら？
向こうは「ああ！」と言ったけど、何と続けよう？》
——《確かに、奥様、こちらの一存で決めてよいなら、
とアリスが言った。あたくしにお任せください、
どんなふうにお答えするかについては。
で、こうおっしゃれば無難だと思いますわ、
あの方は「ああ！」でしたね、ではこんなふうに、
ああ！　何をお嘆きなの？と》
——《ああ！　何をお嘆きなの？　そう、ぴったりだわ。
みごとこの言葉を選んだ者に祝福あれ！
ああ！　何をお嘆きなの？　まこと、申し分ないわ》
いや全く！　彼女たちは納得のいくまで

数知れぬほど《ああ！　何をお嘆きなの？》
を繰り返し、ギヨームが予想にたがわず
ミサの侍者を務めた日曜日[152]の前の
まる一週間ずっと、
それを反復練習した。
彼の言葉はフラメンカにひどく不安を
いだかせていた、でもとにかく彼女は彼が
親睦[153]と喜びをもたらしてくれるのを待っていた。
その時が来た、ギヨームは親睦の接吻の
信者たちへの伝達を、特別彼だけで行う
必要はなかった。ただアルシャンボー殿には
それを与えることにならぬよう気をつけて、
その御仁《ごじん》が他の者からそれを受け終わるまで
ギヨームは内陣から外へ出なかった。
彼は謙虚な面持ちでフラメンカの方へ
向かって来て、マルグリットとアリスは、
その様子をじっと注意して見ていた。
二人は、この方《かた》なら絶対に間違いない、
こんな素敵な助祭さん見たことないわね、と
誰からも聞かれぬように、ささやき合った。
愛の神に教わらなくてもよい、
フラメンカは巧みな策略を用いた。
彼女は親睦用の詩篇集を手にとるとすぐ、
それを剣術における技《わざ》のように、
そばにアルシャンボーがいた右の方を
少し持ち上げ、（それに接吻するため）
左の方を斜めに下げて、
唇が書物のページから離れた瞬間、
はっきりと、しかしそっと小声で言った
《何をお嘆きなの？》それから顔を上げ
当の相手の様子はどうなのか、
顔色が変わっていないか
しっかり見てみた。そして彼は思慮深く
慎重で臨機応変に頭の働く人と見てとる。
歌が上手で髪の美しいことも承知済みだ。
彼女としては、自分の方さえ口を堅くしていれば、
彼女がこれからも彼に言うことを
彼の口から言い触らすことはないだろう。
（筆者は）二人のうちどっちの方がより強く、
家に帰って、お互い相手について気づいたことを
思い起こし考えたいと望んでいたか知らない。
二人共それぞれ上出来だったと思っていた、
特にギヨームの願いは切実だっただけに

その喜びはいっそう大きかった。

彼は宿舎に戻ってきても、
《何をお嘆きなの?》と一日中繰り返し言い続けた。
とはいえ、彼が晩課までもなおざりにしたと
勝手に思ったりしてほしくない。
日々きちんと定時課[154]の勤めをし、
朝な夕な、それは一度も欠かしたことはなく、
詩篇の一唱句たりとも飛ばしたりしなかった。
己の心が愛の神と意中の女性とに
向いているように〈神〉の方に向いていたら、
まさしく彼は楽園の主になってただろう。
夜になり、眠りにつこうとするけれど、
両の目は、煤《すす》だらけになった目以上に、
なかなか閉じてくれそうもない。
《眠るのか!　まああとでぐっすり眠れるさ、
と目たちが言う。覚えているだろう
おれたちが今朝お前さんにしてやったことを。
見なかったかい、彼女がどのようにして
詩篇集に接吻するのにそれの一方を上げ
片方を斜めに下げたかを、
神が救い加護し給うあの美女が。
お耳さんたち、駄目じゃないですか、
「ああ!　何をお嘆きなの?」の声だけは
ずっと響き渡らすようにしなくては。
あんたらが今日やっと獲得したものは
いまだかつてないほど貴重なものですぞ。
愛の神は、今日たった一日で、永久に
わが主君[155]の心をつかまれたはず、
あれほどの面目を施されたのだから。
あんたらそれぞれ[156]、すべての心を癒やし
苦しみを和らげるあの幸せのきざしの声を
もう一度聞いてみたいに違いない。
天から露よりも心地よく降ってくる
マンナ[157]もあの甘美さにはかなうまい。
愛の神は〈われわれ[158]〉に話しかけて
きたのだから、今後はわれわれが
答えなくちゃ、〈あんたら[159]〉のところへ
球が投げ返されてきたんだもの、
こちらの言うことによく注意をし、
心に留めて熱心に耳を傾けてくれる
すべての善の皇帝である、愛の神から》
そこで心が言う《さよう、あのお方に
「慈悲」があればね》ここで忽ち論争になる。

口がむっと腹を立てて言い出す、
妙な悪態をつきながら
《確かに、心殿、あなたを怒らすなんてどうかしてます。
あなたの瞬間的な思いつきに従ったり
あなたの突飛な望みを信じるような
者にはみんな、恥をかかせてやりなさいよ。
情けないわね心さん、あなた何を嘆いてる？》
——《いや！　助けて！　ねえ、なぜそんな悪たれを言う？》
——《悪たれ言ったって、そちらは何ともないでしょう。
でもわたし本当に驚いてるのよ
あなたが何に対しても満足なさらぬことに、
しかも常にいらだったような物の言い方をなさる。
あの彼女《ひと》[160]が少しでも口を利いて下さったことは
まことに大いなる慈悲でなかったのですか？》
——《まあ、それは確かに、ちょっとした好意と思う》
——《ならば、あの嘆きはどこから来ました？》
——《それなら、ちゃんと覚えのあるあの騎士だ、
こないだわが主君と連れ立って出かけ
猟場変えに当たる日に、
主君に山鷹を与えた騎士からだ。
覚えてるだろう、その彼がわれわれに、
美しい色香ただよう、
うら若い容姿端麗の、
あらゆる点で魅力をそなえた
ある奥方を、長い間愛していたと語ったのを。
それで、その相手に話しかけるまでに、
彼は二年以上ずっと彼女を愛した。
ある日、彼が欲求に駆り立てられ、
胸中を打ち明けると、彼女はこう答えた
《どうか、殿御、わたくしを愛することなど
決してお望みになりませぬように、
あなたになんら益する所はないでしょうから[161]》
——《奥方さま、決して愛さぬとおっしゃるのですか？》
——《殿御、自分でも今のところよくわかりませぬ》
《「今のところよくわからぬ」と言ったからには、と
愛の神が彼に言った。彼女はそなたを愛するだろう。
気落ちすることなく、愛を求め、心を尽くし、
相手をつとめ、口説き、奉仕をし、
彼女の気に入るよう努め、常のごとく振る舞うことだ。
さすれば、そなたの望むものを得させてやろう》
彼女は長い間そんな風に彼を操ったため
彼は絶好の時間を浪費してしまった。
それで最初の日以上に、なんら特に
これと言うほどのものは得なかったのさ。

だからわたしは、あんたらが休んでるからとて、
ばかみたいに喜んだりしてはいられないんだ。
ところであんたら、目と耳と口たちよ、
わたしが激しい不安と苦悩にあえいでいる
さなかに、安らかにお休みですな。
まあ、あんたらは心配事に縁はあるまい、
でも淑女たちがあんたらと喜んで話をし、
愛想よく接しようとしておりますぞ。
フラメンカが答えてなかったのなら、
彼女としては自分がつんぼか
高慢な女と見られることはわかってたはず。
だからと言って、彼女が恋をしてるわけじゃない。
そっちの〈ああ〉に、彼女が〈何をお嘆き〉と答えても、
それだけで相手がそっちを愛しているとか
愛する気があるとかいう証拠にはなるまい。
頭を切り替え考え直してみることだ》
このようにギヨームは自分自身と戦い
言い争いながら、あれやこれや思いわずらう。

フラメンカの方も大いに困惑しながら、
自分の中でいろいろ推測をめぐらしている、
こちらの言ったことが彼の耳にはいったかしら、
彼のはこちらの心に刻み込まれてるけれど、と。
《アリス、と彼女は言う。あなたに教わったように
わたし今日そのまま伝えたつもりだけど、
ねえ、あなたにそれ聞こえたかしら？》
――《いいえ、あたくしには》――《で、マルグリットは？》
――《いいえ。で、奥様どのようにおっしゃいました？
もう一度それをおっしゃってみてください。
そうすればあの方がお聞きになれたか知れますわ、
よろしいですか、奥様？　さあいきましょう！》
――《ではアリス、立ってみて、あの人がしたように
わたしに親睦の接吻を与える仕草をするのよ、
「ブランシュフロール」[162]のご本を持ってらっしゃい》
アリスはさっと立ち上がり、フラメンカが
接吻牌の代わりにと言っている
その物語本を置いていた
テーブルの方へ急いで行って戻って来るが、
聖職者に成り済まそうとしていても
真面目くさった顔で通すのが難しげな彼女を見て、
女主人はあわや吹き出しそうだった。
アリスはその本の右の方を持ち上げ
その左の方を斜めに傾ける、
フラメンカはそれに接吻する振りをして

「何をお嘆きなの？」と小声で言って、それから
すぐこう尋ねた《ねえ、聞こえたかしら？》
——《はい、奥様、確かに。今日そんな調子で
おっしゃったのなら、あたくしにあのラテン語を
話させる方は[163]、きっと聞き取ってられますわ》
彼女たちはこの〈お稽古〉を繰り返しまる一週間、
次回教会へ出掛ける時[164]まで続け、その教会では
ギヨームも、何と答えることにしようかと
あれこれ思案の最中だった。

親睦を与える時が来た時、ギヨームは
さっさとそれを受け取ると、会堂内にいた
すべての信者たちにそれを与えた。
先ず向かって行ったのは意中の人の方だったが、
彼女は彼の言うことをもっと聞き取りやすいよう、
目隠し布《バンド》をいつもほどきつく締めていなかった。
彼女が接吻し終わると、《死なんばかりです》と言って
彼はすばやくその場を離れた、
そんな言葉を口にした気配は何も残さずに。
二人が前からその方法を示し合わせてたとしても、
お互いそれ以上うまくはいかなかっただろうし、
二人の様子を見ても、互いにそれほどまで
相手を意識してたとは誰も思わなかっただろう。
愛の神が二人を実に巧妙に結びつけるので、
アルシャンボー殿の目の前で、ギヨームは
その妻に近づいて愛を求め、その妻の方も
彼の願いに応えて、一刻も早く
自分の気持ちを伝えたいと思っている。
〈間抜けのお山〉の大将さん、
奥方のしたいと思うことは何もかも
邪魔しようとするやきもち焼き、
今度の彼女は決してそうはいきませぬぞ。

自分の部屋に戻ってくるとすぐ、
フラメンカはベッドに横になった。

……………………………………

そのまま昼食《しょくじ》という気にもなれない。
そこでアルシャンボー殿に、それまでの間、
外へ気晴らしにでもお出掛けなさいませと言う。
彼はひどく怒りながらいやいや出て行く。
《それも得な強みですわ、とフラメンカは言った。
あなた様みたいなやきもち焼きで
執念深くて不躾《ぶしつ》けなお方なればこその》
彼が不機嫌そうに出掛けるとすぐ、

彼女は立ち上がり晴れやかな表情で言った
《さあ、こっちへおいで、おいで、あなたたち！
いいお話なのよ、聞いてくれない？》
――《まあ！　奥様、ほんと！　早速お聞きしたいわ。
お殿は食事されずに、かっかなさって
お出ましだったから、じきお戻りですわ、
そんなに間はありませんもの》
――《実はねえ、このように言われたのよ
「死なんばかりです」って。これほど簡潔で
優雅な言葉ってみたことないわ》――《ではきっと！
とアリスが答えた。あの方もお苦しみなのですわ！
ならば奥様、あの方はただ奥様を苦しめようと
なさるだけとお思いになってたことを
大いに悔い改められ、愛の神に対し
ご自分の過ちをお認めにならなくては》
マルグリットの方も、少しは自分の考えを
話しておかないではいられなかった
――《奥様、と彼女は言った。これだけは
はっきり申せます、うそ偽りなく自信をもって、
あんな立派な聖職者《おかた》はどこを探してもいません、と。
あの方の態度など見ればみるほど
ご立派で、申し分ないお方のように思われます。
その人の品性はそのまま態度に表れるのなら、
わたくしあれほど魅力的な男性は存じません。
迷われず、すぐにでも恋人になさればよいのに。
どうか、ぜひ奥様からもあの方の胸中を
うかがってご覧なさいませよ。
わたしたちがあの方を愛されるよう望むからとて
意外だなどとお思いになりませぬように、
だって妻を泣かせる夫のうわさをするよりも
愛する人のお話のほうが断然楽しいんですもの
（欠　漏）
……………………………
ところで問題のお返事のほうはどうなさいます、
ぜひ必要だとわたくし思いますけど、
お殿もそろそろお帰りでしょうから。
でも、まあ大丈夫でしょう、
わたくしも考えている言葉がありますけど、
奥様のほうのをおっしゃってくださいませよ、
アリスはアリスのを、わたくしのをご披露する前に》
――《あらまあ、どうしてわたしたちのものまで、
あなたのがよければ、それでいいじゃない？》
――《ほんと、奥様、わたくしのを言ってほしいのですか？》
――《そうなのよ！　ねえ、お願い聞かせて！》

――《では、聞いてください、他《ほか》とうまくつながるかしら。
ああ！／何をお嘆きなの？／死なんばかりです／何ゆえに？
「何ゆえに？」と、こんなところで、奥様、いかがでしょう？」》
――《マルグリット、それ上出来じゃないの、
あなたもりっぱな〈詩人〉さんよ》
――《はい、奥様、これまでご覧の中で一番の詩人、
ただし、奥様とアリスも除けばでございますよ》

アルシャンボー殿は外にいてしびれを切らし、
牡牛のようにわめきながら帰って来ると、
怒りでそのぼさぼさな頭を振りながら
言う《その方《ほう》どうなのか？　気分はよくなったか？
食事をすませておるなら、もう大丈夫だろう》
――《いいえ殿、とマルグリットが答える。
奥様にはもっと良いお薬が必要なのでございます》
そう言って、彼女は彼にぺろっと舌を出す。
ほかの二人は手を口に当て、くすくす笑っていた。

ギヨームの方は休息も中断もなく、
それまでの答えの言葉を思い起こし、
繰り返しては、じっくりと吟味している。
社交はできるだけ避けている、
独《ひと》りでいても愛する相手と一緒と思うし、
皆と一緒でも彼は孤独なのだから。
そのように己自身とよく語り合えるだけに
彼は自分が孤独だとは思わない。
《死なんばかりです》と言ってみる。そう、確かに。
私だけが愛している、もう死ぬしかない、
一人で死ぬのだ、愛しているのは私だけだから。
これも愛の神と私の心の所為《せい》だろう、
いずれもが、自らの手によるものでないにせよ、
死のきっかけを与えたことになるのだから。
狂った人間に刃物を持たせたとして、
その者がそれで自殺すれば、それを与えた者に
罪がないなどとはとても言えない。
だから私が愛の神と私の心を
人殺し呼ばわりしても、それは当然、
どちらも私の死の原因になるのだから。
アイネーイスもそのようにしてディドーを
自らは手に掛けたりせず死なせたのだ(165)。
《おお神様！　いつの日か彼女はこの私に情けを
かけるでしょうか？　せめてその気があるでしょうか、
この苦しみを完全に癒やせるはずのあの女《ひと》に？

いや！　それはあるまい。自分はもう死んでもよい。
で、どうしてこの苦しみが彼女にわかるだろう、
私とそれを分かち合おうとしないなら？
人の痛みも感じない者に情けはない。
仮に彼女の方が私にそれを請うていたのなら
相手にそれを求められる前であっても、
こちらはそれに応じる積もりになってただろう、
自分は善と悪の何たるかは心得ているし、
情けのこころの生ずる所以《ゆえん》も分かっているから。
他者の痛みと不幸は
情けの根源で、それをかける対象となる。
他人が感じる苦痛によって
〈哀れみ〉が私の心の中まで降り
——そこへは善意がそれ（哀れみ）を
鋭敏な静脈により導くわけで——
そこが〈情け〉の根源となる。
次に哀れみが、私の中で作用をし
その他人が癒やされ、私も癒やされれば
私のためにもなると告げるなら、
これは〈情け〉の花というもの。
それから情けが動き出し、本気でためらわず
救いの手を差しのべてくれるのであり、
これが〈情け〉の果実ということになる。
だから情けには花も種子もあり
善い根としっかりつながっている、
それはすべての善なるものの終わりを飾る
〈慈善〉を常にもたらすからだ。
しかもその鋭敏な静脈は非常に重要で、
私にも自分自身の経験から分かっている、
情けも愛がなければ何の価値もないことは。
愛からこそ人における他人の苦しみを
己の苦しみとするあの優しさが生まれるのだ。
私は今までこれほど哀れみを感じたことはなく、
他人の苦しみに自分も苦しんだことはない。
これもすべて我が内なる愛の神の業《わざ》であり、
心ならずも囚われの身も同然の
あの愛しい奥方を哀れに思うし、
彼女をつらい目に遭わせるよりむしろ
私がどんな苦しみをも耐え忍びたい。
よいことなら何でも、私のことであるよりも
彼女の方にあるほうが自分はうれしい。
彼女の苦しみを己《おの》が苦しみとする、
これが愛であり思いやりというものだ。
愛から情けは芽生え生長を始める、

愛によって情けは生長を続け
かくも思いやりあるものとなる、
また愛なしに情けは結実には至らない。

いずれ発芽を見るのは遅れるだろう、
あの奥方《ひと》が私の苦しみを自らの苦しみとし
〈情け〉が彼女の中に降りてきて、
彼女が見せる何らかの素振りから
こちらに対し少しでも好意を寄せ、
その好意がいつまでも変わることなく
こちらのすべての苦痛が癒やされるのを、
待たなければならないのなら。
愛よ！　愛の神よ！　あなたは私をいつまで苦しめる！
週から週への時間はあまりに長く、
交わす言葉は短すぎ痛みが胸をしめつける。
もうすでに新たな収穫期になっているが
私がまいた種子はほんの少しだけ！
お前はたった二升《ます》[166]の種をまいただけで
もう良しとでも思っているのか？
どうも私の小麦の生育は遅れるようだ。
二番刈りの時期にもそれは実るまい、
それならいっそ氷や霧氷を待てばよい。
しかも風が吹き霜が降りても
予定の収獲物に害はないと言うことだ。
こんなにも不安がっていてよいものか、
天の恵みで、自分のまく種に応じて
新芽はちゃんと出てくるはずなのに。
私の《ああ》が湿った土中にあったのは
せいぜい七日、八日目には発芽していた。
それからの七日間、《死なんばかりです》と
ただそれだけの種をまくため苦労をした。
それが芽を出し地上に現れるようにするため
また同じだけの日数の努力が必要だろう。
願わくは神がご慈悲により、我が歓びのため
それを大きく生長させ給わんことを！
すべての善なるものがある所[167]のほかに、
自分に善かれと願っているものについては
何も見えず聞こえもしないのだから。
一般に、小川の水を欲しがるような
病人にお目にかかったことはない、
だれしも泉の水のほうを
飲みたがるものだ。
野ばらの花もばらの木に咲く花に
比べればその価値は劣る。

我が奥方は泉でありばらの木の花、
すべての善を光り輝かせしっとり潤《うるお》す。
で、私はその女《ひと》を欲してやまず
彼女のことを思うだけでうっとりする。
そして思えば思うほど恋しさは募り
ただそれだけでは飽き足りない。
然らば自分はなんとしよう
もし彼女を腕の中に抱きとめて、
その体を引き寄せ、接吻をし、
自分の望むまま彼女を自由にできるなら！
ああいけない、ついうっかり口を滑らせた。
あの女を〈抱きとめる〉と言ったけれど、
そのように拘束するのはよろしくない。
ともかく彼女の同意も得ずして
自分の望むものを手に入れたいとは思わない。
過度な欲求は自制心を失わせ
傲慢で無作法な態度をとらせる。
だがこんな言いぐさも愛の神のせいなのだ、
その神がたびたび、眠っている間に、
私の思うままに奥方を抱かせるものだから。
かと言って私は、眠りも目覚めも時を問わず、
愛の神の特別な計らいがあるかどうか
告げられるのを、待ちわびていたわけではない。
これらは秘めておくべきことと思う。
愛の神から自分を喜ばす言葉でもかけられたら、
当然自分の口に対してその好意のことは
絶対喋らぬよう警告しておかなければ、
愛の神が口外してよいと申しつけない限り。
自分のすべてはその支配下にあり
命じられることしか、してはならないのだから》

その日曜日、招かれた職人たちがやって来た。
これから請け負う作業について
なにも知らされないまま
誓約などさせられて、
彼らはひどく驚いた。
みなこの分野では親方級の連中で
引き受けた仕事を成し遂げる能力は十分あった。
昼間、彼らは家の中に閉じこもり
夜になると、明かりのもとで作業を続けた。
そしておのおの強く打ったり叩いたりして
大きな音を立てぬよう十分注意を払ったので、
鉄の音の響きも木材が軋《きし》むこともなかった。
その作業は七日で完了し、

しかもその（通路の）両端は実にうまい具合に
仕上げられていたので、人手が加わったものとは
とても思われず、ギヨームでさえ
常にそこにいてそれの何たるかを知っていても、
辛うじてその出入り口の見分けがつくほどだった。
彼は何度もその道を通っては、
慎重に敷き石を持ち上げるなどしてみた、
そのようにしてどこか改良すべき個所が
ないかと調べていたのであった。

八日目[168]に職人たちは去って行ったが、
ギヨームはミサの勤めもおろそかにせず、
教会堂へおもむいた。
そして絶対に好機を逸することなく、
親睦の伝達ができるよう特に気を配った、
それこそが彼の一大関心事なのだから。
適時であれば、彼があらぬ事を思いながら
その接吻伝達をしてることに気づく者はない。
《何ゆえに？》とフラメンカが尋ねた。
そこで彼はその言葉を肝に銘じ、
心に深く刻みつける。

やがて奥方は姿を消して
いつもの奥まった隅っこにひっこもる、
そこでは愛の神が彼女を励まして
今しばしつらい思いをするだろうが
あまり苦にせぬようにと言い聞かせる、
彼女の思っているよりもっと早く、
その重苦を取り除いてやるから、と。

アリスとマルグリットはギヨームの様子を
じっと見ている、そして注意して見れば見るほど
彼の持つ感心すべきところが目について、
その立派さは比類ないものに思われる。

彼女らは家に帰るとすぐ
自分たちの部屋にひきこもり、
アルシャンボー殿はお出ましになった。
《あのね、マルグリット、
とフラメンカは言った。教わってた
あなたの選りすぐりの短い言葉をね、
今日そっと口にしてみたのよ》
――《ああよかった、うれしいわ奥様、
とマルグリットは言下に答えた。

思いをぜひ奥様に伝えたいあの方に、
それが通じていればいいですけど！》
——《ねえあなた、そのことで興奮したり
胸騒ぎするようなことにならないでね。
ここだけの話だけれども、
あの人はわたしの前からすぐに離れたけれど、
その気があれば、ちゃんと聞いてくれてるはずよ、
だからそのことはちっとも心配しなくていいの。
いずれ木曜日に実際どうだったかわかるわよ、
その日は御昇天の大祝日だから》
するとアリスが言った《奥様、今は祝日が
ほかの時期に比べてとても少のうございます。
今時分の祝日はきっといいことない気がします、
年の初めや中頃のこちらには用もない時、
ほとんど毎日のように祝日続きでございましょう。
だのに、夏場にはなぜこんなに少ないのかしら！
ここ五週間というもの祝日といえば、
主日（日曜日）だけだったのですもの。
けれどこれらの主日も新任の方が良くなさり、
とてもすばらしいものになってますわ、
神とあのすてきなお方のおかげで。
あの方に教育をほどこし、最初に
文字を教えた人こそ祝福されますように！
無教養な人ってパンにも塩にも
値しないのはよくわかってますもの。
いくらお金持ちの男性も教養がなければ、
その人の価値は大いに失われますし、
少しでも文の素養のある女性のほうが
はるかに豊かでご立派と言えますわ。
ところでどうなんでしょう、奥様、実際のところ、
奥様に今身につけてらっしゃる教養がなければ、
あれほど激しい苦痛に耐えてこられた
この二年のあいだ何をなさってたでしょう？
悩みもだえて死んでらっしゃったでしょうよ！
でも奥様の場合どんなつらい目にあわれても、
読書なされば、それも払いのけられますものね》
フラメンカは彼女を首に両手を回し抱きながら、
こう答えないではいられなかった
《そうよ、あなたって、実に良いことを言うのね、
その点わたしも全く同感だわ。
教養のないお人にとって
休息は魅力的なものではなく、
死を趣味にするみたいな不善なのよ。
でも多少とも教養のある人で、

今の自分に甘んじてるような者は、
どこを探してみても
いやしないでしょうよ。
自分に知らないことがあれば、できる限り
もっと学びたいと思うものよね。
また知識がお金で買えるなら、
その売り手さえ見つかれば、
せめて少しでも分けてほしいと思わぬほど
けちな人などいませんよ。
いくら何でも教養のないお人は(169)
今の取引に割り込んできてないと思うの》

ギヨームの方はと言えば、彼もこれまでの言葉を
思い返し、それらをつなぎ合わそうと思案している。
《あの奥方《ひと》は「何ゆえに？」と尋ねた、と彼は言う。
ただ「何ゆえに？」とだけ言ってくれたけれど、
こちらとしては大いに感謝しなくては、
彼女としてはそんな風に尋ねてくれるほど
更にこちらの言うことを聞こうとされたのだから。
こちらは答えるのにひどく苦労を
しなくてよいだろう、私のこの病の源《もと》は
愛の神であるし、自分をとりこにしている恋は、
ただ「何ゆえに？」とだけ尋ねた
あの奥方がまさしく相手なのだから。
これは正当な恋だし喜ばなくては、
彼女があまりよく思い出せぬほど
声を忍ばせて言う必要もない。
願わくは、彼女が望み欲しうるだけの
また私が彼女のために願ってやまない
大いなる幸運がもたらされんことを！
確かにそれはここぞという時、互いの言葉を
ぴたりと合わすように、彼女が口にする
当意即妙の答えにより得られるのだから。
あのやりとりをよく考え、思い出せば出すほど、
交わした言葉は自分が想像していたよりも
うまくつながり結びつくように思われる。
彼女としても理由《わけ》もないのにこの自分に
好意を寄せるなんてことがあり得るだろうか？
あの呼吸《いき》の合った答えからしても
きっと私に何か施そうとしているのだろう。
好意も持たずに、そうは考えなかっただろうし、
そう考えなければ、彼女は何も言わなかったはず。
だとすると、結局こういうことなんだ
確かに相手は私のことを思ってくれている。

そしてぴんと来るはずだ、私が何に悩み苦しみ、
なぜこの前「死なんばかりです」と言ったかは》

御昇天の大祝日の木曜日、[170] 三時課[171]に、
ギヨームは入念に〈親睦〉のための準備をした。
彼は絶対それを成り行きにまかせず、
一定の場所と時間から外れぬようにして、
目指す奥方のそばに行き、十分聞き取れるよう
《愛ゆえに》とそっとささやき、遠ざかる。

アルシャンボー殿は手綱を緩めたわけでなく、
真っ先に教会堂から外へ出た。
ところで昼食後、彼が部屋から出て行ったのは
気晴らしのためだったなどと思うなかれ。
実は神が不意に使者を遣わしその者が
一日中彼を外へ連れ出したのだ。

フラメンカはいつもより
何か気になり落ち着かない様子で、
物思わしげにベッドで横になっていた。
その前でじっと立っていたマルグリットが
彼女に言った《奥様、あれどうなりました？
おっしゃってたでしょ、今日になればわかるからと、
わたくしの思いついた言葉が通じたかどうか、
先日奥様に話しかけられたあのお方に》
——《ああ！　それがねえあなた、
わたしから言わずとも、あなた察しがつかないこと？
あなたが思っているとおりなの。
こう言ったのよ、愛に傷つき、
愛に死なんばかり、愛に嘆き悲しむと。
わたしこれまで素性も知れぬ男でそんなに易々
知り合ってもいない女のところへ来て
愛の苦しみを訴えるなんて見たことないわ》

アリスはその話を聞くなり、
ここぞと思いのたけを
言っておかずにはいられない
《奥様、あの方が来て訴えられたのを
なんで悪くおとりになりますの？
恐らく人に傷つけられても物を盗まれても、
苦情を持ち込むようなお人ではないと思います。
あの方が奥様に何か訴えておられると知るなり、
あたくしすぐ恋してられるのだと見てとりました。
はっきり申し上げてたはずですけれど、

確かにあの方は奥様を愛してらっしゃいます、
いっそ奥様は返す言葉のほうを考えなさいませ》
――《あなた、それはあまり考えることはないのよ、
こちらは「どなたへの?」と尋ねるつもりだから。
で、その愛が誰へのものかはっきり分かれば、
「何ゆえに」悩んでるかはもう定かだから、
最初の時よりもいっそう
お知恵拝借しなくちゃならないわ》

――《奥様たちお二人の場合、とアリスは答えた。
同じ一つのことで合意なさるかが問題で、
申し上げたいことはいろいろございます。
奥様が殊更隠しだてなさろうとしたり
ご本人も秘めて明かさぬお積もりでなければ、
ご自分のお望みどおりなさることに
何ら遠慮などなさることはないと思います。
ただいつもぶつぶつ言ってらっしゃる御前様の
あの気難しさにはお気をつけなさいませ。
こうして今神がいろいろ苦しみを与えられるのも
ひとえに奥様のお幸せを望み、
それをより甘美なものとして示されるためで、
またあんなお人を夫として授けられたのも
奥様の幸福感を更にもっと高めるためなのです。
神のおぼしめしなら、現在のご不幸も
やがて奥様がかみしめられる幸せの
妙味となる日がまいりましょう。
ですから心配ご無用でございます》

日曜日[172]、親睦の接吻の際
フラメンカは機会を逃がさぬよう、
彼女の唇が詩篇集に触れる前に
尋ねた《どなたへの?》
ギヨームはこの言葉を聞くと
驚きの余りぼうっとなった。
《ああ恐れ入った、と彼は独りになると
繰り返し言った。「どなたへの」だとは
冗談のつもりだろうか? あの奥方《ひと》は
こちらの誠実な愛を疑っているのだろうか?
私が心から彼女を愛し、他の女性のことで
訴えてるのでないことは、よくお分かりのはずだ。
ただこちらは全面的に彼女に服従すべき身、
確かに私の方が負け、かくあらしめられたのだから。
だが、彼女がこちらの打ち明ける望みに
敢えて耳を傾けようとされているからには、

この際言うべきことはすべて言っておかねば。
彼女ゆえに自分はこのような苦難に耐え、
彼女ゆえに愛の神が心をもとろかす
甘美な痛みでこれほど自分を悩ますのだから。
この痛みが実に快く、その最も激しい時でさえ
それが収まることを私は全然望まない》

フラメンカもその侍女たちも、
非常識でもないし愚かでもなく、
皆でたびたび折あるごとに
打ちとけ和やかに話し合っている。
そして交わされた言葉を思い出し
互いに言ってみて、愛の炎をかき立てる。

聖霊降臨《ペンテコステ》の大祝日の当日、
ギヨームは親睦の接吻を与え、司祭のもとに
引き返す前に、おずおずしながら
《あなたさまへの》と意中の奥方に言った。
その時、当の彼女は心の中でつぶやいた
《するともう恋人として臣従の段階は越えている、
この殿御は、こんなにも愛を懇願なさるのだもの。
今までこんなふうに求愛された女性は
このわたしが初めてでないかしら。
ちょっとした言葉のやりとり、ほんの短い対面で、
すぐにこの方は愛からもう懇願なさっている。
こちらの夫のあの殿はどうしようもないたわけ者、
妻を囚われ人みたいに閉じ込めておくなんて！
これでやっと見つかった、こちらさえ望むなら。
牢屋から救い出してもらえるお人が、
もうあの監視も全然役に立たなくなるわ》

VI 《あなたさまへの》から《喜んで》まで

フラメンカはその一部始終を侍女たちに、
自分の部屋で一緒になった時に話した。
それからため息まじりに二人にたずねた
《ところで次はどんなふうに言おうかしら？
あすは何とか答えなくてはならないし、
こちらの出方で今の掛け合いが打ち切りになれば、
それは恥ずべきことだし相手にも失礼だと思うの》
マルグリットが即座に答える
《奥様の方が、わたしたちにお心の中を
打ち明けてくださるようになされば、
こちらももっとご相談にも乗れると思いますわ。

で、一体どうなさり、またどうお思いなのですか？
奥様は、ご自身の心が愛を呼び込むように
愛の神がおもとに遣わされたあの高貴な方が
求愛なさるのを、お許しになりませんの？
わざわざ愛の神が遣わされた恋人《かた》ですもの、
奥様の苦しみを癒やし解放して差し上げようと
誠心誠意力を尽くされるお方ですから、
きっとお心にかなうに違いありません》
アリスもそれ以上黙って聞いてはいられず
こう言い添えた《奥様、あまり長く待てば
口さがない人たちの好奇心をかき立てますし、
求愛のためいたずらに時をかけさせますと
どんなに好意を持った恋人の心も冷めましょう、
だらだら長引かすことはごたごたのもとですわ。
ですから、憚《はばか》りなく申させていただきますけど
あの方にお心のうちをお隠しになりませぬように。
あの方の愛も価値も好意も受け入れると
奥様から知らせておあげなさいませ、
愛の礼法《クルトワジー》(173)も心得てらっしゃる殿御ですから。
あたくし思いますに、あの方はとても思慮深く
繊細で、また愛に満ちてらっしゃるから、
お二人がお互いに愛してられることを
だれからも気づかれないように、
必ず奥様もご自身をもお守りになります。
ご両人が結ばれた時にはきっと、
太陽と月も含めてこの世で、
これほどすばらしい恋人同士はないでしょう。
あの方が太陽で奥様を照らされるのです。
愛の神によるせっかくのお取り計らいですもの、
どうか、ご慎重な余りご縁をふいになさらぬように！
こんなすてきな掛け合いが奥様のせいで
打ち切れるとしたら、とんでもないことですわ。
あの方が聞かれて耳に快いけれど、
愛することに不安がつきまとうような
あいまいな言葉でお答えなさいませ》
――《そうよね、ではこんなのどうかしら、
「わたしに何ができて？」とだけ聞いてみては？
確かにこれは意味深長だし、
あの人としてはわたしに愛されてるという
確信は持てずとも、望みもなくはないと思うの》
――《ゆめゆめその言葉を、とマルグリットが言った。
お忘れになりませぬように。
きっと奥様、それ以上のものはございません》
――《そう、では忘れないようにするわね、

何なら明日にでも言ってみるわ》

フラメンカは約束したとおりに
その翌日[174]、ギヨームが親睦の接吻を与えた時、
そっと彼に《わたしに何ができて？》と言った。
彼の方も一途にそれを聞こうとしていたから
注意して耳を傾けはっきりその言葉を聞き取る。
それからさっさとそこを離れ元の場所に戻り、
一人でつぶやいた《どうも不確かな言葉だ、
一方では期待もさせてくれるけれど
その反面、どう気を取り直せばよいか
分からないほど、私をたじろがす。
「わたしに何ができて?」これには損も益もない、
「わたしに何ができて?」は、承諾でも拒否でもない。
それでもなお善意に解釈すれば、
あいまいだがどちらかと言えば
否定よりも肯定的な答えのように思われる。
よくもあんな謎めいた言葉を考えついたものだ！
あれは全くたいした奥方だ、
私の言うことにぴったりの受け答えの言葉を
すぐに思いつくことができるのだから。
主なる神様、ものは相談でございますが、
あなたが与えてくださるはずの〈天国〉のことで、
ひとつ私と約束をなさってはいかがでしょう。
それは前もって私が贈与するものを決めて、
あなたのための保証人に
使徒と預言者たちを立てることにして、
私がフランスで所有する資産を
教会と橋の建造に当てるというものです、
あなたが私の意中の奥方《ひと》を、彼女も同意し
承知の上で、得させてくださることを条件として。
でないと彼女もあなたの所有されるどんなものも
私に与えてほしくはありません、
たとえあなたが…………………でも[175]、
またはあなたがそうなさることができる限りは、
たとえ私がそのすべての皇帝であろうとも》

その週ずっとギヨームは御機嫌であった。
「わたしに何ができて?」という言葉は彼の気持ちを
引き立たせ元気づけ、彼は大いに気をよくする。
その裏の意味に惑わされたり振り回されて
いろんなふうに解釈したりすることもない。
あの言葉は非常に好意的なものなのだ！
《神が災いから我を守り給わんことを！と彼は言う。

彼女が「わたしに何ができて？」と言ったのは
きっと「この際わたしにできることなら
何なりといたしますから」という意味なんだ。
この私には意志も学識もある
あとは能力さえあればよいということだ》

聖霊降臨の大祝日から起算して八日目に
使徒聖バルナバの祝日が
つつましやかにとり行われた[176]。
この際の祝日が日曜日と
重なっていたのでなければ、
祝われることもない一証聖者[177]の場合と同様、
フラメンカはわざわざ彼女の塔から
外へ出かけることはなかったであろう。
彼女にはそれはできもせず、そのつもりもなく、
そんな暇など許されなかっただろうから。
その日、紛れもない恋の病の指示によって
ギヨームは〈至純の愛〉が教えるとおりに、
話しかけるのはここぞという時、
意中の女《ひと》に《癒やすことが》と小声で言った。
フラメンカは一体どうすればよいものかと
あれこれ思いをめぐらしながら自問する
《どうやってこのわたしが人様の
恋の痛みまで治せるというのかしら？
どうすればよいかわたしには分からない、
それを思い、考えれば考えるほど、
彼が訴える、またこちらもそう思うけれど、
わたし故に耐えているという苦痛を
完全に癒やしてあげられる
きっかけも余裕も見つからなくなる。
このような掛け合いの中で
この人がこれまで見せてきた大胆さは、
恋に彼が心を砕いていることの
何よりも確かな証拠だわ。
ただ彼は口にこそ出して言わなかったけれど、
きっとこのわたしを愛しているのだと思う、
よもやほかの女性への愛に悩んでいるからと
わたしに訴えに来るなんてあり得ないもの》
このように教会で思ったことを洗いざらい
フラメンカは侍女たちに打ち明けた。
侍女たちの方も彼女の考えに同感し
ギヨームの大胆さを褒めそやす。
結局次はどう言おうかということになった時、
彼女らは「どのようにして？」と聞くよう勧める、

フラメンカがそれを訴える相手の人に
恋の苦しみを癒やすことのできる方法を
見つけるにはどうすればよいかは、
彼女たちの関知するところではないのだから。
更に付け加えて言う《何でもできるお方ですもの、
きっと奥様にもまたあの方にとっても
大変好都合で、お二人ともお幸せになれる
なにかよい策を考えつかれると思いますわ》
――《神のお慈悲でそうなりますように！
とフラメンカは言う。だってまだわたしには
どのようにすれば、今しているやり方よりもっと
わたしも彼も逢瀬《おうせ》を楽しめるように
なれるものか、わかっていないんだもの》
――《すぐにでも神様が解決なさいます、
とアリスが言った。そして勇気ある努力で
逆境も克服できます。あの方はこの秘め事を
殿に気づかれないようになさるなら、
ほかの人を皆片目にすることもおできでしょう。
片目に！　そうですわ、きっと！　盲目にだって。
あの謙虚な態度とあのさりげない
自然なしぐさで、皆の目をくらまされますもの。
それにあの方は人前でも、お目当ての
奥様以外にはだれからも
聞かれないよう、とても巧妙に
話しかけられてらっしゃるのですから、
奥様が同意なさりさえすれば
次の再会にそなえて、すぐにでも
よい策略を思いつかれるはずですわ》

彼女たちはこんな助言をフラメンカに、
土曜日にとり行われる
聖ヨハネの祝日の当日まで繰り返した[178]。
その日ギヨームは親睦の接吻を
意中の奥方に与えた甲斐があった、
彼女が予め決めていたように
そっと彼に《どのようにして？》と聞いたから。
しかも詩篇集を手にとる際、彼の指と
彼女の指があわや触れそうになった。
聖ヨハネも、その日にギヨームが
これほど明らかな愛のしるしを
与えられたことを黙認しておられたのなら、
きっと優雅に振る舞われていただろうし、
ギヨームもその力を大いに多としていたことだろう。
でも兎に角、この聖者は大したしくじりもせず

あのひと言で彼の願いを最大限かなえさせ、
ぴたり心の奥底まで届かせたのだった。
すっかりうれしくなって彼は内陣の席に戻った。
彼としてはその間に司祭が正午の祈りを
すでに終えていてほしかっただろう、
もう彼はそれを聞く必要もなかったろうから。
自分たちの勤めが終わるとすぐ、
ギヨームは浮き浮きした気分で
いつもの連れ仲間である宿の主人と
ジュスタン師と共に、宿舎に帰った。
食事の後、彼は眠りにつかず
ベッドに横になって休息をとり、
彼女の言葉を逐一思い返してみた。
そして「どのようにして？」まで来ると、
彼は喜びの歌をうたうように言った
《心優しき奥方よ、すぐにでも、
私の言うことを信じてくださるなら、
必ずや私たちが解放される
よい策略を考え出してみせましょう、
あなた様はあの性悪な殿の牢獄から、
そして私は、あなたを思い、朝な夕な
胸締めつけられる愛の苦しみから。
その上に、「慈悲」に私が保護され、
あなたがこれからも今と同じように
それ（慈悲）をご自分の殿としてお認めなら、
やがてお互いに苦しみや悩みを忘れて、
私たちの幸福は共通のものになるでしょう。
あえてそれが共通のものと申しますのは
二人の幸せを一つにするのですから。
こうも言えましょう、そのすべてはわれわれのもの、
それは全部私のもの、またあなたのものだから、と。
そしてお互い幸せを自分のものと見なすのです、
私の方はあなたの幸せを、あなたの方は私の幸せを。
愛する者どうしこのように自分のものはまた
相手のものでもあるとして行動すべきです》
聖ヨハネの祝日のすぐ後の
日曜日[179]も、ギヨームはいつもどおり
自分の職務をきちんと果たした。
彼は心はずませ意中の奥方のところに行き、
親睦の接吻を与えながら、そっと小声で
彼女に《計略で》と言うことも忘れずに。
フラメンカの方はその時のすべてを
頼りの侍女たちに知らせ、更にもっと

いろいろ助言してくれるようにと頼む、
自分にとって今こそ
大いにそれを必要とするから、と。
アリスが答えて言う《あたくしそのことなら、
思いのままを申すのにやぶさかでありません、
これまでもそういたしましたように。
あの人は神が差し向けられた方ですもの、
きっと奥様を救い出すよい手立てを
考えられた上のことだと思いますわ。
あたくしなら、そうですね、こうお答えします
「そうなさって」と、あの方がそうなさらないと、
奥様にはそれは無理と思われますから》

マルグリットも全面的にそれに同意して
言った《あのように求愛なさる殿方はだれでも、
はかりごとや急場しのぎの方法や言い抜けなど、
恋愛の場合に必要とされるあらゆる方法を
思いつくもののようでございますよ。
わたくし個人として、もし古い時代にあって
あの方みたいな恋人が現れるなら、
きっとその相手はユピテル[180]か
愛の神のうちのだれかだと思うことは、
この際はっきり申し上げられます。
ご心配なさらず「そうなさって」と
お答えなさいませ、奥様の場合は
ほかの奥方たちのようにゆったり構えて
ご機嫌伺いを長びかせるわけにまいりません。
この奥方たちは誠実な求愛者たちに
幻想を抱かせて、彼らがうんざりするほど
懇願をさせ、それが彼らの苦の種にもなるのです、
それほど空言《そらごと》に嫌気がさすということですわ。
そのあと彼女たちは後悔したって
その時はもう何にもなりません、
することができるのにしなかった者が、
しようと思ってもすることは、まずありませんもの》

フラメンカは溜め息をつき
顔色を変える。アリスがくしゃみをするなり
すぐこう言った《万事うまくいきそう！
今この時あたくしたちにとってこれは、
まさに千金のくしゃみですわ》
するとフラメンカが答える《神のお助けあれ！[181]
アリスうれしいわ、そんなに親切に力づけ、
いろいろ気を利かせ慰めてくれて。

そうねえ、あんたたちも喜ぶことだし、
本心から率直な助言をしてくれてるのだから、
早速そちらの言うことに従うことにするわ。
ただその言葉を口にした場合、
相手の愛を公然と受け入れることになり、
そうなればこちらが口説かれて
たやすく承知したということで
恥さらしなことにならないかしら？》
――《奥様、とアリスが再び口を切る。恥だなんて
とんでもございません、愛の神のご意志ですもの。
奥様が心からあの方を愛してられないのに
あたくしたちの助言に従われるのなら、
それはよろしくないことですけれど。
ところが愛の神が、よい助言や善意と同様、
導き手となっているところでは、
一見ばかげた事がどんな良識よりまさるのです。
とは言っても愛の神がお望みなのは良識であり
無分別ではありません。これが事実であることは
すべての賢明な人たち、快活な人たち、勇敢な人たち、
それに嫉妬深いのを嫌う人たちがその証拠ですわ。
このことを保証しないほど
ひどい陰気な人ってまずいないでしょう、
御前様だって、このことが問題になって
その理由を説明して差し上げれば》
次の木曜日[182]、大天使ミカエルに次いで
天国で重要な地位にあった
二人の栄光に包まれた使徒[183]の
殉教のミサがとり行われた。
その日、たまたま運よく、
ギヨームが自分で決めた時に
フラメンカが彼女の思いを明かしたことで、
彼の気持ちは揺るぎないものになった。
こうして彼女は彼に愛と心遣いに満ちた
みやびな贈り物をしたのだった、
いつもより彼に自分の目と口と
顔の下の部分をよく見せるようにし、
彼がその場から離れるまで、ずっと長い間
まっすぐ彼の目を見つめるようにして。
彼の方は彼女と目を見合わせなかった、
それはできなかったし[184]、みんなに対して、
特にフラメンカの右側に居続けている
やきもち焼きの御仁に用心していたから。

ギヨームは歓びに満ちている、
意中の女性《ひと》に大きな希望を与えられたし、
今や愛の神が自分を恋する男たちの中で
最高の恋人に引き上げようとされているのは
確かだと思う、ともあれかくも優しく
彼の心をなごませた彼女に幸あらんことを！

その日、彼は宿の女将《おかみ》に自分のところへ
来るように頼み、彼女もそれに応じてよかった、
彼女の夫や使用人たちも一緒に
彼との豪華な食事にありつけたのだから。
ギヨームは彼らがそこの家に戻るよう所望した[185]、
自分の健康も十分回復したようだから、
これからはもう今までのように
一人暮らしをする必要もなくなった、
油の塗り薬ももう要らなくなったし[186]
そう度々入浴もしないだろうから、と言って。

彼は、その次にまた意中の奥方に
話しかけることができた日[187]、こう答えた
《決めております》、その言葉に驚いたように
彼女が優しくじっと彼を見つめる中で、
お互いの目と目は接吻を交わし
二人の心と心は抱き合った。
その口づけで二人は快い幸せな気分になり
これで自分たちの心の悩みは癒えたと思った。

《よもや三日で、とフラメンカは思い直す。
あの人はわたしが癒やすことのできる方法を
思いつくなんてことがありうるかしら？
ほんとうに！　彼を信頼しないで悪かったわ！
疑うだけでも罪を犯すことになるのに。
あれはとっさの思いつきなんかではない、
ずっと長い間どうすればわたしを喜ばせるか
考えてたんだわ、だからこちらもあの人を
苦しめることのないようにしなくては。
けれどあの人がどんな方策を思いつき
お膳立てを整えるかこちらが知るまで、
わたしには二日が一週間にも思えそう。
でも、ここではっきり神かけて誓うわ、
わたしと合意の上で、二人が一つに結びつく
手立てをあの人が見いだすことができるなら、
わたしは永久に彼のものになりましょう、と。
彼だけがわたしを助けようとしてくれたのだもの、

彼だけがこのわたしの愛を受けてほしい。
彼だけがわたしを死から救おうとしてるのだもの、
彼のためにのみわたしは尽くしたい。
わたしは自分の祖国の騎士たちを
別にりっぱとは思わない、まる二年の間
こちらは苦しみもだえながら生きてきたのに
彼らの中のだれ一人そんなわたしを気づかう
様子さえなかったもの。それにこの国の人たちも、
どんなふうにわたしが生きたまま闇に葬られ
どれほど苦悩にうちひしがれてるか
分かっていながら、知らぬふりして
助けに来ようともしてくれない。
自分たちは礼節を心得てるとでも思ってるなら、
それは間違い、わたしみたいな不幸な異国人妻を
見殺しにして、あの人がわたしの愛を得るなら、
これほど愛の証拠を示してくれてるもの、
断じてわたしは彼を、口先だけで
愛のために死ぬなどと言いながら、
心では裏切ることを考えている
不実な偽善者と取り換えたりしないわ。
わたしよりもっとそんな人々を好む者に、
神が災いをもたらされますように！
けれどもわれらの主が、これが
教養ある騎士であることを望まれるなら、
そんな人たち皆に対しても、こちらとして
わたしに失礼な態度をとったことへの
当然の恨みも、水に流すことにしましょう。
その騎士なら勿論、わたしは愛さなくては、
確かにその人《ひと》はこのわたしのために
自分の命をかけているのだから。
でも、神は今まで彼を窮地から救ってこられたから、
彼には更にこれからもご加護があるはず。
わたしも心から神にそれを祈るつもりだし、
神もきっとこの願いをかなえてくださると思う、
わたしが苦境にあることもよくご存知だから》

このように彼女は教会で思いをめぐらしていた。
ミサが終わって彼らは住居に帰る。
ところで〈嘆かわしいやきもち焼き《ジャルー・マリ》〉というか、
なんなら〈やきもち焼き亭主《マリ・ジャルー》〉としておこう(188)
その御仁が塔からお出ましになるとすぐ
フラメンカは侍女たちに言った《あのね、
あなたたちのお説やお話などを
いろいろ聞かされて、わたしあの人を

愛さないでいられない気がしてきたの、
とても立派で誠実な方に思われてきて。
で、今日彼はわたしに手筈は整ってると言ったの、
どんなものかわたしにはまだ分からないけれど》

アリスが即座に答える
《奥様、あたしたちにお任せいただき、
ほんとによかったと思いますわ、
奥様に幸いすれば、そうなられるように
あたしたちがしたことになり、また結果が
別なものになっても、落ち度はすべて
あたしたちにあることになるでしょうから。
で、あたしたち二人とも、奥様が少しでも
非難など招かれるようになるより
自分たちが拷問《ごうもん》をも受けてよいと思ってます。
でも神様は、慈悲に満ちていらっしゃり、
奥様がご不幸な境遇の中にあって、
不当な扱いを受けられ、鎖につながれてるのも
同然であることは、よくご存じですから、
すべての災いから奥様をお守りになり
善なるものすべてをお恵みになるでしょう。
奥様を思いひどく苦しんでいられるお方に対し
奥様のほうが心変わりなさらずに、
誠実でまことの、純粋で心からの
愛情をお示しになるならば、
請け合いでございます、奥様、きっと
万事が上首尾にいくことは。
それにあのお方はお二人のための
よい打開策を用いられるとのこと、
お尋ねになってはいかがです、「どんな?」と。
あたくしほかに申し上げることはございません、
ただせっかくのあの方のお取り計らいを
望ましいとお思いなら、もっと進んで
これを受け入れられるがよいと思います》
マルグリットも黙ってはいられなくなり、
口をはさんだ《奥様ができるだけ
あの方の意に添うようになさろうとする思いは
きっと、あの方が奥様のお気に召すようにしたい
という気持ちより、はるかに強いに違いありません。
では、その証拠をお教えしましょうか。
あの方の場合、問題なのはただ一つの牢獄、
それも奥様の愛によって少しばかり明るく
居心地がよくなってきております、
けれど奥様は二つの牢獄を抱えてらっしゃる。

一つは奥様を、一日中ぶつぶつ言って嫌がらせ、
喜ばれる言葉も一切おかけにならない
嫉妬深いご主人様が閉じ込めている牢獄。
もう一つの牢獄は気高さ、
名誉と歓び、懇願と若さ、
愛の口説き、優しい言葉と分別が
望むものをしようとする欲求と意思です。
それで奥様は思いをかなえられず、
ご自身を囚《とら》われ人と思ってらっしゃいます。
ですから二重の牢獄っていうわけですよね、
差し止めと不安が二つ重なってるのですもの。
差し止めは奥様から行動の能力と力を奪い、
不安が奥様を苦しめるのです。
あの方のほうで、欠けているのは奥様だけ、
他の人たちはあの方に仕えております。
なお、奥様は俗世に対して困惑してらっしゃる、
あの方は奥様に対して、お助けしていないから。
そこでそれ相応ということから言えますのは、
あの方が快復なさることにより
奥様はあの方の場合よりもっと大きな
救済が得られるということです。奥様の方は
二重の苦しみが癒え、先方様は奥様から負った
一つだけの恋の痛みが癒えるのですから》
これに対しフラメンカが言った《誰に教わったの、
マルグリット、ねえ言ったっていいじゃない、
一体誰がそんなにみごとな論法を教えたの？
あなた算術と天文学と音楽だけの
教えを受けていたのであれば、
わたしが長い間耐えてきた苦しみを治す医術を
あれより上手に説明しなかったでしょうよ。
これからは自分の胸のうちも隠さずに言うわ、
あなたにそれはわたし同様わかってるようだから、
わたしのことあなたの思いどおり決めてほしい。
わたしとアリスはもういないことにして、
この三人の心はほとんど一つになってるのだから。
でもわたしが身も心もささげる人の心だけ、
わたしの苦しみを和らげてくれるのは、
とにかく苦しくて一週間が長く思われるわ、
そのため一日一日が長引くような気がするの》
一週間後に、[189] フラメンカはたずねた
《で、どんな？》それから更に
一週間が過ぎて、[190] ギヨームが答えた

《行ってください》しかし〈どこへ〉なのか
はっきり言わなかった、それができなかったので。
それゆえに次に会った折、ちょうど
聖マグダラ祭[191]の当日であったが、
フラメンカは、大して苦にすることもなく、
頃合を見はからい《で、どこへ？》とたずねた。
そしてその次の日[192]にギヨームは《温泉場へ》
と答えた。それでフラメンカは
密会する場所について納得でき、彼が
その温泉場へ彼女に会いに来るため
何らかの方法を考えついていることも
十分ありうるという確信をもった。
彼女は主なる神と諸聖人に
自分が責めとがめられることなく
万事がうまくいきますようにと祈った。

彼女が侍女たちに事の次第を話すと、
二人はそれぞれ言った《それは、奥様、
ほんとうに耳寄りなお話ですわ。
ところでそのお湯に行くのはいつでしょう？
わたくしたちも早く行きたい、待ち遠しいわ》
――《ではいつなのか聞けばよいのね？》
――《はい、奥様、場所はわかっておりますもの、
その日を早く言っていただきましょうよ》
――《まあもう少し待ってらっしゃい、
なんなら火曜日に聞いてもいいわ、
その日はちょうど幸いなことに
コンポステラの聖ヤコブの祝日[193]なのよ》

その日フラメンカは、ここぞと思った時
《いつですの？》とたずねる。
意中の奥方から会える日を聞かれて、
ギヨームは非常な喜びをおぼえる。
無論その場ですぐに答えることもできただろう、
しかし思いを寄せる相手に話しかけられ
声をだしてひと言でも発したり
即座に何か言葉を口にするよりも、
彼としては頭髪を十字に刈られるなり[194]
焼き鏝《ごて》の体罰に処せられる方がよかったであろう。
そんなわけで四日ほど待つことにして、
五日目[195]に彼は意中の奥方に
《次のお気に召す日に[196]》と聞こえるように言い、
さっさとその場から引き下がった。
《さてここで、どちらを選ぶことにしよう、

とフラメンカは考える。いつまでも
待ち焦がれてるのがよいか、それとも一度に
——今その好機なのだから——わたしの心を
癒やすようにするのがよいのだろうか。
愛の神と〈歓び〉が待っているところに
ひとたび到達することができれば、
もうどんな苦しみも恐れることもないし、
一生おびえていることもなくなるはずだわ、
それらは一度に取り除かれてるだろうから。
でも、もうじっくり考えてこちらの答えを
用意するようなひまなどないわ、
もうあと明日と半日たてば、
何とか答えなくてはならないもの。
司祭が今日忘れぬよう念を押されたように、
火曜日は聖ペテロの祝日で、
その日は八月の朔日《ついたち》なのだから。[197]
愛の神がわたしたちの結びつきをお望みなら、
何とぞわたしを心から喜ばせてくれるような
言葉を思いつかせてくださいますように》
それから彼女たちは教会堂を出るが、
マルグリットが、待ち構えていたようにすぐ
女主人に、いつの日に決まったかたずねる。
《それがねえ、とフラメンカは答える。
その日についてはこちらに一任されたの、
いつでもよろしいっていうことなのよ。
でもそう言われとても不安になってきたの、
立ちのぼる煙が小さな光の輝きを
すっかり消してしまうように、
わたしの中でわき上がる不安が
心のうちに生まれつつある愛の歓びを
情け容赦なく消してしまうみたいに》
それにアリスが答えて言う《すべてのものを
守りたまう神様、どうか奥様の心の中で
光り輝いている愛の歓びが、不安などのために
失せたりせぬようにしてくださいませ!
完全な愛も[198]恐れと不安を伴わないと、
何の価値もありませんもの。
不安があって愛は洗練されるものですもの、
恐れも知らぬ者に愛は長続きしないでしょう。
ただ恐れといっても、ためにならないものもあり、
その場合愛の歓びはこわれ損なわれます、
そしてこれと別にためになる恐れがあり、
それにより愛は歓びとなって開花するのです。

一方は花を咲かせ、片方は葉っぱだけ、
一方は歓びの恐れ、片方は嘆きの恐れです。
きっと奥様は本当に愛してらっしゃるのですわ、
恐れ不安を感じてらっしゃいますもの》
――《そうね、確かにわたし愛しているのね、
この今のわたしの苦しさと不安は
だれにも訴えようがないほどだもの。
「恐れ」と「愛」と「恥じらい」が
ひしひしと迫りわたしを苦しめ、
それぞれが針や棘《とげ》でもって
わたしの胸や背中あたりを
ちくちく刺すような気がするの。
「恐れ」がわたしを叱責し脅かし
殿が日常やむを得ないと思うもの以外
何もしてはならないって言うの、
さもないと火あぶりにしてやるって。
「恥じらい」はあとで皆の非難を招くような
不届きなことはせぬよう気をつけろって言う。
すると傍らから「愛」が言い出すの、
「恥じらい」と「恐れ」が雄々しい心を
育てたことや育てることは決してないし、
これらがその心の意に添うことを
させないようにするならばその者は、
完全な恋人[199]の心の持ち主になれない、と。
そうだわオヴィディウスもはっきり言っている、
「愛」はすべての人に貢ぎ物を要求する
支配者であり王であるのよね、
わたしまだそれを済ませてないんだわ[200]。
「愛」がわたしの中でその領地を失えば、
愛にとって恥であるし、わたしにとっては大損失、
年貢が期限までに納められなければ
領地は没収されるのだから。
要するに愛は宗主として振る舞いたいのよ。
それにわたし「愛」が自分の中に居ついてから、
どうやって立ち退かせられるかも分からない。
愛は領地と引き換えに住処《すみか》を要求し
わたしの意向を試すことによってこちらに
それを受け入れる気があるかどうか知るため、
礼節をわきまえた使者を遣わせたのだわ。
彼はとても丁重な態度で愛を懇願し
自らの権利を望み求めてるのだから、
こちらが妨げになるようなことをすれば、
その報いを受けるのではないかしら。
理由《わけ》を知っている者が犯す過ちは

それを知らない者が犯す過ちよりも
はるかに大きいはずだもの。
ほんとにこれは確かなことだけれど、
愛には女性たちを支配する権利があるのよ、
一人にだけというのでなく、全女性に対して。
だから女性は皆ちゃんと知っておかなくては、
十三歳になると愛はその取り分を要求しはじめ、
もしも本人がぐずぐずと引き延ばし
十六歳になってもそれを納めていなければ、
その女は、「愛」が特別の好意によりその前に
権利を放棄せぬ限り、領地を失うということを。
そしてもし彼女が二十一歳を過ぎて
その負担分の少なくとも三分の一、四分の一
または半分も納められていなければ、
彼女はもう領地そのものさえもらえなくなる、
しかも外国の雇われ兵士みたいに
召使たちと共に遠くへ追いやられ、
人から話しかけられ迎えてもらえるだけで、
自分は幸せと思わねばならないでしょう。
だからどんな女性も、心にゆとりがある内も
思い上がりは厳に慎しむようにしなくては、
なぜって（愛において）ある時は誤りを犯しても
失ったものはほかの事で取り戻せるけれど、
ある時には思い違いなどした場合、
女性は戻ることのない美しさや若さの利点を
もう利用できないことにもなるのだから。
だとすれば、ここではっきり言えることは
――これは肝に銘じておかなくては――すべては
承諾か拒否かのひと言次第ということだわ》
そこでため息が彼女の胸を締め付け、
彼女はしばしば嗚咽《おえつ》しあくびをする。
気が遠くなるように思われて、
悲しみの涙が目にあふれ頬を伝う。

《ああ!と嘆くように彼女は言う。不運な星の下に
わたしは生まれ育ち、これまで年を重ねて
生きることはただ苦しみでしかなかった。
今はもうわたしにとって慰めはただ一つ、
何だと思う？　そう！　それはいずれ愛のために
死ぬことなの、そのため深い傷を負わされ
もうこれ以上耐えられない愛のために。
ああ！　愛の神様、あなたは弓の名手とはいえません、
これほどひどい痛手を負わすのですもの。
あなたの弓がこんな痛い矢を放ったことはなく、

わたしもこれほど苦痛を感じたことはありません。
人を愛するというだけでこのような苦しみを
味わうなんて思ってもいませんでした！
でもあなたの放つ矢は、当たりが穏やかで
苦痛が激しいほど甘く快く感じられ、
わたしはそれに耐えぬく積もりですので、
あとはあなたをお迎えするだけです。
ともあれあなたの宿にお泊まりください。
これ以上確かな所はないはずです、
それはわたしの心、あなたにすべてをささげ、
あなたの寝所となり住処となるでしょう。
そこには妨げになるものは何もありません、
すべて望みどおりにいたしますから。
そしてわたしがあなたから託されているものを
あなたの仰せに従い要求するあの人には、
ためらわず「喜んで」と答えることにいたします、
さもないとわたし生きてられないのですから》
そう言い終わるとフラメンカは気を失い、
アルシャンボー殿が帰って来るまで
そのまま失神状態になっていた。
アリスは彼女を腕に抱いていたが
意識を取り戻して、彼女が恋ゆえに
気を失っているのにアルシャンボー殿が
気づくようなことを、ついうっかり
口にしたりせぬかと気が気でなかった。
それで、涙を流しながら彼女に
《奥様、殿でございますよ！》と呼びかけた。
大声で《殿でございますよ！》と呼びかけられ、
その涙声がフラメンカの耳に入った。
けれども彼女は音声を発する前に、
《そなた、どうした？ 気分はどうか？》
と、夫のほうから聞かれた時には
どう答えるか予め考えておいた。
やきもち焼きは気が動転し、
急いで冷水を持って来て
それを彼女の顔面に浴びせる。
彼女は目を見開き、宙を見上げて
長く大きいため息をついた。
夫は何ゆえ苦しんでいるのかたずねた。
《殿、リューマチによる胸の激しい痛みのため
疲れ切り気力もすっかり消え失せて、
薬師《くすし》の助けが得られなければ、
わたしこのまま死ぬような気がしますの》
——《そなた、毎日少量でもよいから

肉豆蔲《にくずく》の種[201]を食べておれば
効き目はあるだろうと思うがね
――《実はねえ殿、わたし以前にも
この病で苦しんだことがございます、
でも、温泉で痛みもとれ楽になりましたの。
それでね殿、できますれば水曜日[202]に、
お湯に行きたいと思うのですけど。
その日、月は三日月形に欠けております、
けれどそれも三日たてば
すっかり力を盛り返しているでしょう[203]、
そしてまた、このまま死ぬかと思った
わたしの呪わしい病の痛みも、
だいぶ和らぐだろうと思いますの》
――《そうか、ではぜひそうするがよかろう、
気兼ねせずに湯あみするがよい、
そなたにとって喜ばしいことなら。
諸聖人に蠟燭《ろうそく》をあげておくように、
祝日が火曜日に当たるペテロ様の分も[204]
忘れることのないように。
こちらのはりっぱで大きい
誰もがわっと言うようなやつをな》
――《ああ！　さすが殿、おっしゃることの立派なこと！
ところで、お願い、ここからお出ましくださいませ、
しばらくわたしたちのことはお構いなく、
浴場の手配もお忘れになりませぬように》
――《ああ、わかった》と彼は答え、
不機嫌な顔をして出て行き温泉場に向かう。
けれどもドアはきちんと閉め錠を下ろし
その鍵を胴巻きの中におさめてから、
ピエール・ギー旦那のところへ行き、
玄関前の踏み段に腰かけている彼を見るなり
声をかける《浴場の方を掃除させておくように、
私《うち》の奥さまが湯に入りたいと言っておるので。
水曜日に入れるよう準備していてほしい、
月の加減でその日にするがよいそうだ》
ピエール・ギー旦那がてきぱきと答える
《はい、お殿様、仰せのとおりいたしておきます》
フラメンカはそれまでの
漠とした不安からもとの状態に戻り
アルシャンボー殿が情けなさそうに、
仏頂面をして出て行くとすぐ、
涙を流し、嘆いてため息をつき、
自分自身に対しいらだちを感じ、

度々愛の神への不満を漏らし始めた。
しかし彼女は火曜日[205]までじっと待ち
その日、できる限り思いを込め《喜んで》と言った、
これ以上優しく承諾《オック》[206]の言葉を発したことはない。
しかも彼女はその左手で
ギヨームの右手に軽く触れたのだった、
愛の掟どおり、そっと控え目に。
それからすぐ席に戻り腰をおろした、
心の動揺をどうにも抑えきれなくなって。
こうして自分の愛を、相手のことを
全く知らないまま、許し与えるということで、
さぞや彼女の心配や不安は大きく
心は千々に乱れていたに違いない。
逃げ隠れせねば相手のことはよく分かるはず、
それまでにあまり長くはかかるまい、
次の日には彼女はそれを知るだろうから。

Ⅶ　《喜んで》から初の密会まで

ギヨームは《喜んで》と言われた途端、
なんとも言えぬ嬉しさがこみ上げてきて
うっとり快い気分になった。
夕暮れ時になって、宿の主人が、
彼のいる前で、二人の召使に申し付けた
《お前たち、湯ぶねを丹念に準備しておくれ、
どれもまんべんなくきれいに洗い、
今そこに入っている湯は全部
出してから、新しいのと入れかえるように、
湯量も程よくするよう気をつけて、
奥方様が次のご都合のよい日に
湯あみなさりにいらっしゃるから》
ギヨームはそれを聞いたのを
素振りにも見せなかったが、十分心得ている
その湯あみは自分のためにお膳立てされ、
アルシャンボーがそれに騙《だま》されても
誰からも同情はされぬだろうことを。
私（筆者）もフラメンカがこれから先、
夫を騙しおおせられないとは思わない、
彼女もそれは請け合っていることだから。
水曜日[207]の夜が明けて、
フラメンカは苦痛を訴えた、それもそのはず、
夜通し一睡もしていなかったのだから。
彼女はそっと夫を呼び覚まし

胸を押さえあえぎながら言った
《ああ！ 殿、わたしこれまで昨夜《ゆうべ》ほど
つらい思いをしたことはありませぬ。
お起きになって、でも気を悪くなさらないで、
もう少しのご辛抱ですから[208]。
わたし生きてるより死んだほうがましですわ、
とにかく痛みが走り胸苦しくて息がつまりそう！
温泉療法をしてみて、
それで少しもよくならなければ、
わたしもう死ぬものとお思いになって》
――《なに、そんなことで死んでくれては困る、
温泉場の方でなんとかよくなるだろう。
びくびくせずに、気を取り直して
死にたいなどとは思わぬことだ》

侍女たちはすでに起床し、
衣服をまとい支度はできていた。
そこで彼女たちは、そろそろあちらへ
参ることにいたしましょう、と言った。
そして、たらい、香油の類と
必要な身の回り品を手に取った。
さて、アルシャンボー殿も立ち上がった。
その頭ときたら、胡麻塩の短い髪が
ところどころぴんと逆立って、
まるで長柄の刷毛《はけ》みたいだった。
何か悔いているような浮かぬ顔[209]して塔を出て、
彼は妻の手を引き彼女の恋人のところへ
連れて行く。私（筆者）の考えでは
嫉妬もほとんど無駄に終わるだろう。
彼は浴室の隅々まで細かく調べたが、
それも大して役に立たなかった、
そこには常日ごろ見かけないような
開口部[210]などは見当たらなかったから。
そのあと彼はそこを出て、扉に鍵をかけ、
その鍵を持って行った。
侍女たちは機転をきかせ
すばやく、左右の壁にとどく
長い頑丈な横木でもって
内側からその扉を閉ざした。
二人は首尾よくいったことに驚いた顔をする。
それから互いに目くばせをして、こう言った
《奥様、わたくしたちどういたしましょうか？
一体どうなのでございましょう、
どこからどうやってお見えになるのでしょう、

奥様とこの場所を約束なさったお方は》
《わたしも分からない、とフラメンカは答えた。
ここのどこを見たって、いつもと違うものは
何も目につかないんだもの。
それはそうと、わたしお湯には入らないわよ[211]、
そのためにここに来たのではなく、
あの彼《ひと》とお話をしにやって来たのだから》

彼女たちはこんなふうにして待ちながら、
話のたねもつきた時、かすかな物音が
その部屋のどこか片隅から聞こえてくる。
みんなそれぞれ待ち受けているあの彼が
いよいよやって来たと思う。
彼を入らせまいとしているのではない、
けれど彼女らは手で軽くつつき合った。
ふとその時、ギヨームが敷石を持ち上げ、
地中から現れてすっくと立ち上がった。
だれかに彼がなぜ、どのようにして
そこにやって来たのか聞かれても、
それは筆者の与り知らぬことと答えるだろう。
彼は手にろうそくを持っていた。
そして着けていた肌着と半ズボン[212]は、
細糸の精巧な仕立てにより
見事に織り上げられたランス織[213]の布製、
それに裁断のよい、均整のとれた
ひだ取りをし、生地が張る胴回りの部分を
しぼった、豪華な絹の寛衣《ブリオー》をまとっていた。
また腰部を締めていた細い帯は
両端が寛衣の裾《すそ》のところまで垂れて、
彼にすばらしくよく似合っていた。
長靴下《タイツ》[214]の方も絹製で、多彩な
花柄の刺繍がほどこされていた。
それは彼にぴったりで実に粋《いき》で
生まれながらそれを穿いていたかのようだった。
絹糸で巧みに縫い取りをし、細かい斑点のある
亜麻布《リンネル》の帽子をかぶっていたのは、
自分の剃髪していた頭頂部[215]を
隠すためではなく、頭髪に地下道の石灰が
ふりかかるのを防ぐためであった。
真《まこと》の愛を示すものがやや血の気のない顔色[216]に
出ていたが、彼に相似《ふさわ》しくないというものでなく、
生来の血色と非常によく調和して
その美しい顔立ちを一段と引き立たせていた。
彼は意中の奥方の前でひざまずいて

言った《奥方さま、あなたをお造りになり
美しさとみやびの道《クルトワジー》[217]において
あなたに並ぶ者はなきようお望みの〈お方〉[218]が
どうかあなた様たちをお救い下さいますよう！》
そう言ってから、彼は深々と頭を下げた。
《いとしい殿御《かた》、とフラメンカは答えた。
決してうそなどつかれず
あなたがここに来ることをお望みの〈お方〉が、
あなたを救い守られ、あなたの心からの願いを
叶《かな》えさせて下さいますように》
――《優しい奥方《おかた》、私の願いのすべて、
私の思いのすべて、私の気がかりのすべては
この身を捧げているあなたに託されております。
それゆえお仕えすることをお認めいただければ、
私の望みはすべて叶えられるのでございます》
――《ねえ殿、神に認められわたしはあなたと
お近づきになったのですから、お別れする時、
わたしのせいで何か損をしたなどと
ゆめゆめおっしゃらないでくださいませ。
あなたはとても美男でいらっしゃるし、高貴で
礼節もわきまえ、良識ある方とお見受けし
ずっと前から、〈至純の愛〉[219]により理の当然
わたしの心を掌握なさっているのですから。
だからこそ今このとおり、お望みに応《こた》えようと
わたしここに来ておりますのよ》
こう言って彼女は彼を抱きしめ、接吻をして
優しく腕を彼の首にまわし頬ずりをする。
これでもう、アルシャンボー殿もお望みなら、
トネリコの木の下で輪《ロンド》に加わって踊れるだろう[220]、
彼がどうであろうと、フラメンカの方は
恋人づくりを断念するとは考えられぬから。
ギヨームはしかと彼女を抱き接吻を浴びせる。
願わくば神が、われわれの友である諸君にも
この二人の恋人に対すると同様の歓びを
与えられんことを、それが更に増すまで。
ギヨームは自分が愛されているという確信を得て
次のように言う《では、いかがいたしましょう、
あなたと私のために掘って造らせました、
見張り番も忍び込む心配のない
新しい通路によって、
お望み次第で、私の部屋まで
行くことができます、あなたがお住まいの塔を
これまで何度も眺めてきましたあの部屋まで》
――《あらまあそれは、どうぞお宜しいように。

おっしゃればどこへでも参ります、
きっとまたここまで送っていただけましょうから、
それだけのお力があれば、無事安全に。
どうか幸運のもとにお導きくださるように》

そこでギヨームが案内役になった。
地下道内は真っ暗ではなく
ろうそくの火が点々とともっていた。
みんな思っていたよりも早く
目指す部屋に到着した。
そこにはじゅうたん、カバー付きの
長椅子や立派なベッドカバーなど
豪華なものが備えつけられ、
床は葉模様、壁はつづれ織《タピストリー》で飾られていた。
まあ装飾について詳述する必要はあるまい。
ギヨームとフラメンカは低いベッドに腰かけ、
マルグリットとアリスの方は
床にじかに敷いたクッションの上に座った。
ギヨームは侍女たちも快く迎え
何かと力添えをよろしくと頼んだ。
するとフラメンカが言った《そのことなら、
ねえ、どうか彼女たちにお任せください。
彼女らの助言や忠告があれば、
彼女らの賢さや知識があれば、
あなたの喜びは失せることはありませんから》
ギヨームは二人の侍女に礼を言った。
それから意中の女《ひと》に話しかけ、自分の思いを
まず、次のように打ち明けた
《奥方さま、私はこれまであなたのために
長い間ずいぶん苦しんでまいりました、
でもこうしてお会いでき感謝しております。
あなたは私が何者であるか、愛の神から
あなたに対し決して心変わりはしないと、
教わっておられるほかはご存じないと思います》
――《いいえ殿御、存じ上げておりますわ、
あなたが富める高貴な出のお方であることは、
わたしの恋人になってくださろうとする
礼節を心得られたお心配りからも分かります。
あなたが雄々しい高貴なお方でなかったなら、
わたしに好意など寄せられなかったはずですもの》
ギヨームはそこで自分がどんな人間か、
どうやって来たのか、ブルボンへ来てから
どうなふうに振る舞ってきたかを

彼女にことこまかに話した。
ギヨームが何者であるか知らされ、
彼女は気持ちも晴れ晴れしてきたので
彼への愛にすっかり身をゆだねた。
そして彼に抱きつき、しっかりと抱擁する、
今は彼女の念頭には、彼に口づけを与え、
彼を温かく迎え入れ、愛の神の望むものは
どのようなものでもして、できる限り彼のために
尽くしたい、ということのほかはもう何もない。
目も口も手も休みなしに
二人は口づけを交わし抱きしめ合う。
双方ともに見せかけなどなく、
偽ろうとする気もさらさらない、
さもないと真の愛の歓びはないだろう。
お互いそれぞれ相手のために耐えてきた
激しい苦悩と長い間の願望に
報いようと努めている。
愛の神に従っていれば損することはない。
この神は二人にしたいことは
何でもするよう勧め仕向け、
それで彼らは心から愛し合っているのだし、
二人を夢中にさせ燃え立たせて
実に多くの喜びを与えるので、
彼らはこれまで堪え忍んできた
悲しみなどすっかり忘れているのだから。
これこそ理想の恋人どうしというもの、
今時このような男女はめったにいない。
しかし心配ご無用、筆者は少なくとも一人
彼らに負けないようなのを知っているから
その御仁によいお相手が見つかればの話だが。
ギヨームは長々と弁じることもなく、
何も懇願したり求めたりもせずに
意中の女性《ひと》が与えるもので満足をし、
彼女も気を利かせて彼を喜ばせていた。
彼女は、愛の証《あかし》の分配者と考えられる
〈慈悲〉でさえ斯《か》くはあるまいと思えるほど、
多くの愛のしるしを彼に施した。
愛の神は共寝をも許すような
多くの楽しみを彼らに与えたが、
その日は、ただ口づけと、
愛情のこもった抱擁と愛撫、
それに純愛と認められる恋人たちを

喜ばせるほかのやり方で、
二人を心ゆくまで堪能させた。

互いに交わした言葉を思い起こすことで
二人は大きな喜びを与え合ったが、
彼らが覚えたその時の満足感は、
誰もはっきり表すことができない
口でも言えず、思いも及ばぬほどで、
それ以上の喜びは誰も味わえなかっただろう。
〈それ以上の〉どころか〈同等の〉、
いや〈同等の〉どころか〈千分の一さえもの〉。

ギヨームは侍女たちのことも忘れず、
彼女らに対しても丁重に
今後ともよろしくと言ってから、
好誼のしるしにと二人に、
飾りひもと王冠型髪飾りと打ちひも、
首飾りとブローチと指輪、
麝香入り香水のつまった瓶《びん》と、
その他いちいち名は挙げないが、
美しいよく似合う装身具を進呈した。
彼女たちはめいめい《ひたすら望むことは、
あなた様の名を高め、何事においても
お気に召すようすることです》と言った。
別れる時、ギヨームは涙をこらえる
ことができなかった、というのも彼女らとは
もう会えぬだろうと、それが切なかったから。
だが、間もなく彼女たちと会えることになる、
フラメンカがいつでもそうしたい時に
温泉場に来ることになったから。
たびたび彼女は病気をよそおう、
おもしろがって仮病を使うことにより
生気を取り戻し心も癒やされるので。
彼女はできれば、少なくとも
週四回は、温泉場通いをする気でいる、
教会や諸聖人の祭壇の前に行くよりも喜んで。
彼ら二人ともうれし涙にくれる、
そして本心から込み上げるその涙を、
二人の唇がともにまぜ合わせ、それから飲む。
彼らのすることは少し行き過ぎかも知れない、
だが、これこそ真心から発する愛というもので
下賤な恋人たちも見せかけの
無遠慮な恋人たちも味わえぬものなのだ。
こんな者たちを持ち出してやることもなかった、

ただそういう手合いが多すぎて、筆者は黙って
られなかった、まあそのことはこれ以上申すまい。

いとまごいする時が来ると、
二人はしっかりと抱き合って、
何度も口づけを交わし抱きしめ合う。
お互いどんな愛の証《あかし》を与えてよいか分からない。
別れは二人にとってまことにつらく
果ては深い嘆きのため息、
息苦しそうな叫び、すすり泣きになり、
話をするにもほとんど言葉にならない。
それでもフラメンカは気を取り直し
どうにかはっきりした口調で
次のように言う《優しくて雅《みやび》なあなた、
わたしの所有する物は何も差し上げていません、
なぜだかおわかり？　それはこのわたしの身を
すべてあなたに捧げているからなのよ》
彼女はこれだけのことがひと息に
言えたわけではなかった、嗚咽《おえつ》のため
胸がつまり、言葉は途切れがちだったから。
けれど彼女も一所懸命だったので
ギヨームにはその〈贈り物〉が自分への愛を
意味することがはっきり分かった。
彼は頭を下げて彼女に礼を言い、
口づけして、涙を流し彼女を抱きしめてから、
やっと地下通路口の敷石を開ける気になった。
泣きすぎて彼は口蓋垂《のどひこ》を痛めていたが、
その痛みを感じることはほとんどない、
それほど愛する女性《ひと》が、まだ浴場に居残って、
もっとつらい思いをせぬかと気がかりなのだ。
少し湿り気を帯びた顔(21)にする時間だけ、
彼女はそこにとどまっている。
間もなくマルグリットが鈴を鳴らすと
やきもち焼きが駆けつけるが
急ぐあまり道路の真ん中で、
あわやすってんと転びそうになった。
扉を開け、何か言おうとしたが
言葉にならぬ、それほど急ぎ走ったのだ！
《殿、とフラメンカが言った。ご存知かしら、
湯あみの効能ってとても大きいんですのよ。
これを続ければ、わたしも元気になれそう、
確かに前より少し気分がいいようですもの。
ただそこに掲示している効能書きを見てみると
一回きりでは効き目はないけれども、

その人がわずらった日数と
同じほどの数だけ湯あみを続ければ、
その効果は絶大なんですって》
――《そうなのか！　では、毎朝でも
湯に入ることだ、それがよいと思うなら。
ともかく、そっちの好きにするがよい》
その時、アリスが大声で口をはさむ
《殿、その湯あみはぜひとも必要なんです、
奥様がずっと耐えてらっしゃる
ずきずき疼《うず》く痛み、いろんな苦しみ、
たとえようもない不安、冷や汗[222]など、
とても口では申し上げられないほどですわ。
お命のあやぶまれる時さえありましたもの、
でもこれでもう大丈夫ですわ、
おかげ様で！　この温泉で命びろい
なさることがわかりましたもの。
もうこれ以外奥様に効くお薬はありません》
利発な娘らしく、彼女はこのように言った。
マルグリットもその場で気転を利かせ、
フラメンカにベッドで少し横になってもらい、
しばらく眠って体を休めながら
痛みに耐えているふりをしてもらった。
ところで、フラメンカはほとんど眠らなかった、
愛の歓びがそうさせなかったのだ。
アリスが茶目っ気をだし笑いながら言った
《奥様、何なさってるの？　お昼《ひる》食になさいます？》
それに対しフラメンカは嬉しそうに答えた
《今日は、ねえアリス、わたし愛する人を
この腕の中に抱いたのだから、それで十分
食べたり飲んだりしたことにならないかしら？
ところで一体あなた、天国にいる者が
食事をしたいという気になるものかしら？
今のわたしには自分の恋人の優しい
愛に満ちた眼差しを思い起こせることが
何よりのご馳走なの。それによって
心の中にとても心地よい喜びが広がり
かつて荒野で、イスラエルの子孫《ひとびと》が
天からの恵み《マナ》を与えられたより[223]
もっとわたし満ち足りた気持ちになるの。
こうして全身が喜びに満たされると
わたしの心は自分の感じる喜びを
その中におさめきれなくなって、
あちこちからあふれ出るの。
愛する彼に会うことのほかは

わたし何もひもじい思いはしてないわ》

Ⅷ　愛の続き

そうこうするうちにやきもち焼きが帰ってきて
言った《なんだね、そちたち
もう昼食《ひる》の時間ではなかったのかね》
――《あらお殿さま、それは分かってますわ、
でもお食事のほうは無理強いなさらないで。
なんならご自分こそ、お召し上がり下さいませ》
そう言われ彼はぷいと出て行った、
自分が夫となった日を呪いながら、
以来一日も幸せと感じたことはなかったから。
彼の嫉妬はそこまで高じていたのだ。
もし彼がそれほど嫉妬に狂ってなければ、
そんなに不安にさいなまれなかったろうし、
妻だってそうあってほしいと思うものは
すべて叶えられていただろうから、何も
仮病まで使う必要もなかっただろう。
で、どちらの側も悩んだりせずにすんだはず、
しかし今は彼にとって苦しみであったものが
彼女には喜びであり快いものになっていた。
「知らぬが仏」[224]とはよく言ったもの、
フラメンカは、心は抑えきれぬほどの喜びに
酔いしれ、うっとりと満足しきって
もうベッドの縁がどこかも分からない、
それでもそこにうまく潜って寝入っている。
彼女には（夢の中で）ギヨームが自分のもとに
接吻と抱擁を懇願しに来るように思われる。
彼女はぼそぼそと彼に言う《ねえ殿御、
さああなたのお好きなようになさって、
肌着一枚になっているこのわたしを》
彼女はアルシャンボー殿のお帰りまで、
このようにしてうとうとしながら休息する。
が、すぐにアリスが彼女の目を覚まさせ
耳もとでそっとささやく
《奥様、あの方のことはもうこれ以上
口にはなさらずに、お起きになって！
殿は中に入れないまま
奥様のお体のことをとても気遣ってられます》
――《お願い！　さあ早くここに入って来ないよう
言ってちょうだい、わたし寝《やす》んでるからって》
アリスはほとんど二つ返事で
奥方様の申し付けを引き受ける。

アルシャンボー殿が入って来る前に
戸口に駆けつけるなり彼に言う
《殿、殿、お入りにならないで、
奥様はいまお寝み中です、夕方ごろ
落ち着いてこられた時、お戻りなさいませ。
奥様はとても神経が高ぶっていらっしゃり
そっとしておあげになった方がよさそうですわ。
それよりまず、扉をきちんとお閉めになって！》
——《よいことを言ってくれた、とアルシャンボーが
答える。眠りのたたえられんことを！
それが少しでも彼女《あれ》に安らぎをもたらすなら》
——《殿、ですからとにかくお引き取りください、
きっとそれが奥様のためにもなりますもの。
ご本人には今しばらくお寝みになってれば、
お食事の方も進むようになると思いますわ》
——《そちの言うとおりだ》とご老体はおっしゃる。
アリスは彼にたわいのないことを言わせておき
また戸口のところまで引き返させる、
それから彼は元いたところへ帰って行った。
フラメンカは二人がしていた言葉のやりとりが
とてもおかしくて、思わず吹き出さずに
いられなかった。そこでその侍女を
も少しそばに、自分と向き合って座らせた
《アリス、ねえ、本当のこと言って、
わたしの恋人のことあなたどう思う？》
——《申し上げて、奥様、信じてくださいます？》
——《それはもう、思ってるままに話せばいいのよ》
——《それならば申します、奥様にふさわしい
美男子ですしご立派なお方でございます。
あんなにきりっとして礼儀正しく聡明な人って、
これまでお目にかかったことありませんもの》
フラメンカは彼女を優しく
自分のほうへ引き寄せた
《そうよね、確かに言えるでしょう、
あれほど長所に恵まれた人はいないだろうと、
それにしてもあの人のそばに行くまで
毎日が長く一年にも感じられそう！
だからわたしにとり、思うまま彼のことを
話せる相手がそばにいてくれてとても力強いわ》
——《では奥様、率直におっしゃって…
〔覚えてらっしゃいますか[225]〕
あの方がどんな優しい口づけと抱擁をされるか！
奥様にどんなに親切に応対なさるか！
あの方の目がどんなに愛に輝いているか！》

――《覚えているかって！　もちろんよ、神かけて！
言っておくけど、それちょっと気に入らないわ、
そんな野暮ったいことを聞いたりして、
きっとそのことでわたしを疑ってるのね！
で、わたしほかに何を覚えてるというの？
あの人の場合、聖ヨハネの祝日に
わたしたちが同じ度合いに心から愛し合ってるか
燈心草《とうしんそう》の茎を引き合って確かめる必要はないの(226)。
わたしたち二人とも愛の頂点に達していて
二人には同じ矢が刺さっているんだもの。
お互いの愛はいつわりのない気持ちと同様
増えも減りもすることはないでしょう、
けれども行動となると、自分をもっとよく
見せることがあるかもしれない、同じ心が
二人を結びつけていることを示すために。
お互い本当に愛し愛される仲だもの、
わたしたちの間には仮定《もしも》も言い訳《けれど》もないのよ。
彼には好きな時、こちらが一糸まとわぬ姿でも
着ていても、思いのままにしてもらっていい、
わたしそれを拒んだりはしないつもり。
だって誠実な恋人からすれば、彼が求め
何よりも望んでいることで期待を裏切られるなら
相手に欺かれだまされたことになるのだから。
そうなると激しい怒りや恨み、
よからぬ考えや疑心暗鬼が生じ、
不愉快で、愚かで、不都合な《否《ノン》》という
言葉も出てくるのよ。でもわたしたちの間では、
きっと《否》が口にされることはないと思う、
彼はそれを望みはしないし、わたしもそうだから、
品のない思い上がった傲慢な言葉だもの。
女たちの中には自分たちの恋人に《否》と
拒否して、自分たちが純潔であり
清純なところをはっきり示すつもりなのか、
わざと相手をじらそうとする者もいるわね。
心では許しておきながら口では
拒む奥方って、ほんとにひどいわ！
しとやかで清純そうな顔《ふり》をして、
返す言葉は無愛想で冷酷なのよ。
ほんとなんだから、ねえあんたたち、
わたしをそんな女たちといっしょにしないでね。
それどころかわたしなんか、あの方が
わたしのために耐えてきた苦難に対する
代償として、こちらのできる行いや
言葉でもって、その半分さえ

報いられないような気がするの。
だって彼はこのわたしを危険を冒してまで
苦境から解放し、わたしが歓びを
知る方法を思いついてくれたのだもの。
ほんとに愚かで傲慢というものよ、
恋人に対し、相手が自分に愛を注げば注ぐほど
出し惜しみしてくるような奥方っていうのは…
〔彼女は与えはしないでしょう[227]〕
〈恵み〉だって相手が納得できるほどは、
名誉も価値も愛の証《あかし》にしても。
だって、彼女が相手のためにすることは、相手が
こうむる苦痛に比べて取るに足りないほどだもの。
彼女は今は本気で拒んでいると思われていても、
いずれ男って相手の女を手込めにしてまで
面子《めんつ》を保とうとするものなどと思わないこと。
なのに、彼女は気持ちを変えようともせず、
まったく浅はかだから、〈否《ノン》〉とも言わないのよ。
逆に、彼の方は慇懃に振る舞うかもしれない、
――まあはっきり言って――
その人は意中の女性の呼び声[228]に応じ飛んで来て、
彼女の好意を当てにしながら待ってるのだから。
けれど場所と機会が許すなら
彼は彼女が与えもせず拒みもしないものは
遠慮なしに堂々といただけばよいのであって[229]、
そのあとでほかの奥方なり、姫君なり
二人のためを思ってくれてる
双方共通の友人なりを介して、
お目当ての女性と合意をすればよいのよ。
一体全体心はどこにあるのでしょう
その奥方ったら？　相手は彼女への愛のため、
彼女を畏《おそ》れ死ぬほど恋い焦がれ、
神と彼女自身にもそのつれなさを訴えてるのに。
それでもなお、彼女はその訴えを
全く無視するようなふりして、彼に手を
差し伸べてあげようとさえしないのよ。
もちろん、盗人みたいに
縛り首にされたって文句は言えないわ、
ひどく意地悪で薄情でどうかしてるもの。
そんな驕《おご》りと冷たさに満ちた
ばかげた素振り、神に呪われるがいい！
情けも哀れみの心もなく
分別も節度も失ってしまった女が、
自分は美人だと気取るなんて不幸なことだわ、
美貌はすぐに色あせ情けは久しく続くのだから。

オヴィディウスも言ってるように、[230]
今は特定の恋人など欲しくないと憚《はばか》りもなく言う
女性にも、いずれ老いてゆき冷え切った身で、
独り床に就かねばならない時が来るのだから。
そして、夜間決まってだれかから玄関先に、
朝になってそれに気がつくように
バラの花を届けてもらっていた彼女に、
何も言わずとも、優しく手を触れてくれる人は
だれ一人いなくなるでしょうよ。
だからあんな愚かな考えは慎しまなくちゃあ、
心優しい恋人が、変わらず献身的に
尽くそうとしてるのに、つれない素振りを見せ
相手に満たされぬ思いをさせる若い奥方は
……………………………
女性の美しさってバラの花や露よりも
もっと移ろいやすいものだもの。
大きな罪と過ちを犯してるのよ、
自分に思いを寄せる恋人をやきもきさせ、
他人に悪口を言われるのを恐れ
その恋人の期待には、平気で背く奥方は。
忠実な恋人たる男性というものは、確かに、
心変わりしない意中の女性に対しては、
世のほかの男性が皆彼女の幸せを願っていても、
それ以上に彼女のため尽くそうとするものよ。
今仮にわたしがだれかに殺されそうになり、
わたしの愛する人が、わたしを救うためには
自分が命を落とすことになるかもしれない場合、
彼はわたしが不面目や痛手で苦しむのを見るより、
むしろ自分が死ぬほうを選ぶと思うの。
だから言うのよ、みんな大人げなく筋違いだと、
相手は自分のためならどんなこともいとわず
献身的に尽くしてくれると分かっていながら、
口さがない人たちが騒ぎ立てるからと、
その彼の愛をなおざりにする奥方たちは。
中傷好きなおべっか使いに対して
奥方は図太くでんと構えていなくちゃ。
その者には好き勝手に言わせておき、自分は
自分のすべきことをするのが結局は勝ち。
そして心からやましいところなく愛してる女性は
自分にとってみんなが敵になるものと
覚悟を決めておかなくては、
そのうち、じかに触れ抱きしめたいと思う人を、
望むままに自分の腕の中に
抱くことができるのであるなら。

わたしにもそれくらいの覚悟はできてるわ、
愛にまつわる問題ならくわしいつもりだから》

このようにして彼女は一日中過ごした、
飲みもせず食べもしないで。
だが晩になり、アルシャンボーにしつこく
せがまれ、彼女は少しだけ食事をとった。
彼のためにも彼女が少しでも食べてくれそうに
ないようであれば、その次の日は
入浴せぬがよかろうと言われていたから。
つまりは入浴許可を得るため食べたのだった。

ギヨームは喜びの絶頂にあって、
一日中ベッドから離れず、
誰も自分の部屋に入れないで、
人に話しかけられたり、いろんな快い思いが
邪魔されることのないようにした。
そして宿の主人を介して
司祭のジュスタン師には、
気分があまりすぐれず
どうも病状が悪化したらしく
一日中寝ていなくてはならぬ状態なので、
自分に任せてもらえるなら、今からでもすぐ
代わりの聖職者《ひと》を探しにかかりたい、
ただそのことを決して悪く取られぬように、
そしていつもどおり、毎日自分の宿に
食事を共にしに来ていただきたい旨伝えた。
宿の主人はそこに忠実な使者を遣わした、
その者も先方に知らすべきことを確実に伝え
その任務をりっぱに果たした。

木曜日の朝[231]、フラメンカは彼女の予定を
たがえることなく、夫を呼んでから
言った《殿、どうなさるおつもりですの？
温泉場へはいらっしゃる、それともここにお残り？
わたしの方は、行かぬわけにはまいりませんの。
リューマチの痛みったら今もなお死ぬほどで、
体じゅうに激しい痛みが走って
夜通し目を閉じることもできませんでしたの》
――《なるほど、とやきもち亭主が答えた。
うん、それでよく分かった、
そなたが昨夜《ゆうべ》よく眠ってないことが。
どうだろう、そなた出掛ける前に、
ほんの少しでも食べたがよいと思うのだが》

——《あらまあ殿、とんでもありません！
悪いにきまってるじゃありませんか。
正午ごろに、いただくことにしますわ、
温泉場から帰って来てから》
——《では出掛けよう、そちのご所望に応えて》
アルシャンボー殿はすり切れてごわごわな
長衣《ガウン》を着て、ひどくだらしない身なりで、
妻のフラメンカを伴い温泉場へ向かう。
浴場内では、彼は石や石灰の跡(232)にも、
少し様子が違っていることにも気づかなかった。
そしていかにも不本意そうに引き返して行き、
いつもどおり、出入口の扉にきちんと鍵をかけた。
フラメンカはそのまま部屋の中に
侍女たちとだけ一緒に残り、その彼女たちも
すぐに気を利かせ内側からぴったりと閉め切った。
それから間もなくギヨームが
こっそり部屋に入って来た。
彼は金色の星をちりばめた
緋色の衣服をまとっていたが、
何らちぐはぐな感じは与えず
うっとりするほど彼に似合っていた。
股引《ズボン》は朱色の絹製であった。
彼は粛々と進み出て
意中の奥方の姿を見るとすぐ
お辞儀をして、自分の方から先に
挨拶をした。そこで彼女は彼に近づき
こう言った《まあ、このわたしの身と心と、
わたしに具《そな》わるすべてのものを下さってるお方、
ようこそいらしてくださったのね！》
——《奥方さま、私はあなたの家臣です、
願わくは、われらの主があなたと
あなたにお仕えする者たちに、あなたが望み
求めておられる歓びをお与えになりますように》
そう言い終わると、互いの腕の中にとび込み
二人はひしと抱き合った。

彼らはその浴場には長居はせず、
あの密会の場所へ移った。
そこは彼らも気に入り、もっと都合がよい、
このあいだ彼らが休息をとった
なかなか立派で快適な部屋だ。
例の地下道を通りそこへ行き着いた。
ここでは喜びも楽しみも十分味わえるし、
みんなそれぞれ辛いことも忘れてしまう。

ギヨームはしばらくの間やや不安げだった。
フラメンカはすぐそれに気づいて言った
《ねえ、何を考えてらっしゃいますの？》
――《実は奥方さま、いかがでしょうか、
ひとつお願いがございます、お差し支えなければ、
それというのは昨晩考えたことなのですが》
――《では、お望みのこと何なりとおっしゃって、
あなたがお望みと言われることなら、
よいも悪いも、理にかなおうとかなうまいと、
わたしの意に添わぬものなどありません、
あなたにとり喜びになるものでありさえすれば。
わたしに益するものはすべてあなたのためになり
それがあなたの喜びにもなるのですもの。
だからあなたには何も拒むつもりはありません》
――《ああ愛しい人、実は私には従弟《いとこ》が二人、
オトンとクラリと申す者がおりまして
私と同居し、そのうち騎士に叙せられるはずで
両人とも富裕で高貴の出でございます。
もしよろしければ、その者たちとも
お近づきいただければと存ずる次第で、
そうなれば私にとって無上の喜びとなりましょう。
これまで私は誰にも――あなたにもその彼らにも――
感づかれなかったかも知れませんが、
数々の不安や苦しみ、心配事や危険な目に
あってまいりました。そして神は私がこれからは
今までよりもっと幸せになるようお望みになり、
私の為《な》す全てが歓びと善きことになりましたので、
彼らも私どもの幸せにあやかってほしいのです。
私の申すその公達《きんだち》は若いながら
礼節も弁え、有能で誠実で容姿も立派です、
あなたのお側の姫君たちと同じように。
彼ら二人ともその彼女《ひと》たちと一緒にいれば、
共に気を紛らすこともできるでしょうし、
意気投合して愛し合うようにでもなるなら、
私どもにも一層親愛の度を増すものと存じます》
――《ほんとそうですわね、それはいいわ、
もっともですもの、ではお任せしますので》
そこでギヨームはドアを開けに行き
二人の若者を室内に招じ入れる。
彼らはベッドの上に座っている
奥方を見てびっくりし、
更に若い娘たちの姿を見て
狐につままれたような顔をする。
それでもすばやく奥方の前で

ひざまずき、かしこまって、
各自が次のように言う《なんなりと
奥方様、お申しつけください。
この二名の従者が侍《はべ》っておりますので》

フラメンカは極めて愛想よく
しとやかに彼らを迎え
丁重に挨拶をした。
そして素手でそれぞれ手を取り
立ち上がらせた、
彼らにも彼女は、公然とにせよ内密にせよ、
ぜひ面目を施してあげようと思っていたから。
そこで早速彼女は侍女たちに言った
《こちらへいらっしゃい、二人とも！
こちら若い男子二人それにあなたたちも二人、
それぞれお相手を選んでほしいの。
なに、むずかしく考えることはないのよ、
これからわたしが頼むか言うか指示することを
この方たちに、して差し上げればいいのだから。
では、あちらの浴場へご案内してね、
そこできっと楽しいことがあると思うわ》
――《では、それをお心付けとしておきましょう》
そのように答えて彼女たちは、それぞれ相手と
連れ立って行った。アリスはオトンと、
そしてマルグリットはクラリと。
温泉場に行けば気ままに楽しめるし、
彼らも十分彼女らの慰めの相手になれる、
そこには立派で快適な部屋がいくつかあり
アリスもマルグリットも、成り行き次第で、
そこからもう処女のままでは
出てこないはず、「若さ」と「愛」が親切に
彼らをお互い楽しむように促すから。
しかもちょうど場所はよし、時機はよしで、
それを拒むいわれはなかったものと筆者は思う。
とにかく彼女たちの出だしは好調で、
思いのほかうまく勝負《ゲーム》をやりおおせた。[233]
いずれにせよ、彼女らにとってはもうけもので
ふさわしい礼節をも心得た恋人ができたのだ。
彼らはそれぞれ誓約をした、
これからいつまでも心変わりしないことを。
彼らはひとたび騎士に叙せられたなら、
断じて他の奥方に心を移したりしませぬ、と。
また彼女たちもいったん結婚したのちは、
決して他の殿方を求めたりいたしません、と。

かくて双方とも歓びは無上のものになるだろう。
ギヨームの方も最善を尽くして
6492 恋の勝負《ゲーム》に出た、彼はきっと
相手は自分と太刀打ちするに
ふさわしいと思ったと私（筆者）は考える。
彼らは思う存分ゲームができた。
6496 だがそれぞれ相手に求めた〈誘い〉[234]については、
私からとやかく言わぬほうがよさそうだ。
ただ次のように申すにとどめよう
恋に取りつかれた心が思いつき
6500 語り望みうるゲームで、
これほど妙味のあるものはないから、
彼らには意のままに話すこともすることもできず、
徹底的に勝負する意図《つもり》もなかっただろう、と。
6504 彼らは少しの喜びもおろそかにし
悔やむことのないよう十分気をつけ、
その日の内に、ゲームでたびたび
賭けをして利得の増大をはかる。
6508 しかも愛の神は礼儀と節度の手本を示し
互いの相手に対する欺瞞を許さない、
実際フラメンカは恋人として裏表がなく
ギヨームとのゲームにおいても
6512 ひたすら正々堂々と振る舞い、
こうして常に賭けに勝つ。
かくてゲームが終わらぬうちに
二人とも賭けたものすべての元手《もと》をとった。
6516 全く申し分のないゲームであった、
双方ともいらつき罵《ののし》ったりもしなかったから。
〈至純な愛〉[235]が今度は彼らに、
必ず恋のゲームを再々そんな風に長期にわたり
6520 させてやるからと言って安心させる、
ただし今はフラメンカは引き返して
それ以上恋人と一緒に居続けぬように望む。
そこで彼女に、ギヨームと別れる前に
6524 ため息まじりに次のように言わせる
《優しい誠実なあなた、
では、これでお別れしましょう。
明日、許されるなら、またここに参ります、
6528 朝方あなたのそばに》
これにはギヨームはひと言も答えられなかった。
彼女が自分と別れようとしていると思うと、
不安のためへなへなとなって
6532 胸が張り裂ける思いだった。

けれどもフラメンカが優しく
彼に言って力づける《ねえ、きっと大丈夫
明日またあなたのもとに来ますから、
そして一日中楽しむことにいたしましょう》
彼女は彼の目と顔に接吻し
向き合ってからじっと優しく
目を見つめ、彼の胸の苦しみを
すっかり取り除く。こうして愛の神は
その眼差しで、彼にもうどこにも痛みを
感じることのない安らぎを与える。
この愛の神の配慮も正当な理由があってのこと、
眼《まなこ》が心にもたらす安らぎは
彼にはとても心地よかったはずだから。
愛の神の力というのは実に偉大で
二つの心を共に生かしめるので、
高貴な心もどんな感情も
……………………………
けれどもそれぞれ相手のほうに従う。
この安らぎは心に深くしみ入るもので
それを完全に理解させるような
言葉はとても見つからない。
ふだん耳で知覚することも、言葉で
表せないような多くのことを
理解する者の判断力をもってしても、
ほとんどそれは理解できない。
筆者にそれを説明させてもらうなら、
目を通じて心に達する心地よさは
口から伝わる心地よさよりもまさる、
つまりもっと純粋で、もっと完全なものだ。
だからそれがたどる経路によく注意されたい。
各人私がこれから説明するやり方で
自分なりにとくと考えてほしい。
繰り返して言うが、それをすべての人に
理解させるに適した言葉はないのだから。
ただし比喩的な言い回しなど用いれば
ある程度それは表現できるだろう。
純粋で誠実な愛し合う男女が
互いにじっと見つめ合っていると、
これは私見だが、まことの愛のしるしとして
大いなる歓びが互いの心の中におりて、
そこから生じる心地よさが
その心全体を活気づけ豊かにする。
そしてその心に集中する

心地よさが行き来する目は、
非常に誠実であるから双方とも
それを独り占めにしておくことはない。
しかるに口となると、接吻の場合、
何かが心に生じる前に、
自らのために少しでもその快い味わいを
残しておかずにはいられない。
それゆえに口が行う接吻は
愛し合う男女にとり、愛の神が与える
純粋な歓びを感じることの保証なのだ。
このことで長々と述べる必要はあるまい、
誠実に愛して、無条件に
交わす眼差しにおいてしか…[236]
それは私も言い表すことができず
だれがどんなに考えてもわからぬほど、
甘美で心地よいものだが——
喜びを求めない者はだれしも
事柄を私と同じように理解すれば、
この私の考えに賛成するだろう。
ただ自分たちの気の向くまま
接吻ができ、それからしつこく言い寄り
女性たちのベルト[237]をはずす男たちは、
このような教えには見向きもしない。
これとは反対に、抱擁や接吻においても、
目を媒体とする愛の歓びを
どうしても忘れられぬような
恋人たちもいるのである。
なぜなら彼らは〈理性〉と〈慈悲〉と
〈良心〉が教えてくれること以外は、
愛の何たるかを知る由もないのだから。
すなわち接吻は〈至純な愛〉が
目を介して伝達する歓びの
明白なしるしで、その〈愛〉は目を
明るい澄んで光る出入口にし、
そこを内へ外へと行き来して
一方の心から相手の心に入り込む時、
たびたびそこに自分の姿を見て映す。
こうして二つの心を一つに結び合わすから、
それぞれの心は相手がすぐに
その鏡の中に見えなければ、
さびしくなって気落ちし
双方の願望で二人とも鏡の方へ引き寄せられ、
接吻を交わし、互いに抱き合い抱きしめ合い、
彼らはえも言われぬ心地よさを覚え

この結合が続く間ずっと、[238]
ほかの一切の雑念を忘れる、というわけだ。
だから恋人たちがそんな甘美さにひたることを
少しでも疑わしく思う者がいたら、その者は
一度も幸せな恋愛の経験がないことになる。

そのような甘美さにギヨームはうっとり
心地よい気分になっていたから、
フラメンカが浴室に行って
侍女と従者たちを呼び寄せるのを
引き止めるだけの余力はなく、
そのあと彼はそそくさと
出てきていた場所に引き返した。
しかし彼が地下道に入るよりも前に、
フラメンカの方は立って待っていた。[239]
彼は彼女を抱き寄せながら、ゆっくりと
浴室まで送っていった。
その時公達たちが出てきたが、
彼らは引きさがる前に、
フラメンカに彼女から施された
幸運と面目に対して礼を述べた。
《ねえ、お相手してみていかが？と彼女は尋ねた。
たっぷりお湯あみ楽しめたでしょう！
お二人に神のご加護がありますように》
ギヨームも別れの挨拶をした。
侍女たちがギヨームの方へ
挨拶しにやって来るのを見た時、
彼は二人が目を泣きはらしているのに気づいた。
彼女らは彼の供の若者と過ごして味わった
幸せな気晴らしと慰めについて、
丁重に長々と礼を述べた。
彼女らはその若者たちと一緒になると、
不安なことも、悲しいことも、
苦しいことも、腹立たしいことも消え、
あの嫉妬深いお方が監禁しているつもりの
牢獄の塔のことも忘れてしまうとのこと、
そこから歓びと幸せが舞い込んだのだから。

Ⅸ　出立と騎士としてのギヨーム

こんな生活が四か月続いた、
八月と九月じゅう、
十月じゅうと十一月じゅう
聖アンドレアの祝日まで。[240]

しかもその時期は、ありがたいことに、
フラメンカは体調も極めてよく、
陽気で愛想よい態度も正当に評価され
アルシャンボー殿のことも一向気にかけず、
彼がいつ何時入って来ようと出て行こうと
もう彼のため立ち上がったりもしなかった[241]。
彼女は夫を軽視しているのを表に出さなかった。
けれども彼の方は、いかに間抜けであっても、
その原因まで察知できなかったにせよ、
妻の変わりようにはっきり気づいた。
そこである日彼は彼女に問いただした
《奥方よ、私《わし》にはよく分かっておる
そなたが私を軽んじておることは。
この私に対してひどく態度が
横柄になりましたな、なぜか知らぬが》
フラメンカは間髪を容れずに答えた
《それはねえ殿、わたしたちを縁組させた者に
大きな罪があるってことですわ。
だって、あなたはわたしを娶ってからというもの
あなたの評判は悪くなる一方ですもの。
それまでのあなたは皆から
口々に褒めそやされ、神さまにも
人びとにも愛されておられました。
でも今はひどく嫉妬深くおなりになり
わたしたちお互いいらいらしてきてますわね。
で、ぜひこんなふうにしてはと思いますの、
わたしすぐにでも、侍女たちの面前で、
諸聖人にかけて誓うことにいたします、
あなたが今まで塔内でわたしを守られたように
これから常にわが身はわたしが守りますと。
お差し支えなければ、そうしましょうよ…[242]
…………………………
（一葉分欠漏）
…………………………[243]
《では、フラメンカは婦人同士落ち合って
一緒に教会堂へ行ってもらおう。
騎士たちが行く場合は組み鐘《カリヨン》を鳴らし、
市民の者たちには大鐘でもって、
農民たちには小鐘で知らせよう。
そして各人一度こうして呼び出されたあとは、
何人《なんびと》といえども、一年以内に
広場に集合することは相成らぬ。
皆の者にはこの慣習を受け入れ、
全員挙《こぞ》ってこの件を承諾してもらいたい[244]》

皆一斉に大声で言った
《はい！　はい！　よろしゅうございますとも！
私ども常にそれに従います》
――《もう一つ付け加えておく、と彼は言った。
復活節の、よく晴れた日に
当地で騎馬試合を催したいと思う、
そして、できれば、そこに国王と
一方はローヌ川[245]により、他方は
ガロンヌ川[246]によって境をなす王国の
二つの海[247]がその沿岸を洗う
はるかな地まで、すべての諸侯を招きたい。
ところで本日は私が頭を洗ったので[248]、
盛大な祝宴を張ることとし
皆で食事を共にしたいと思う、
ずっと久しくこんな機会はなかったので。
早速ご婦人連も呼んで来させよう、
きょう一日大いに楽しむことにしよう》

こんな次第で、その日はお祭り騒ぎとなった。
フラメンカはあの牢獄から出てきていたし、
騎士たちもくつろいだ気分で、人前でも
二人きりでも[249]、彼女に話しかけることができ、
皆大いにご満悦の体《てい》だった。
各自勝手に振る舞っていたら、彼女との会話を
打ち切れなかったろうけれど、礼節を弁えており
他の者をおもんばかって席を譲り合った。
それゆえ、その日一日じゅうフラメンカは
どうやって浴場に行くことができるか、
そのための口実も策も見つけられなかった。
それに彼女も騎士たちに囲まれて
座っている場所から離れたいとも思わなかった。
で、彼らはだれもができるだけうまく立ち回り
彼女を見るということだけの、
追加《おまけ》の喜びを得ようとしていた。
そして彼女に好ましい挨拶を返された者は
有頂天になっていた。
しかし次の日の朝は、はやばやと
彼女は急いで温泉場へ行った。
アルシャンボー殿はそこへは行かなかった、
今はまったく別のことを考えねばならず、
もう浴場の鍵を持ち歩こうとも
塔の番人でいようとも思っていない。
その代わりに、少なくとも七人の婦人たちが
フラメンカに同行したが、そのうちの誰も

彼女と侍女らとは一緒に浴場内に入らなかった。
彼女はその一人一人に頼んだ、
鈴の音を聞いたら戻ってきてほしい、
自分はすぐに出てくるから、と言って。
そして親切なところも見せようと、
彼女らもついでに湯あみしたらとすすめる。
けれども皆それには気乗り薄で
温泉からはできるだけ遠ざかっていたい、
そこではとても強い臭気が鼻をつき、
絶対にそれを必要とするのでなければ、
だれも入湯する気にならないからだ。
そこで同伴の婦人たちがその場を離れると、
すぐに侍女たちは急いで
扉を閉めた。もしも思いどおりにさせてたら、
ご婦人らは決してここに来ていなかっただろう、
ずいぶん長い間彼女たちを引きとめて
おしゃべりで長居させていたのだから。
ただ侍女たちはギヨームが不意に来ることを
恐れていた、まずい事態になっていたろうから
……………………………………
彼はそうはせず、十分気をつけた。
そして婦人たちが立ち去ると程なく、
彼は例の従者たちを連れて
温泉場にやって来た。
彼らは丁寧な挨拶を交わし愛想よく応待し、
少しも悪意を抱いていないところを見せた。
そうしていきなり、続けざまに
百回以上の口づけが交わされた。
それからそろって部屋の中に入ると、
フラメンカは早速ギヨームに
アルシャンボー殿の身の上におきていた
すべてのこと、彼のあの不作法さも
あの卑劣さもなくなって、
雅《みやび》な礼法を取り戻した話をした。
《ですから、ねえあなた、と彼女は言った。
もうこの部屋で隠者暮らしはしてほしくないの。
出て行ってください、ぜひとも、
わたしもうこれまでのように、ここに
あなたに会いに来れないでしょうから。
それであなたにはご自分の道に立ち返り
あなたの故国《おくに》へ帰ってほしいのです、
いずれまた騎馬試合の折にいらっしゃい。
で、それまで誰か手抜かりのない巡礼者や、
使者とか吟遊詩人にでも託して

わたしに知らせてほしいの、
身辺の様子や何をなさっているかを》
これは皆にとっても大きな悩み、
悲しみ、苦しみ、心配の種になった。
侍女たちと従者たちは
急いで浴場に戻ってくると、
そこで四人共泣き出した、
まるで殴打されたかのように。
彼らはさまざまな所作で別れを告げた。
灰色の短い上着《チューニック》の下で
手と手をつなぎ絡み合わせ、
あちこちに触り、指でまさぐり、
口づけをし、抱擁し、抱き締め合う、
お互い粗暴にならぬよう十分気をつけて。
おのおの優しく音をたてずに
自分が心得ていることを、そして
〈至純な愛〉が教えてくれることをする。
おのおの相手から目印になるものを
受け取って、それを所持しておくことになる、
その相手のために、また相互に交わして、
数知れぬ接吻で確かめ
自分たちの涙でもって手の指の、
爪の真ん中に書きとめた
愛の誓いを思い出させるためにも。
それにおのおの外側に書いたものを
自分の心の中にも書いておく、
なぜならその誓いは手で消されようとも、
心の中ではともかく消えずに残るのだから。
そのように書いたものによって
おのおのその伴侶に愛を誓ったのだった。
《ねえあなた、わたしのことを忘れないでね。
――はい、決して忘れはいたしませぬ》
《どうか、私のこともお忘れになりませぬように。
――ええ、もちろんそれはお約束するわ》
ギヨームはいたく感動を覚えて、
今や真の恋人であるフラメンカの
腕の中に気を失ってくずおれた。
彼女の方はどうしてよいか分からなかった。
愛する彼を見捨てるわけにいかず、
怖《こわ》くて大声を出すわけにもいかないで、
たださめざめと泣くだけであった。
彼女は泣けるだけ泣きつづけ、
心から込み上げて、目からとめどなく

したたり落ちる涙のしずくが、
ギヨームの額からあごまで
その顔じゅうを濡らした。
彼女は言った《ねえ、あなたなぜそんなに、
わたしに何もおっしゃらなくなりましたの？
今そのように黙ったままでいることが、
雅な礼法にかなうということかしら？》
ギヨームは彼女の声と嗚咽《おえつ》を聞き、
心痛のあまり胸が張り裂けそうだった、
それほど大きな悲しみと面目なさを覚えた。
彼はしばらく努力をして我にかえり、
やっとの思いで彼女に答えた、
というのも心の底から口もとまで
つき上げてくる溜め息のため、
声がとぎれ、話す言葉にならなかったから。
でもどうにか、次のように言うことができた
《お別れせねばならないと告げられた時、
ただもう私の胸は真っ二つに引き裂かれ、
殺されてしまうような思いでした》
――《うるわしく優しい恋人《ひと》、とフラメンカは言った。
あなたはとても雄々しくて気高く、
礼儀正しくて良識あるお方ですから、
わたしがひたすらあなたのために尽くし
面目を施そうとしてるのはお分かりのはずです。
で、わたしが更にあなたの声価を高めうると
ただ思ってもらえさえすれば、
わたしにはとても幸せなことですし、
こちらも喜んで力を尽くすつもりです。
どうあっても必ずそういたします、
何を望まれても、それがいかようなものであれ》
――《優しい奥方さま、あなたは品性においても
知性においても全く申し分のないお方ですので、
あなたが慰め力づけることができないような
悩める男などこの世にはおりません》
それから二人は何度も接吻を繰り返し、
然るべく互いに別れを告げる。
その別れに足りないものは何もない、
それまでと同様また会えることを
いくらか確信させるほどの
少しの明るい期待を除いては。
彼らは共に居る間、何もせずにいることはない、
それどころか楽しめるだけ楽しもうとする。
そして次の復活祭は早くやって来るはず
――その前年、その日はずいぶん遅かったから――[250]、

と思うと、彼らには新たな希望がわいてきた。
彼らは浴場のほうに向かい、ギヨームが
そこに入る少し前に咳《せき》払いをして、
従者たちにそれを聞かせ
彼らを迎える準備をさせる。
しかしこれもすぐに新たな別れとなる。
皆大いに嘆き悲しみ涙にくれて、
口々に言う《末長く神のご加護がありますように》
彼らは〈愛の歌〉の五月[251]があとしばらくの
一月の朔日《ついたち》であってくれるとよいのにと思う[252]。
二人ともどちらが先に去ればよいか分からない、
それほど別れるのがつらく切ないのだ。
けれどフラメンカは、礼儀正しい奥方らしく、
恋人にもうひとこと付け加えた
《ねえ、と彼女は彼に接吻して言った。
この口づけでわたしの心をあなたに委ね、
わたしを生かすあなたの心をいただきます》
《奥方さま、とギヨームは答える。私もいただき
あなたの心を自分のものとし、私の心の代わりに
持ち続けますことをお約束いたしますので、
どうかそのことをお忘れになりませぬように》

こうして二人は別れ、彼女と侍女たちは居残った。
彼女たちは髪を整えてきれいになでつけ、
泣いたあとだと気づかれないように、
顔のほうも丁寧に洗った。
それから九時課[253]の時刻が迫った時、
マルグリットが鈴を振って鳴らすと、
広場にいて彼女らを待っていた
七人の婦人たちがすぐにやって来て、
皆一緒にそろって歩きだした。
フラメンカは婦人たちにも侍女たちにも
話しかけることもなく、彼女らの言葉に
耳を傾けようともしなかった。
皆は彼女がのどが渇いていて[254]
そのため口を利こうとしないのだと思った。
彼女は悲しげで何か気がかりな様子で
いつもは喜んでいたどんなことも[255]
うれしそうでなく、むしろひどく嘆いていた。
そして彼女が自分に元気が出たと思うのは、
まさしくその心の中にいる恋人《ひと》の愛を
思い起こしている時であった。
アルシャンボー殿はそんな彼女の状態を
自分のためを思ってくれてのことで[256]

自分に対して非常に誠実に振る舞っていると
勝手に思い込んでいた。
ギヨームは持ち物を整理しまとめて、
湯治ですっかり病も癒えた素振りを見せ
しかるべき人たちに、愛想よく手短に
いとまごいして、そのまま去って行く、
あとに贈り物として宿の主人や
教会の司祭が、いつまでも楽しめるような
多額の金銭、すばらしい上等の
衣服や容器《うつわ》類など残して。

ギヨームは故国に帰ったが、
フランドル[257]で戦争があっていたのを知り、
仲間らと共にその地に赴いた。
三百人の勇敢な騎士たちが同行し、
彼は戦場で思う存分の働きをして、
そこから帰還する前に
騎士としての褒賞を獲得した。
このため以外彼に動機があったと思えない。
フラメンカの父君[258]は確かな筋から
アルシャンボー殿の嫉妬が
すっかり治まり無くなったと知らされ、
すぐに娘に会いにやって来た。
彼はギヨーム・ド・ヌヴェールが
フランドルでどのような働きをしたか、
どんなすばらしい褒賞を得たか、
またギヨームはフランドル伯の宮廷で
いずこにおいても並ぶ者なき
最高の騎士と見なされていたが、
それほど有能で魅力的であることを
確かめることができた経緯《いきさつ》について語った。
その者は常に戦いと騎馬試合を探し求め、
しかもごく若くてまだ伸びざかりというのだ[259]。

それを聞いてアルシャンボー殿は答えた
《では騎馬試合でその者に会えるでしょう。
ですから私より先に彼にお会いになったら、
何とぞ殿の方からその旨お伝え願います》
――《そりゃもちろん、きっと応じてくれるはずだ。
自分としては、彼は来てくれるものと思う、
彼とは懇意な間柄であるから
こちらが誘えば話にのってくれるだろう。
それ故に、婿《むこ》殿、誓って言うが、

その者が貴公の味方になるならば、
敵方につこうとした者も貴公の側につきますぞ！
その配下の者たちの数も大したものだ、
ゆうに千人の宣誓ずみの騎士がおるのだから》
伯爵はこのようにギヨームのことを話したので
アルシャンボー殿は機会があり次第
ぜひ当人に会いに行きたいと言って、
彼と好誼《よしみ》を結ぶことを強く望み、
騎馬試合で自分の陣営に加わるように
頼むつもりでいた。だがその必要はないだろう、
どのみちアルシャンボー殿から頼まれずとも
その者が助っ人を買って出るものと思うから。
それどころかそのような勇者から支援を
申し出られるだけでも光栄の至りであろう、
それに見せかけでも美《うるわ》しい友情を示されれば。
どんな試合でも、夫の親しい仲間であれば
より気楽なくつろいだ気分でいられるもの、
このことに異を唱える者はいないと思う。
また、フラメンカのほかに、自分の恋人が
武勲と気高さにおいて
並ぶ者はない、とうわさをされるのを聞き、
一体だれがうれしがり喜びを覚えよう！

このようにしてその一年間は
四旬節[260]の初めごろまで過ぎて行った。
そのころブラバンの公爵が、
ルーヴァンの彼の館において[261]
長期間ではないが、騎馬試合を催した。
それでもその場には両陣営で
実に四千人の騎士たちが集まった。
気高き領主アルシャンボー殿もそこへ赴いた、
これをしおに威信を取り戻したかったから。
豪華な装具をつけてやって来た彼を
お歴々の諸侯たちは歓迎した。
彼は雄々しく、美男で堂々とした
三百人の騎士たちを引き連れ、
馬たちは紋章つきの鞍敷《くらじき》と鈴をつけていた。
そして同じ旗印で皆見分けがついた。
それはアルシャンボー殿のもので、
紺青《こんじょう》の地《じ》に金色の花を配したものだ。[262]
彼はそこでギヨーム・ド・ヌヴェールに出会い、
早速手を組んで戦うことにした。
ギヨームの方も彼に愛想よく応待し
どんな状況においても彼の命に従い、
能う限り彼に名誉をもたらすようにして

彼からのあらゆる要求を受け入れた。
彼らがそろって馬にまたがり、
甲冑に身をかためて入場すると
会場が一斉にざわめきどよめいた。
その両者いずれにでも戦いを挑む者があれば、
ずいぶん無謀なことだと思われただろう。
なにしろ、よろいも鉄剣も
胴衣も鎖かたびらも長上着《ジュストコール》も
二つの槍先たんぽ[263]以上には役立たず、
ギヨームが片腕を伸ばした相手は
立ちどころに地面に突き倒されたのだから。
アルシャンボー殿も見事な槍さばきで
多数の騎士をとらえ捕虜にした。
彼らはこうして馬と騎士たちを獲得する。
だが、これらを我が物にしておくと思うなかれ、
これらを求めてくる者たちに、
ためらうことなく与えるのである。
その騎馬試合で、ギヨームに続き
アルシャンボー殿が賞と賛辞を贈られた。
そこで彼は今度は自分がこの試合を
復活祭の時期の温暖な四月に催す旨予告させ、
ギヨーム・ド・ヌヴェールもそれに
参加するようにすすめた。
《そうさせていただきます、とギヨームは答えた。
で、殿、ぜひあなたの陣営に入らせてください、
私として何なりとあなたの意にかなない
利益《ため》になることを致すなり申すことがあれば、
お役に立ちたいと存じておりますので、
私はあなたの仲間でございますから》

そこでの試合はこれをもって幕になり、
アルシャンボー殿は義兄のジョスランと共に
ヌムール[264]に寄り道して帰って来た。
伯爵はいやな顔も見せないで、
彼らのために盛大な会を開いた、
以前そんなのは何度もやっていたから。

アルシャンボー殿がブルボンへ
帰り着くまでに、四旬節期間中の
十五日は過ぎていたものと思われる。
帰ってきた時、彼は大層ご機嫌であった。
ギヨーム・ド・ヌヴェールについて
彼はその華々しい武勇や手柄、
その気前よさや騎士道にかなった行為、

その社交術や騎馬試合中に示した
数々の雅《みやび》な礼法の証拠など、長々と話した。
ただ彼が褒め言葉を並べ立てたところで、
それがすべてとはなるまい、最高の語り手でも
言い尽くすことはできぬだろうから。
勘がよくて抜け目のないアリスが、
女主人とマルグリットの面前で
ギヨーム・ド・ヌヴェールのことを、それまで
会ったこともないような顔をして尋ねた
《殿、恋をされているのでしょうか、
それほど雄々しい騎士のお方は？
とかくそのような騎士さんたちは
愛想よく人に接することができないし、
自分に力があることを鼻にかけて
女性への心遣いに欠けると言われてますもの》
――《彼が恋をしてるかって、もちろんさ、それは！
私《わし》よりはもっとな、分かるだろお前さん！
だから彼に求愛してもらえる女性《おんな》はみんな、
きっと自分は幸せ者だと思うはずだ。
そのことで私の話をもっと信じてもらうために、
この巾着《きんちゃく》の中にしまってある書簡《ふみ》[265]を
早速これからそちたちにお目にかけよう、
それには彼の愛する方法を知るため
こちらが頼んだ詩が書かれておる。
それでもし何か褒美でももらえるなら[266]
……………………………………
そちたちこの書簡にある〈詩〉[267]を
読んでから、これほど優雅な恋など
いまだ聞いたことがない、と言わぬように》
《あらまあ！　お殿、とフラメンカが声をあげた。
アリスを口説《くど》くおつもりのようですわね、
彼女に恋の手紙や詩なんぞ持ってきて！
でもそんな手はわたし不愉快でありませんの、
それどころか、とても喜ばしいことですわ、
あなたには珍しくわたしたちへ、この季節に
ふさわしい詩歌のおみやげを
わざわざ持ってらっしゃったのですもの。
ですからどうか、わたしの目の前で
あなたご自身その〈詩〉を朗読してくださいな。
すでに一度お読みになってるのですから、
もっと上手に読み聞かせることも
言葉を引き立てることもおできでしょうから。
それでその詩がそちらのおっしゃるとおり
すばらしくて、こちらにもそれがわかれば、

ほんとに喜んでご褒美を差し上げますわ》
アルシャンボー殿はすっかりうれしくなって
こう言った《実はな奥よ、誓って言うが、
この書簡《ふみ》の詩を私に渡した当人は
四度以上も私に頼んでことづけたのだ、
これは悪意のある手に渡されたり、
下賤な人間に聞かせてはならない、と。
なぜならこれは、そなたは別にして、
この世で最も美しいベルモンの美女への
賛歌だからというのだ。では聞くがよい

……………………

(二葉分欠漏)

……………………

そこには巧みに描かれた二人の人物がいて
それらは実に見事なできばえだったので、
まるで生きているように思われた。
前面の人物はひざまずいて
向き合っているもう一人に懇願していた。
花の模様がその人物の口から出ていて、
各詩句の最初の語とつながっていた。
またその詩の終わりには別の花があって
同様に、詩句末の語に向かいそれらをつなぎ、
それらをすべていっしょに、もう一人の人物の
耳に伝えていて、その人物のそばでは
〈至純な愛〉が天使の姿となり、その者に
花が示す言葉に耳を傾けるよう勧めていた。[268]
もはや諸君には申す必要もないだろう、
アルシャンボー殿がいまだに嫉妬深くて
妻の番人を続けているかいないかは!
フラメンカにはその書簡の詩を見て
自分の前にいるギヨームの姿を
見ているように思われたし、
また彼女自身のことについても
これは自分の姿を表すものと分かった。
彼女たち三人はその詩篇を持ちかえった、
差し当たりこれがあれば楽しめる。
彼女らはこれをそらんじ声高く読み、
秘密が他に知られぬよう十分気をつける。
そしてほかの誰にもそれを覚えられたり、
その一語も自分たちのせいで知られたくない。
また、再々それを畳んだり広げたりする、
そこの文字にも挿絵にも、
消えたものは何もないように思われるよう

しわくちゃにせぬようによく注意して。
毎晩フラメンカはそれと共に寝て、
描かれたギヨームの画像に
何度となく本当の口づけをしていた、
そしてほかにそれを折り畳む時に何度も。
というのはその時いつも
一方の画像が片方のものと接吻していたから。
彼女はそれを実に上手に畳むことができて
その二人の人物に接吻を交わさせていたのだ。
度々彼女はそれを胸の上に置いて言っていた
《ほら、あなたの心臓の鼓動が感じられるの
わたしのに代わって、わたしの胸の囲いの中で。
だからこうしてこの書簡の詩をわたしの心臓の
できるだけそばに置き、それがこの詩を感じ
わたしと共に喜べるようにしてますのよ》

毎朝、フラメンカは起床すると、
ギヨームの画像をじっと見ながら
小声で愛の神に話しかけていた
《愛の神様、わたしは現在
愛する人とずいぶん遠く離れてますが、
わたしの心は彼から遠ざかっていません、
それは、彼も申したように、言質《げんち》による約束ですから。[269]
で、わたしがそれを解消すると思わないでください、
わたしとしてもしできればこのほかに、
自分が与えることができるのに、今までまだ
与えてなかったかもしれない、あるいは彼自身
暗に求めたかもしれないどんな喜びをも彼に
得させるためなら、更にその約束をするでしょう。
だって、わたしは女性《ダーム》ならだれもが自分の恋人に
行為や言葉により、さらには願望によって、
もたらすことのできる喜びを
一度も拒んだことはありませんもの。
このことは愛の神様もよくご存知でしょう、
あの彼《ひと》にもそれは分かってますように。
彼と会うたびに、わたしたちは共に
新たな喜びにひたっております。
それにあなたは彼に帯《バンド》の折り畳み方を[270]
とても巧妙にお教えになったので、
その彼にはそんな気などさらさらなかったのに、
わたしの夫に彼がベルモンの奥方に
ご執心だったように信じ込ませたのです、
このことも、優しい愛の神様、感謝いたします》
フラメンカはマルグリットとアリスを相手に

自分たちの恋人について語り合っていた。
復活祭の季節が待ち遠しくて、
彼女らは度々愚痴《ぐち》り退屈しのぎの咳払いをする、
だからその〈書簡の詩〉がなかったら
四旬節もずいぶん長く思われたことだろう、
毎日その期間が縮まらぬとこぼしている。
というのも彼女らは、弁済期日が誓約により、
聖土曜日に決められた債務契約なんぞ
結んではいなかったのだから。[271]

X　準備と歓迎の集い

アルシャンボー殿は復活祭のあとで
騎馬試合を開催することにした。
モンフェラの武勇の誉れ高い侯爵[272]は、
短剣に用いるツノクサリヘビ[273]と呼ばれる蛇の
角《つの》で作られた柄《つか》を、
すでに彼に送り届けていた。
それは黒金象眼[274]を施した銀筒に納めていた。
アルシャンボー殿はそれをそのまま、
封印した羊皮紙に包んで
フランス王のもとに送り、
何とぞ自分の催す騎馬試合に、
ご来臨を賜りますようにと懇請した、
さもないとせっかくの会も物足りませぬから、と。
彼はいたるところに使者たちを遣わし
騎士はだれひとり、どんなに臆病であろうと、
そこに来るのを辞退する者のないように伝えた。
ボルドーからドイツまで、
フランドルからナルボンヌに至るまで、
諸侯やお歴々でアルシャンボーから
その騎馬試合に参加するよう
誘いをかけられない者はいなかった。
復活祭あとの十五日目に[275]、
町の周辺一帯はとりどりの天幕、
仮設小屋や幕舎であふれた。
商人たちもどっさり彼らの商品を持ち
遠隔の地からやって来て、
高台や丘で場所を取っている。
各地から騎士たちがどっと集まり、
やがて大喧騒のちまたとなって、
あちこちで呼び声、叫び声が乱れ飛ぶ。
彼らは二つの陣営に分かれたが、

次のように割り振られていた
すべてのフランドル、ブルゴーニュ
オーヴェルニュ、シャンパーニュの騎士たち
少なくとも千人のフランス人騎士たちは
アルシャンボー殿の側についた。
相手の陣営にいたのはポワトゥーの騎士たち、
サントンジュ、アングーモワ、
ブルターニュ、ノルマンディー、トゥーレーヌ、
ベリー、リムーザン、
ペリゴール、ケルシー、
ルエルグ、ラングドックやガスコーニュの騎士たち。
そのすべては数え上げられぬほど多いが、
これらの内千人くらいは、フラメンカという
お目当てがなければ、わざわざそこに足を
踏み入れはしなかっただろうと断言できる。
だれもが彼女に会いたがり、
彼女を見たというだけでも、当人は
大いなる名誉を得られると思っていたので。
まさしくそれは名誉なことであった、
実際その優しさと愛想のよさにおいて、
その淑《しと》やかさと色香においても、
またその気品と心遣いにより
接していたすべての人たちの心を
引きつける術《すべ》をよく心得ている点でも、
彼女にまさる奥方にはお目にかかれなかったから。
彼女を見ていて傍にいるのに慣れてくるほど
ますます彼女は好感を持たれていたが、
それが奥方として最も尊ばれる品性というものだ。
事実、多くの奥方にあっては、だれかも言ったように、
冷淡で不実な心が過ちを犯して、
それだけ真の魅力を欠くことになっている。
夫たちは彼女らと一緒に住んで、
そのあと彼女らにも良いところがあると言う。
だが、礼節を弁えた男は少し相手をすれば足りる。
フラメンカの場合、だれにも決して
過不足はなかった、というのも彼女の魅力に
相手は何も特別なことをされなくても、
だれもが満ちたりた気分になるのだから。
だからだれも決して彼女をいやにはなるまい、
常に彼女は心にかなう女性であるはずだ。

騎馬試合の準備がなされていた
草原を前にして、町の入口の城門のところに、
広々とした野原と小さな谷が見渡せる

大掛かりな桟敷《さじき》が仮設された。
そこに貴婦人たちと試合に参加しない
諸侯たちが席をとることになっている。
試合の始まる前の日に
必要な武器搬入のため
ギヨーム・ド・ヌヴェールがやって来た。
そしてあちらこちら谷間と山地に
テントが張られているのを見た。
彼は堂々とした一団を引き連れており、
そこには少なくとも千人の騎士たちがいたが、
その一人一人持っていた武器と刀剣は
いずれも真新しい完全な状態のものだった。
彼の行くところどこでもその者たちが付き従う。
ギヨームの野営地に行けば、
百の角笛が鳴り渡り
千以上のらっぱが鳴り響くのを聞くだろう。
城門のそばの縦長で幅の広い
試合場内に、彼は自分のテントを張った、
そこに設けられた観覧席を見て、
意中の奥方《ひと》がそこの席につくのは
当然だと、それはよく分かっているから。

アルシャンボー殿は何やかやと忙しい、
一人に接吻をし、もう一人の方は抱擁する、
こちらの者に挨拶をし、あちらの者は迎え入れ、
さらにほかの者にはこんなに言う《殿よ、
お主《ぬし》は宿を町の中でおとりなされ、
そうされるほうがよろしいのでは》
彼はギヨームの到着を知るとすぐに
当人のいるテントに出向いた。
二人は遠くから相手の姿に気づくや否や、
互いに敬意を払いつつよろこび迎えた。

オトンとクラリもそのテントの中にいた。
彼らを見るなりアルシャンボー殿は
二人に言った《どうだね若殿たち、
今すぐかのちにでもよい、騎士になりたいか?》
――《はい殿、すぐにでも、と彼らは共に答えた。
お願いいたします、それは我らの望むところです》
そこですぐアルシャンボー殿は
二人に剣を佩用《はいよう》させ、
また彼らのため、ほかに四十人を騎士に叙した。
その二人も、今度は自分らが、五十人を騎士にした。
さあ、これで新騎士たちが勢ぞろい。

アルシャンボー殿は彼らに美しい駿馬《しゅんめ》、
防具、衣服、それぞれの鞍と馬銜《はみ》をつけた
儀仗馬などを、彼らがその場所から
ちょうど離れる前に与えた。
その上で彼は、自分が今こうしたからといって、
これ以上多く与えるまでは、みんなはこれで良し
と考えたりせぬように、と言った。[276]
それからギヨームに言った《では殿、
ともあれ貴公を大会の女王《ダーム》[277]に
紹介させてもらわねばなりますまい。
では、どうぞ彼女のそばにおいでくだされ》

フラメンカがいた大広間には
王とその臣下たちもいた。
ギヨームがそこへ入って行くと、
王は立ち上がった、
それにまわりの臣下たち全員も。
一同彼を非常に愛想よく丁重に迎えた。
ギヨームは急ぎ王のところに行って、
自分の宗主に対するように礼を尽くして言った
《陛下、何とぞご着座くださいますように、
私大会の女王様にお目見えしに参りましたので》
――《まあ、それはどうも！とフラメンカは言った。
ではわたしの隣にお座りになって》
――《そうしなさい、ギヨーム、と王が言った。
彼女も望んでいることだし、そうするがよい。
いろいろ話もできてこちらを楽しませて
くれようから。今まで彼女に会ったことがあるのか？[278]》
――《いえ、ただおうわさだけ耳にしておりますが、
確かにうわさどおりに、またそれ以上に
優れたお方だとお見受けいたします》
その時王が言った《卿等《けいら》、気を悪くせぬように、
われわれはここに長居をしてしまった。
今入ってきた者たちは、今度は自分たちが
御機嫌伺いをする番だと思うだろう。[279]
だからこれまでとし、あとは彼らに譲るとしよう》
――《はい、かしこまりました》と、彼らは全員で答えた。
そしてすぐ、別れを告げ騒々しく去って行った。
ところで王が皆に話し終えた時、
フラメンカは恋人に接吻をし、
そっと小声でつぶやくように言った
《キスを盗むものは常に相手を探してるのね、
けれどどこのように公然とするキスは
ほかのこっそりするキスより価値あるものよ》

王は別れぎわに彼女に言った
《奥方よ、私の思ったとおりだ、
ギヨームはここに来たことはないらしいね、
それなら間違いあるまい、そなたも
彼とほんの少し言葉を交わすだけで、
ここに私もいたのを忘れるくらい
その話のうまさに引き込まれることは。
ともあれ、これにて左様ならしよう、
彼とはいろいろ話し合ってほしいから、
それも無駄なことにはなるまい、
そなたらの話題は騎士たちや
教養人たちにふさわしいものだから》
王は去って行き、ギヨームは居残る。
フラメンカは彼の手を取って
その手を握りしめ、彼に大いなる力を示す、
愛の神と願望にその力を与えられて。
オトンとクラリが、ややはにかんで尋ねた
《奥方様、自分たち何をいたしましょうか？》
──《あなたらには素敵な贈り物があるの》と答え、
彼女はアリスとマルグリットを呼んで言う
《急いでわたしの長持ちのあるところへ行って、
真紅の流旗を納めている包みを
こちらまで持っていらっしゃい。
この若者たちに一対《つい》ずつ持たせたいの、
そしてあなたたちからそれを手渡してほしいの》
このやりとりを聞き、オトンとクラリはぴんと来た、
フラメンカはそうやって自分たちに適時に、
また思いのままに、その娘たちと語り合う
機会を与えようとしてくれたのだ、と。
なぜならば騎士たちは彼らの意にかなう
奥方たちに出会う場合、公然とは侍女たちに
話しかけたりその相手をしたりせぬものだから。
しかもその場所には百人以上はいた、
〈価値〉のことも、女性《ギャラントリー》への気配りのことも、
また愛のことも知り尽くしている奥方たちが。
ギヨームはおずおずと尋ねた
《あのう、わたしの心はどうなってるのでしょう？》
──《そう、それはわたしの心の代わりをしてるのよ、
だからあなたがわたしの心をあなたの心の場から
遠ざけさえしなければ、わたしもあなたの心を
その場から決して動かしはしないと思ってほしいの。
このような解釈はとても新しいもので
そこでは愛と感謝の念が均等に分配されて、

わたしは自分の心の代わりにあなたの心を持ち、
あなたはあなたの心の代わりにわたしのを持って、
わたしは自分の心があなたの中にあり、
あなたはあなたの心がわたしの中にあることを、
心から望んで許すというわけなの。
この望みによってわたしたちは二人の心を
一つに結ぶ絆《きずな》をつくっていますのよ。
一方の望みがその絆をそこなわなければ、
それが断たれるのを恐れる必要はありません》
《奥方様、とギヨームは答えた。あなたへの
私の望みがいつか取り消されたり一転して
ほかの望みに変わるようなことがあれば、
聖ミカエル[280]や他聖人のご加護もお断りします、
私がそれを必要とするその時も。
私はカイン、あなたはアベルにしていただきます[281]、
もし私から望んでこの絆を解消することがあれば
たとえ代わりに全世界が与えられようとも》
――《ねえ、あなた、では答えてほしい、
ベルモン[282]へはいつ会いにいらっしゃるの、
あの申し分ないくらい完全で、詩人も
この世のすべての価値を認めている女性に？》
ギヨームはにっこり笑ってから答える
《よくぞお聞きくださいました、その奥方は
実に立派な美しいお方ですので、
とても無関心でいるわけにはまいりません》
――《そうよねえ、それはわたしにも分かってたわ。
そう尋ねたのも、あなたを試すつもりだったのよ》
――《では奥方様、私どもはどうすればよいでしょう、
二人の愛を維持していくものが
ただ互いに交わす言葉と
こちらはほとんど感じなかったほど
早く終わった口づけしかないとするなら
欲望が死をもたらすことをご承知おきください》
――《どうかお願い、興奮なさらないで。
今夜またいらっしゃいね、
あまり多くお仲間は連れてこないで、
オトンとクラリだけにして、
わたしたち、こんなにみんなから
見られている今よりはもっと
楽しんで、お喋りでも何でもできるでしょう。
アルシャンボー殿は王と諸侯たちを
宿舎の方に訪ねることになっているの。
だから約束します、せめて
あなたがあっけなく終わっていたと

嘆いていらっしゃる接吻は、
ゆったりと十回は繰り返してあげますと。
そしてその場がそれに適しているなら、きっと
愛の権利に則り、あなたのお気に召すことは
何でもわたし喜んでするつもりです》

こうして彼らは楽しくいろいろと語り合った。
そしてできる限り、自分たちの目にも、
口にも、鼻にさえ喜びをよみがえらせていた。
それ以上のことをしなかったのは
彼らの意志によるものではなく、そんな場所では
それはできずその余裕もなかったからだ。
それでも次に会う手はずはしておき、
それからギヨームは女性たち
一人一人にいとまごいをするのに、
だれに対しても忘れることなく
そろそろ失礼いたしますのでと告げ、
彼女らのため神の加護を求めた。
それでだれもが皆、彼が何度も
自分のそばにだけ愛を求めて近づき、
そのための懇願をされたような気分で、
彼に満足しているようだった。

オトンとクラリは侍女たちに
彼女たちから渡されていた
流旗と飾り帯について礼を言った(283)。
《こちらこそ感謝するわ、とフラメンカが答えた。
あの贈り物を受け取ってもらって。
今夜またいらっしゃいね》

アルシャンボー殿は王を見送って
もう戻ってきていた。
次はギヨームを彼のテントまで送って行き、
そのあとでブルゴーニュ公のもとへも
そそくさと出かけて行った。
彼は最善を尽くして諸侯たちの世話をし
彼らに面目を施されるよう努めていた。
こんなには誰も彼以上にはできなかっただろう。

夕食を終えて、すっかり夜になると、
ギヨームはじっとしていないで、
意中の奥方《ひと》のところへ行く準備にかかった、
夜と眠りにそのような大きい仕合わせを
奪われることを彼は望んでいなかったから。
ほかの者たちが衣服を脱ぐ時刻に、

彼は朱色の外衣《シュルコ》の下に
鎖《くさり》かたびら[284]を着けた。
腰のベルトには細身の刃と
堅い切っ先の小刀を差した。
彼は三十人以上の連れは望まなかった。
ここかしこで人々の、馬たちの、荷車などの
騒々しいざわめきが聞こえていた。
その場にいたら、あちこちでヴィオルが奏でる
賑やかなブルターニュの舞踏曲や旋律が聞かれ
まるでそれらが作られ歌われている
ナント[285]の町にいるような気分になっただろう。
ギヨームは彼のテントから出ようとした時
ばったりサンリス[286]の代官と出会った。
相手は彼に愛想よく近づいて挨拶した
《どちらへお出掛けですか、殿は？》
――《宴会場までまいりますけど》
――《ご一緒しましょうか》――《いや、それはやめましょう、
そちらにはきっと国王陛下のために
すべきことがいろいろあると思いますので。
それにこちらもたくさん連れの者がおりますし》
ギヨーム・ド・ヌヴェールが明かりもなしに
徒歩で行ったなどと思ってはならない、
全員が乗用馬にまたがっていたのだから。
しかも彼は自分の前で、一人でやっと
掲げられるほど重い太く束ねた
二十もの松明《たいまつ》を燃やしつづけていた。
それぞれ二十リーヴルの重さ[287]で、
炎の数は十かそれ以上だった、
住まいでもそのようにされていたから。
彼らが会場に到着すると、
ジョングルールや居合わせていた者たちが
立てていたざわめきが聞こえた。
しかし一行が馬からおりるとそれが一瞬消え、
舞踏《ダンス》も輪舞《ロンド》も中断してから
彼らは言った《ようこそいらっしゃいました、
武勇の誉れ高い騎士、長者で高名の士、
そして皆をも喜ばせるお方！
いつもそのお顔はうれしそうで、
その手は寛大で気前がよく
施しもなさるのだから。
このお方をよろこび迎え、そのそばで
脱衣をさせる奥方に幸あれと祈ります！》

オセール[288]の伯爵はいとこ同士ということで
フラメンカの横にきていたが、
ギヨームが来たのを見て彼女に言った
《ね、ちょっと、武勇の誉れ高い騎士どのに
席を譲ってあげなくてはなるまいね》
彼は立ち上がり、冗談めかしてこう言った
《ようこそ殿、みやびの礼法に従って
貴殿に大いなる敬意を表し、
我が従妹《いとこ》のことをお任せしますので
どうぞ彼女のそばにお座りください、
なんなら私から頼んでそうさせましょう》
――《まことに恐れ入ります》とギヨームは答え、
すぐにフラメンカのそばに行った。
彼女は即座に彼の手を握ったが
それだけで満足はせず、
いとも優雅に彼を自分の方に引き寄せて
上手に彼の身をかがめさせたので
思いどおりに彼に接吻することができた。
だが、そんなことにだれも驚くことはない、
これほど騒々しい人集《ひとだか》りの中、ある者は立ち上がり、
ある者は振り向き、ほかのある者は身をかがめ、
また一方が片方の者に席を譲る時、
思慮のある奥方が、
愛の神と自らの心に促されて
恋人に一回くらい接吻するからといって。
彼女には十分可能でお気に召すことなのだ。
奥方たちはこのような事柄には
熟練しており、彼女らにとって
愛の神の熱意とそのご下命があれば、
わずかの間に相手を喜ばすことができ、
それには一日もかかる騎士たちの場合より
もっとたやすいことなのだ。
では、その理由《わけ》を言って聞かせよう
真の奥方ならだれしもよく心得ている
恋人が彼女から去って行くことはないし、
いつ何時《なんどき》彼女から接吻を望んでも
相手は彼女の唇を避けることはないことを。
しかるに恋人たる男性の方は常に、
相手は自分から離れて行くのではないか、
こちらから接吻しようとしても、顔をそむけたり
悪く取られたりせぬかと恐れるのだ。
そんなわけで、その巧妙さにおいて
奥方のほうが千人の諸侯より上手《うわて》であると、
この分野にも詳しいオヴィディウス[289]も言っている。

大広間はどこも光り輝いていた。
明るさが、包み隠さずその顔を見せていた
奥方たちの美しさから生じていた。
しかし中でもひときわ美しく最も輝いていたのは
フラメンカの顔であった。彼女は
ギヨームのそばに座っていたが、どうやって
その場から抜け出し彼を自分の部屋に、
オトンとクラリだけを伴って
連れて行けばよいのか分からなかった。
そうこうするうち、知らぬ間に
アルシャンボー殿が入って来ていた。
彼は足音も立てぬようにして
こっそり近づいてきたので、
だれにも聞こえず彼に気づかなかった。
彼は礼法どおりに振る舞っていたのだ、
自分が行き来するたびに
臣下の者全員が立ち上がるのも
断じて望まないで。
だから彼に対してだれも立ち上がったりせず、
またそうすることもできないで、
本人が入って来てはじめて彼だと気づいた。
その彼はまっすぐにギヨームの方へ向かった、
すると相手は立ち上がろうとしたので
彼は自分の右手を
ギヨームのひざの上に置いた。
しかしそれもそっと軽くしたので、
鎖かたびらがその下で
きしる音は聞こえなかった。
彼は片方の手はフラメンカの
ひざの上に置き、それから
いつもするように、彼女の方に身をかがめて
こう言った《奥よ、そちに知らせたいことがある。
実はな、そちのいとこのバール伯爵と
その弟のラウル殿が、
明朝ほかの十人のいとこたちと共に
騎士の称号を与えられることになっておるのよ。
で、そちは明日の朝その者たちに会うことになろう
……………………》
――《殿、と彼女は言った。わたしその人たち皆に
行き渡るだけの宝石類は持ってますわ、でも各人
どれがふさわしいか、わたしでは決めかねます》
――《そうか、ならばこうしよう、ここにおいでの
ギヨーム閣下に、オトンとクラリと共に、
その労を引き受けてもらえるなら、

そちも大いに助かるだろう、
みんなそれはお手のものだから》
――《では、ねえ殿、その皆さんにお願いして
わたしたちと一緒に部屋の方にいらっしゃるよう》
――《奥方様、とギヨームは言う。お願いだなんて
とんでもございません、そのことばかりか何であれ、
あなた様のためそして御前様のためなら、
それよりかずっと困難な事であろうと
お引き受けいたします、それがあなた方お二人の
お気に召すことが分かりさえすれば》
かくしてみんなはその部屋の中に入った。
フラメンカは彼らの前で、長くて幅の広い
立派な敷物の上に、千人もの騎士たちに
分け与えられるだけの宝石類を
並べさせた。それは十分な数だったから
分け前は一人当たり一マール[290]はあっただろう、
つまり純金一マールということだ。
で、これらをみてアルシャンボー殿は言った
《おお奥よ、どっさりあるではないか!
そちの好きなように分配するがよい、
この方《ほう》は王のご宿所へ行ってくるから。
そちたち女三人、この若殿らも三人、
お互いよく話し合って飾り紐[291]のほうも
その配分方法を決めるがよかろう》
今度はギヨームに向かって《どうかご容赦を、
ちょっと席を外すけれども、
またすぐここに戻ってきますゆえ》
と、言い残して彼は去って行った。
その彼が部屋から出てからは、
ギヨームはどんな宝石を選べばよいか
決めるのに気にすることはまずなかった、
彼のそばには心優しい白肌の
ほっそりすらりとした美女がいて、
彼女は彼の願うものに異議を唱え
反対もせぬだろうか、また彼には自分で
それを選びとらせ、彼から求められるものは
拒むのでないか、などと恐れる必要はなかったから。
優しく彼は彼女を自分の方に引き寄せ抱きしめて
その場所から離れず動こうともしなかった
自分の望んだすべてのことをなし終えるまで。
愛の神と欲望が見張りをした、
マルグリットも出入口を見張り、
彼女の忠実な愛人クラリも一緒だったが、
彼もあまり苦にせずその任に当たっていた。

それよりも三組の男女は何度も接吻を交わし、
抱きしめ合い、愛撫し合った。
こうして彼らはやがて、ここで殊更
言いふらす必要もない別のことをした。
思いのままに目的を遂げ、
もはや上衣[292]も肌着も
彼らの幸福を妨げることはなかった。
御覧なさい、愛の神がここぞとおぼしめす時
その業《わざ》を、如何に押し進めていかれるかを！
だが今はその話はやめておこう。
部屋から彼らは晴れ晴れした顔で出てきた。
大広間にいた者たちは立ち上がり
めいめいギヨームを歓迎する用意にかかった。
願わくば、どの騎士も愛の神のなせる業に
不平を言ったり嘆いたりせぬよう、
また無分別で中傷好きな連中のために
ゆめゆめ礼節と雄々しさを捨てるなかれ、
そしてその折あらば、愛するこころも！

ギヨームは従者全員と共に退出したが、
その広間の出入口を通り過ぎる前に
婦人と騎士の一人一人が彼に
挨拶することを忘れなかった。
フラメンカはずっとうれしそうだった。
彼女はこれで自分の恋人のために
十分なことをしてあげられたと思っている。
これは私見だが、奥方の身で未だかつて
これだけの快挙をやってのけた者はない。
何も目と手と耳から逃れられない
人々の集まりの中で、彼女はうまい具合に
恋人を抱擁しながら示し合わせて、
みんなの前で、だれにも気づかれぬよう
彼をベッドにまで誘うのだから。

XI　ブルボンでの馬上（槍）試合

明くる朝、ギヨームに無上の喜びに
ひたる機会を与えていた裕福な部下たちは、
騎士の位を授けられた。
アルシャンボー殿自らベッドを提供し
そこでギヨームは殿の妻と同衾して、
最大限に楽しめたのだった。
お気の毒にもその亭主の方は疑いもせず、
フラメンカの誓いに言いくるめられ、

彼女がこねていた屁理屈も
分かってはいなかった。
ボエティウス[293]より賢明らしく振る舞っても、
鈍感で愚かで、間抜けなこの夫は
妻が彼女の愛人のため取って置きの財産を、
守ってやれるのはこの俺だと思い込んでいる。

夜が明け、太陽が気恥ずかしげに、
朝課の鐘が鳴ったあと
真っ赤な顔して現れた時、
その場に居た者はらっぱ、トランペット、
角笛、シンバル、太鼓やフルートの音が
一斉に鳴り渡るのを聞いたであろう。
これらを鳴らすのは牧人たちでなく、馬上試合で
集合の合図をし、騎士や馬たちを勢いづけて
ギャロップ[294]で駆けたり、とび跳ねたりするよう
仕向ける係りの者たちなのだ。
喧騒も相当なものであった、
馬たちがつけていた鈴の音色も
冴えた音、低くて鈍い音など様々だったから。
その馬たちは疾走しあっという間に通り過ぎた。
あるものはギャロップで、あるものはトロット[295]で。
足下の野の草花たちこそとんだ災難だったろう！
踏みにじられ、萎れぐったりさせられて。
さあ、いよいよ馬上試合の始まりだ。

国王と七人ないしそれ以上の諸侯たち、
フラメンカとその侍女たち、
更に連れの大勢のご婦人連が
ぞろぞろ観覧席に上がった。
するとそこに陣取っていた諸侯らは
直ちに出場中の騎士たちの
盾や兜や槍を識別する〈しるし〉[296]と
紋章を示して見せた。

フラメンカは即座に臆せず皆と、
自分の衣の袖を出場者の中で
最初に相手を落馬させた騎士に
与えるという約束を交わした。
彼女が話し終えるやいなや
皆が口を揃えて大声で、彼女にすぐ
腕から袖を切り離すよう求めた、
ギヨーム・ド・ヌヴェール[297]が
マルシユ[298]の伯爵を

攻め立て、突き落とし、打ち負かし
試合続行を不能にして、
その馬と盾をも奪取したところだったので。

こうしてギヨームが伯爵を捕らえると、
伯爵を彼の手から救おうとしていた市民らが
あちらこちらからそばに寄ってきた、
折をみて何とかその身柄を引き取ろうとして。
しかしギヨームは彼らに言った《私は一切
伯爵の身代金など望みませぬ、
ただ伯爵は、よろしければ、
私に成り代わり、奥方様がおられる
あの城門へ行ってもらって、
そのお方の捕虜となっていただきたいのです》
そう言ってから伯爵に防具と馬を返すと、
伯爵は直ちに馬にまたがり、
群衆をかき分け、乱し、散らしながら
まっしぐらにフラメンカのもとに向かう。
彼女の前に行くと、囚われ人のように
両手を合わせ、ひざまずいて
彼は言う《奥様、騎士道の華である方が
わたしをここ、あなた様のもとに差し向け、
あなた様に降伏せよと仰せられました。
数多くの賦課租で手前には多大の収入があります。
で、わたしの財産をお望みでしたら、
それでもって必要なだけお受け取り下さい。
わたしがこの監禁状態から解放されるなら、
そちら様も十分報われると存じます》
《殿御、とフラメンカは答える。囚われの身に
ならずに済むのはとても喜ばしいことですわ。
あなたを捕虜にしたお方は感謝されなくては、
このわたしにあなたの釈放を求めてるのですから。
で、ひとつお願いがございますの、
この袖を届けていただきたいのです、
幸運のしるしとして、
〈純粋な歓び〉[299]が保証するそのお方に。
それというのも、ちょうど今朝、わたし
この観覧席に上がってきて
試合をひとわたり見終わってすぐ、
国王陛下の御前で、
最初に相手を落馬させた騎士《かた》に
この衣手《ころもで》を差し上げるという
お約束をしたものですから。
これは神さまの思し召しによったもので、

この袖はその練達の騎士にこそとお望みですし、
わたしも何よりそれを望んでおりますの》
——《奥様、どうか手前にお言いつけの任務を、
心から喜んで果たさせてくださいますよう。
わたしとしては、はっきり申せます、
もしも自分がギヨームを落馬させたよりも
倒されてよかったと思っているのが偽りなら、
神はわたしがここから帰って行くのも
わたしの常住地に戻るのもお許しになりません。
それ故、今あなたのもとに遣わされているのです！》

彼は袖を受け取って持ち帰る。
しかも奥方にせよ侍女にせよ、彼ほど器用に
それを折り畳めたと思われる者はいない。
この人はギヨームを喜ばすことも心得ているのだ。
ギヨームのそばに行き、彼は挨拶してから言う
《殿、確かに本日私を囚われの身から
釈放してくださった奥方から託された
まことに雅《みやび》な贈り物を持って参りました。
この袖は〈善なるもの〉しかお考えにならぬ
奥方からの貴殿へのお届け物です。
彼女がおっしゃるには、今朝がた
試合が始まるとすぐに、
国王の面前で、大胆に約束されたそうです
——誰からも妨げられる気遣いはなかったので——
この袖を愛の権利によって、
一番最初に相手を地面に
突き倒した騎士に与えることを。
そして本日神は貴殿が最初に
相手騎士を落馬させるよう望まれ
彼女に喜びをもたらされたので、
ご当人は内心とてもご満悦のようで
この貴殿へ贈られる袖は、その証《あかし》です》

ギヨームは素早くその袖を受け取ると、
かたじけなさそうにそれを広げ、
盾の内側全体を覆うようにして、
外にはわずかな部分しか盾の縁から
はみ出して見られぬように、
銀の止め金できちんと固定させる。
そのようにして随時自分の望む時に
それに見入れるようにしていた。

ひょっとして神様、彼女にはいずれ他の男が

ふさわしくなるのでしょうか？　それはあるまい。
自分の意中の女性において躊躇《ためらい》も過ちも
今まで見いだせなかった者以上に、
ふさわしい男っているものだろうか？
そうであれば申し分ないはず、
誠実な相手の恋人をどこまでも
喜ばそうとする女性の側の〈愛の神〉は、
どんな幸福も叶《かな》えるし、会うたびに彼女が
相手に与えるべきものを奪ったりはしないから。
だけれども善良な奥方がこの世で
最もすぐれ、最も思いやりがあって
最も愛想のよいものであると同様に、
性悪な奥方になると、振る舞いは粗野で
最も意地悪で、最も手厳しく、
この上なく不愉快で、吝嗇《けち》くさい。
これを実際に経験した者なら知っているはず、
彼女らから得た利益や叶えられた望みの少なさを！
性悪な女についても熟知しているから
言わせてもらうが、本人は裏切ることしか考えず、
恋人に対しては〈否《ノン》〉を言うために
常に何らかの口実をもうける。
このような女は邪悪でがさつで
何をもってしても彼女を、その節の部分や
鉋をかけた部分が誰も気にならぬほど
平らにすることはできないだろう。
彼女は愛を懇願され求められて、
最初に〈否《ノン》〉と言ったなら、
そのあともう何も求められなくなって
〈諾《ウイ》〉と言っても時宜を得ないことになる。
それに若い時分いつも〈否《ノン》〉と言っていた女も
一旦年とると何でも〈諾《ウイ》〉という女に変わる。
それは女としての価値が若い時の言い草にも
老いた時の口癖にも、まるでそぐわないからだ。
ただし次の点に関しては、はっきり理解できる
美しさが黄金かぶどう酒のようなもので、
年ごとにそれが増してゆくのであれば、
どんな苦悩を耐え忍んでも
決して女性から情けをかけられないだろう。
いずれにせよ最も粗野な女は
人にかしずかれ言い寄られることを望むが、
相手が何か特別の好意を求めると、
不遜であいまいな態度を見せる。
己の美しさに振り当てられた時の短さに
思い至らぬとは、情けない女よ！

その時期は水源から常時流れ出る
いつもの小川ではなく、雨のために
一時的にそれが激流となる場合よりも、
もっと短期間で終わってしまうのだ。
私が今こうして冗談を言っていると
お思いだろうか?　いや全然、本当のところ。
女性の方が恋人の求愛をお預けのまま
相手をじらすのは、無意味なことだ、
彼女はもう〈否《ノン》〉と言おうと思わなくても、
気まぐれな彼女の心にしみついた
その習慣を断つことにしたところで。
本人が慣れっこになっている意地悪さを、
あとになって捨て去るのはむずかしい。
このことは、決してからかい半分でなく
ホラティウスも述べているとおりで、[300]
初めに鍋にしみ込んだ匂いは
完全には消えるものでない。
また清潔にしてない容器にしても、
それに入れるものは全て酸っぱくなるだろう。
だが、ギヨームの場合は意中の女性が
彼に関して為すことに何も心配することはない、
一度懇願されれば、彼女は全て彼の意に添うよう

言って果たすことしか望まないのだから。

ゴンタリックと呼ばれていた
ルーヴァンの伯爵[301]と、
トゥールーズ歴代の領主の中で
最もすぐれた伯爵とされる
アルフォンス伯[302]が、試合をした。
二人とも有能な騎士であった。
彼らは盾を目がけて激しく攻め合い
双方の盾はばらばらに砕けた。
馬の腹帯と胸繋《むながい》はもぎ取られて、
二人は同時に地面に転がる。
騎士たちが馬に拍車を入れ救援に向かう。
ぶつかり合い、打ち合い、仰向けに倒れ、
槍は折れ、鞍頭《くらがしら》は裂けて、
槌矛《つちほこ》と棍棒が続けざまに振り下ろされる。
そここで剣が兜にぶつかり、
剣の刃はこぼれ兜はでこぼこになる。
これほどすさまじい情景は見たことがない。
めいめい力いっぱい攻め立てて、
己の勇敢なところを見せようとする。
しかし戦いから引き上げる前に、

ギヨーム・ド・ヌヴェールは、
その腕前の成果を見せた。
彼は十六頭のカスティリヤ産の馬を生け捕ったが、
そのどれも馬銜《はみ》と鞍はつけたままで、
しかもトゥールーズの勇敢な伯爵を
救援するためにやって来ていた、
馬の持ち主たちも一緒だった。
彼らは虜《とりこ》になるが、伯爵は拘束されず去って行く。
この者たちの中には、決してしらふで乗馬せぬ
ブライユのジョフロワ[303]や、
断じて鰻を口にしようとせぬ
ブーヴィルのアルノー[304]や、
それにリュジニャン[305]のユーグがいた。
そのほかも皆城主たちで、
富裕な有力者たちであった。
ギヨームは彼らに言った《卿等、どうすれば
自由になれるか、知りたくありませぬか？》
――《もちろんだとも、それは》――《ならば、まっすぐ
我が奥方様のもとに行かれるとよい、あの
王旗の見える城門のところへ。
で、私に代わって捕虜になっていただきたい、
そうすれば必ずや皆釈放されるでありましょう》
――《ああ、ありがたい、ではそういたそう、
貴殿に代わり、われわれが彼女の虜になろう》
ギヨームは彼らに馬と装具を返した、
何もかも全て残さずに。
そこで、彼らはまっすぐ城門に向かう
フラメンカが国王とその直臣たちと
談笑しながら、共に
馬上試合の成功を喜んでいるところへ。
彼らは彼女の前に来ると、
ギヨームの命によるものと言って彼女に投降し
次のように述べた《頭上に美の冠を戴いた
優しく善良な奥方《おかた》、あなた様には
〈代価〉も〈価値〉も屈伏しております、
あらゆる美質のそなわった女王様ですから、
礼節を弁えたギヨーム・ド・ヌヴェールが、
本日われわれを一挙に捕虜として、
あなたのもとに敬意を表し差し向けられました
あなた様の命ぜられるままにするようにと》
フラメンカは笑って国王に言った
《陛下、わたくしの腕からはずした袖が、
ここにいるたくさんの騎士の数からも
結構役立ったようでございますね》

それから彼らに向かって言った《騎士の皆様、
こちらは皆さんを虜にしておく必要などなく、
全員自由の身になっていただきたいので、
皆さんを捕虜にしたお方のもとにお帰り下さい。
その方《かた》にこそお礼を言わねばなりません、
皆さんを捕らえた上で釈放なさるのですから》

そこで彼らは彼女に別れを告げ
試合場にいたギヨームのそばに戻った。
彼らはフラメンカに代わり挨拶した、彼女により
喜びの種と〈価値〉を増したばかりのギヨームに。

アルシャンボー殿は試合場を駆け回り、
勝負相手が見つかると、実にうれしそうだった。
アンデューズ[306]の領主と出会ったが、
この相手は彼と力を競うことを拒まなかった。
両者は激しい打ち合いになり
互いの盾は割れ裂かれ
鎖かたびらはずたずたに解《ほつ》れた。
それでもなお、二人は落馬しなかった。

今度はサン・ポールの伯爵が戦列に加わって、
何も気づかずにいた時、いきなり彼に
ナルボンヌの公爵エムリー卿[307]が
馬に乗って猛然と襲いかかった。
そのまま激しい乱打の応酬となって
二人とも地面でまで
戦わざるを得なかった、
馬は二頭とも死んでいた、
互いの胸前《むなさき》が激しくぶつかり合い
馬体の一部はえぐられて。
両陣営より騎士たちが救援に馳せつける
……………（欠　漏）……………
何とかして皆から拍手喝采され
大手柄と認められるようなことが
できないものかと念じながら。
それぞれの陣営は味方の軍勢を強化し、
欠けた軍馬などの補充もする。
未だかつてこんなに大勢の騎士たちが
間断なく攻め合うさまは見たことがない、
攻められればすぐにやり返す。
彼らは棍棒などで打たれ叩かれ、
攻めまくられ包囲されると、
全員は再び戦うために分かれた。

というのは、馬上試合では彼らが馬を
いかに巧みに規定どおり乗りこなしたか、
また馬たちの妙技を競う絶好の機会だったから。

モンペリエのギレム[308]は
ルーチエのガランと勝負したが、
このブルゴーニュ人は、落馬もせず
地面にも横たわらないで済むほど
試合巧者ではなかった。
それに彼を助け起こす者もいなかった。
それどころか両陣営内でも笑いものになった。
実際、彼はコンスタンティヌス[309]以上の大男なのに、
彼をやっつけた相手は全くの小兵であった。
この相手はその時声もそれほど嗄《か》らしておらず
彼に向かって大きく凛《りん》とした声で言ったものだ
《殿、これ以上何もお望みでないでしょうな?》

ブリエンヌの伯爵ゴーチエ[310]は
チュレンヌの子爵[311]と腕前を競ったが、
これは実に礼節を弁えたものであった。
おのおの自分の盾を相手の腕に
押し当てて、脇をしめる。
槍の穂先がすぐに盾の真ん中と
互いの腕を突き抜けた。
だが見ていて、誰もそれに気づかずにいただろう。
事実、彼らはまことに勇猛果敢で
自分が傷を負わされても突かれても、
どちらもそれを表には出さなかったから。
それでも二人はかなりの深手を負っていたから
一か月間は武器を手にすることもなく
馬上試合もできなかった。

ロデズ[312]の勇敢な伯爵と
シャンパーニュの伯爵が試合をした。
両者ともすぐれた騎士で
見事な打ち合いを展開した。
手綱、腹帯、胸繫、鞍、
がん丈な締め金付きの鞍帯、
鐙《あぶみ》など――これらは状態も良く新品だったが――
ことごとく切れた。しかし二人とも
その場を離れず、それぞれ
馬から落ちても両足ですっくと立ち、
盾を胸の前にして槍を構えた。
彼らはどうやら乗馬せずに

勝負する積もりのようであった。
けれども国王がすぐに申し付けた
《ちょっと、その方たち、もうよろしい！
本日の試合はこれにて打ち止めにしよう！
申し分のない勝負を見せてもらったし、
誰もほかで求めたとしても、これ以上だと
言い切れた試合はあるまいと思われるから》
それから、戦いで捕らえられた馬や騎士たちを
宿舎の方に連れて行くのが見られたであろう。
だが少なくとも、ギヨーム・ド・ヌヴェールが
捕虜にしていたものたちは幸運だった。
というのは彼らは縛られも鎖でつながれもせず、
保証金を払う必要もなかったし、
〈代価〉と〈価値〉が案内役をつとめる女性へ
挨拶しに行かずにすんだのだから。
ジョングルールたちと角笛の吹き手らが、
一斉に呼び掛け、士気を鼓舞する音を響かせる。
晩餐のあと、国王のいる前で、
諸侯たちどうし口々に
これほど多く粒ぞろいの競技者が集まった
大会は見たことがない、と言っていた、
《とりわけ今朝試合を開始し、
奥方が自分の袖を与えた
あの騎士は、中でも一番すばらしかった》と。
太陽が沈みかけている、晩課のころ、
愛の神に片時もじっとさせてもらえぬ当の本人は、
館へ彼の意中の奥方に会いに行った、
彼女なしに純粋な歓びはありえなかったから。
その彼を彼女は愛想よく迎え、
彼は緋色の袖の贈り物について
彼女に礼を述べた。
二人は接吻をし、手と手を
握り合い、衣服の上からも愛撫するなど、
さまざまな心地よい喜びが得られるよう
互いにすぐそばに居続ける。
まあこれで十分だ、どっちもよく分かってる、
もっと好都合な場所であったなら、
お互い相手の望むものは全て許し与えることは。
その翌日も馬上試合で人々が集まった。
国王はフラメンカの手を取って、
観覧席に上がった。
出場者たちは率先して、草原の中で

大勢で込み合い、彼らの舞踏を繰り広げる。
〈ピコンパン〉も女子大修道院長の舞踏会も、
踊りの所作の多さはこれにはかなわない。
観衆は多くの騎士たちが捕らえられ、釈放され、
また言葉で追えないほど目まぐるしく、転倒し、
立ち上がり、打ち合うのを目撃しただろう。

カルデヤック[313]の領主は
褐色の大きな馬に乗っていた
ムランの子爵を捕虜にした。
これにはどこの領主も
びっくり仰天した。
何しろ、虜になった子爵はその相手より
ゆうに二フィートは背が高く、力もあったから。
しかし人間の吉凶、運命や
宿命とはこのようなものであって、
自然がその者から力や背丈を
取り上げる分だけ、その者には
物の判断力や武勲に代えて返すのだ。
内面にすぐれた資質のそなわった者で、
外見が貧相ということはありえないだろう。
確か諺にもこんなのがある《己の頭を触れば
頭髪と頬がその全てでないのがわかるはず》
あれほどの大男がまるで勇気がなく、
あのような小兵でも勇猛果敢なのだから。

フランドル[314]の伯爵が馬に拍車をかけ
猛烈な速さで試合場の中を駆けていた。
そして、同様にその場を横切って向かってきた
リュジニャンのジョフロワに遭遇する。
両者は激しい攻防を展開し、
手にしていた小盾はあちこちに砕け散り、
胴衣は引き裂かれ、鎖かたびらは解《ほつ》れ
衣服も肌すれすれまでめった切られ
二人ともあわや突き倒されそうだった
…………（以下中断欠漏）…………
……………………………………

訳注

（1）現存する唯一の写本の一葉目（裏表二ページ分）は破損して上方の部分のみ残り、そこでは五行の詩句のそれぞれ次のような冒頭の部分が読み取られる：Sa colora.../Anc d.../Nat.../Ab.../C... 恐らくフラメンカの人物描写と思われるが、その前にプロローグを含む部分が二、三葉あったであろう（cf. Meyer, Huchet）。
（2）《彼》はヌムール伯ギー（Gui）のこと〔Noumours については注（9）を参照せよ〕。
（3）Archambaut（*Archimbaut*）：ブルボネ（Bourbonnais：中央山地北側の旧地方名）歴代の伯爵、特に一一五〇年に伯爵を継いだ Archambaut 七世の通り名。一二一八年に没した八世とともに、最初のブルボン家は断絶した（Lavaud/Nelli）。
（4）《王》とは三六行目（訳文では三五行目）に名を挙げられている Esclavon（*Esclaus*）王（Esclavons または Slavons はすべてのスラブ人〔民族〕を指す）。ここでの《Esclavon》とは、現在のユーゴスラビア北西部のスラボニア（Croatie-Slavonie）のこと（Lavaud/Nelli）。
（5）恐らくアルシャンボーの使者たちが、ヌムールから帰途につく際に与えられた贈り物のことであろう（idem）。
（6）Bourbon（*Borbo*）：今日の Bourbon l'Archambault（Allier 県）は、Souvigny に次いで十五世紀までブルボネ地方の主都であった Moulins の西北二六キロのところにある郡名。
（7）《徒の者》（*trotiers*）：彼らは時には馬丁、厩番などの役をつとめることもあった（Lavaud/Nelli）。
（8）このあと少なくとも一行欠けている（Meyer）。
（9）Nemours：Seine-et-Marne 県の県庁所在地ムラン（Melun）の南三三キロのところにある町。Gui の城は今日も残っている。
（10）Lagny（*Liniec*）：現在の Lagny-sur-Marne. パリの東方二九キロのところにあり、マルヌ川に臨む Seine-et-Marne 県の小郡役場所在地。
（11）Provins（*Proïs*）：Seine-et-Marne 県内にある郡庁所在地。十世紀には Vermandois 家に属し、次いで十一世紀に Champagne 伯爵家が所領とし、十二世紀には同伯爵家のお気に入りの居住地になっていた。この町で五月と九月に四六日間賑わう盛大な定期市が、十三世紀末まで続いていた。

（12）フランス王 Louis VII と神聖ローマ皇帝 Conrad III により組織された第二次十字軍（一一四七－九）のことを示唆している。その一行には多数の吟遊詩人たちも加わった。一一四八年七月、ダマスカス（Damas）（シリアの主都）の攻囲に失敗し撤退した。

（13）以下『ばら物語』を模倣した、寓意による作者の世相談義が続く。

（14）*Tuit van jugar a taula messa*：《全員、準備のできた食卓ゲームをしに行く》。《taula *messa*》の '*messa*'（*metre*〔mettre〕の過去分詞）と、その上の語句末の '*messa*'（ミサ）とかけての言葉遊び。

（15）オヴィディウスの『愛の技術』*Ars Amatoria* II, 215-6 を参照せよ（Lavaud/Nelli）。

（16）十世紀来歴代のブルボン領主は、フランス王に直属していた（idem）。

（17）聖ヨハネ祭の前夜または前日（Huchet）。

（18）六月二十四日（idem）。

（19）《では、なんのために出てきたのか。預言者を見るためか。そうだ、あなたがたに言うが、預言者以上の者である》（マタイ伝一一の九／ルカ伝七の二十六）。

（20）ここに挙げられたものは前菜とデザートにあたるもので、次に主菜として鳥肉、獣肉、魚、その他の v.394-400 と v.460-4 で挙げているものなどが続くのであろう（Lavaud/Nelli）。

（21）'*descort*' も '*lais*' も詩節数、韻律など不統一で、固定された詩型のない抒情または物語風詩のジャンル。十二世紀にブルターニュの吟遊詩人がもたらした（すなわちケルト起源の）ものが、ベースになっていると考えられる。

（22）'Chèvrefeuille, *Cabrefoil*'『忍冬《すいかずら》』はマリ・ド・フランスの作（十二世紀後半）。八音綴詩句一一八行の短詩（レー）。'Tintagel, *Tintagoil*'『タンタジェル』は現存しない。Tintagel はイングランド南西部のコーンウォール半島にある地名。伝説ではアルチュール王出生の地とされている。

（23）《'Ivain, *Ivans*' と写本ではなっているが、多分これは筆写者の《誤り》で、われわれとしては「トリスタン（*Tristans*）の作になる…」と訂正したい。Tristan はしばしば自分自身の物語（『トリスタンの狂気』と『トリスタン〔散文〕物語』を参照せよ）の代弁者、さらには作者であるような書き方をしている》（Huchet, p.440）。

（24）六二一行目から、ジョングルールの模範とされていたと思われるレパートリーが次々と披露される。作者は物語られる題材により順番分けする。まず《古代もの》（v.620-49）、次いで《聖者物語》（v.650-6）、カエサルがアドリア海を渡った話でローマ時代にまた戻り（v.657-9）、次に《ブルターニュもの》（v.660-91）に移り、それから《フランスもの》――ルシフェル（悪魔）の失墜（v.698-9）が挿入された――叙事風物語へと続く（v.692-701）。最後にマルカブリュ（十二世紀のトルバドゥール）の詩、《巧みな工人》ダイダロスとその子イカロスの話が付け加えられる（v.703-5）。

（25）『ティルスのアポロニウス』Apollonius de Tyr（ティルスは古代フェニキヤの港市）。ビザンチンが起源の物語で、ラテン語のテキストによるものしかない（Lavaud/Nelli）。

（26）イヴァン（*Yvain ou chevalier au Lion*）。

（27）妖精のヴィヴィアーヌ（Viviane/*Lancelot du Lac*）。

（28）Governal, *Governail*：トリスタンの最初は師で、それから友となる。

（29）Fénice, *Feniza*（*Cligès*）.

（30）『ジョウフレ物語』の主人公Jaufreのこと（同物語の一〇八行目に '*lo Bels Desconogutz*'（無名の美男子）という表現が見られる）。

（31）Calovrenan：『ジョウフレ物語』の登場人物（cf. v.105）。

（32）Mordret：『ランスロ物語』中の人物。

（33）この小姓の名はギー（Gui）。

（34）《ひとりだけを除いて》（*d'una en fors*）の〈ひとり〉は王妃自身のこと。つまり王妃の知らぬ間に、彼女のどれか衣服の袖を王が取って来ていたかもしれないという推測。この袖の出所や意図については、われわれには何もはっきり知らせられない。多分王にとっては、愛の歓びの単なる象徴だったのであろう。あとのv.868-75を見よ。

（35）*li comtessa de Nivers*：おそらくヌヴェール伯ラウル Raoul の妻であろう。フラメンカの恋人となるギヨーム Guillems は、この伯爵の弟ということになっている（v.1651-2）。

（36）*Tibaut lo comte de Bleis*：チボー・ル・グラン Thibaut le Grand（ブロワ伯〔五世〕、シャンパーニュ伯〔二

世」）は一一五二年没。チボー・ル・ボン Thibaut le Bon がブロワ伯を継承。フラメンカの恋人ギヨームは、騎士に叙任される際、この伯爵から一〇〇〇リーブルの金額を授かっている（v.1644）。

（37）晩課（vêpres, *vespras*）は聖務日課中の定時課（全部で七時課ある）の一つで、日没時に当たる。荘重に歌われ、信者も特にこれに参加するようになっている。

（38）九時課（none, *noma*）は、主の十字架上における死の時刻、午後三時頃に当たり、主を想起する。

（39）《ピイヒャララ》（tullurutau, turlututu）は笛の音をまねた擬音語で、嘲笑、不信、拒否などを表す。

（40）次の v.1075 行以下の独白を予告する記述が見られない。おそらく何行か欠落しているのであろう（Huchet, p.441）。

（41）この《柱石》（*la colonna*）は、カリグラ Caligula（一二－四一／ローマ皇帝在位三七－四一）の命によりヘリオポリス Héliopolis（エジプトの古都市）からローマの大競技場へ運ばれ、最後は一五八六年、シクストゥス五世 Sixte V（教皇在位一五八五－九〇）が、ヴァティカンのサン＝ピエトロ広場に建てさせたオベリスクのことを仄めかしている。「フラメンカ物語」が書かれた当時は、聖堂のわきの地面に横たえて置かれていたのであろう（Lavaud/Nelli, p.700 ; Huchet, p.441）。

（42）《このドーム（*Doma*）を、サン＝ピエトロの現在見られる丸屋根と考えることはできないであろう。というのは、この聖堂は十八世紀までは平らな屋根だったからである。A. Tobler によると、この *Doma* というのは村の名で、おそらく《Mont-de-Dôme（Dordogne 県）のことであろう》（Huchet, p.441）。この説に対して、Lavaud/Nelli は現在の Auvergne 地方の県名になっている Puy-de-Dôme と解釈し（p.700-1）、また Meyer は、これをイタリア語 duomo の意味〈大聖堂：丸屋根〉とは違うラテン語の *doma*, すなわち〈家〉のことではないかとしている（p.342）。

（43）この《若さ》（*joven*）とは、恋愛において意中の女性によりかき立てられる気分の高揚による、精神的な若さを意味する。これは騎士社会の理想でもあり、この理想を通して、身分・地位の上下の者が精神的に一体となれた。

（44）《まずい交換》（*malvaz cambis*）とは、独身から既婚者になったことを意味する。

（45）エストリボ（*estribot*）は風刺詩の一種、ルトロアンシュ（*retroencha*）はリフレイン付きのシャンソン。

（46）イタリアのボローニャ大学は十一世紀以来、法学研究の一大センターで、ローマ法の復活に大きな役割を演じ、南フランスにも多大の知的影響を及ぼしていた。
（47）《罰当たりめ》(*qui mal ne mier*) とは、フラメンカのこと。
（48）ヒステリーや癲癇の神経発作は、たいてい最後は大仰で繰り返されるあくびで終わる（Lavaud/Nelli, p.708）。
（49）ローマ・カトリック教会の三大祝日は、キリスト降誕日（十二月二十五日）、復活日（春分〔三月二十一日〕後の最初の満月の次の日曜日）および聖霊降臨日（復活日から五〇日目、昇天日〔復活日後四〇日目〕の一〇日後の日曜日）。
（50）カロリンガ王朝時代、メッス（Metz, *Mes*）には筆記者（scribes）養成の有名な学校があった（Lavaud/Nelli, p.712）。
（51）接吻牌（*pas*）は、ミサ中の親睦の接吻伝達用聖牌。
（52）*Apres missa est s'en issia*：《Ite, missa est》はラテン語のミサ用語。ミサの終わりを告げる典礼文で、「行け、汝等は去らしめられる」、即ち「もうミサは終わった、帰ってよろしい」の意。
（53）正午の祈り（*mieidia*）は聖務日課中の一つである六時課（sexte）。主の昇天の時刻、正午に当たり、ラテン語のごく短い祈禱を捧げる。
（54）アルシャンボーは自分の妻（フラメンカ）を非難して言っているのである。
（55）Absalon, *Absalon*：イスラエル第二代の王ダビデ David（前十一－十世紀）の第三子。長髪の美男子であったと伝えられている。彼は妹のタマル Tamar を犯した、ダビデの長子で彼と異母兄弟のアムノン Amnon を殺す。国外に逃れてのち故国に帰り、父の王座をねらって反乱を起こすが敗れ、ラバに乗って逃亡中木の枝に頭髪がからまり、追跡してきたいとこのヨアブ Joab に殺される（旧約サムエル記下）。
（56）Salomon, *Salamos*：ダビデの子、イスラエル第三代の王。すぐれた政治的手腕によって、イスラエル国に驚異的経済発展をもたらし黄金時代を築いた。文化活動の促進にも力を入れ、機知に富み博学であったことは〈ソロモンの知恵〉（マタイ伝一二の四二）として知られている。ソロモン王の記録は旧約列王紀上二－一一、歴代志下一－九に記されている。
（57）Pâris, *Paris*：〔希神〕トロイ王プリアモス Priam とヘカベ Hécube の子。占者に将来トロイを滅亡させると予言され、イダの山の中に捨てられる。そこで拾われ育てられて、美貌の青年に成長し羊飼いになるが、ヘラHéra, アフロディテAphrodite, アテナAthénaの三女神が競っていた美の審判をつとめ、アフロディテに勝利のしるしの黄金のリンゴを授ける。その場合、スパルタの王妃であったヘレネHélèneの愛が与えられる約束がされていた。パリスはイダの山中で結婚していたニンフの妻を見棄てスパルタに向かいヘレネを奪うが、これがトロイ戦争のきっかけになる。

（58） Hector, *Hector*：〔希神〕トロイ王プリアモスとヘカベの長子。ホメロスの作とされる叙事詩『イリヤス』では、トロイ軍側随一の勇将であるばかりでなく、人間的にもあらゆる点で、武人の手本というべきりっぱな人物として描かれている。ギリシア軍との戦いで、ヘクトルは陣頭に立って勇戦、敵将をつぎつぎに倒すが、敵方の英雄アキレウスAchilleとの一騎打ちに敗れ、彼の死体は戦車に結びつけられ引き回される。父のプリアモスは莫大な賠償と引きかえに、息子の死体を乞いうけ手厚く葬った。

（59） Ulysse, *Ulixes*：〔希神〕ギリシア名オデュッセウスOdysseusに対するラテン名。イタカの王ラエルテスLaertesの子で、その後継者。弁舌巧みで知謀にたけ、武勇も抜群の名将。『イリヤス』でも、トロイ戦争での彼の活躍ぶりが語られている。トロイ陥落のきっかけとなった木馬も、彼の計略によるといわれる。しかし彼を最も有名にしているのは、同じホメロスの『オデュッセイア』である。トロイ落城後、ギリシアの諸将はそれぞれ凱旋して故郷に帰るが、彼は部下を率いて帰国の途上、海の大神ポセイドンの怒りにより海上を一〇年の間さまよう。その間世界のさまざまな不思議な国を見る。最後は一人になって故郷のイタカに帰り、留守中彼の妻（ペネロペ）へ求婚して彼女を悩まし続けていた者たちを斃し、再び家庭生活に入った。

（60） Atlas, *Atlas*：〔希神〕ティタン族（オリュンポス神以前の神族の一）の反逆に与した罰として、最高神ゼウスに極西の地において頭上に天空を支えることを命ぜられた巨人神。

（61） 七芸（*vii. artz*）とは、文法、修辞学、弁証学、算術、幾何学、天文学、音楽。

（62） この《ギヨーム・ド・ヌヴェール》*Vilelme de Nivers*, 前出（v.1651-2）の《ヌヴェールのラウル伯爵の弟》*Fraire del comte Raols de Nivers*の名は、明らかにヌヴェール伯爵家への敬意の表れである。これについて、Raynouardは一一四八年没のギヨーム三世、一一六〇年没の四世、一一六八年没の五世の名をあげている（Lavaud/Nelli, p.732）。

（63）　おそらく、あの貴族の出でジョングルールとなった有名なアルノー・ダニエル Arnaut Daniel（十二世紀末）のことであろう（拙稿「トルバドゥールの伝記（二）」（福岡大学人文論叢　第八巻　第一号（昭和五十一年））を参照せよ）。

（64）、（65）　Ch. Grimm は《ベルナルデ殿》*En Bernardet* を作者自身のことと見ている。《アルガの領主》*le seners d'Alga* が、一二七〇年からナン Nant の comtor（子爵に次ぐ爵位）であったレモン・ド・ロクフイユ一世 Raimond 1er de Roquefeuil のことであるとした上で、その作者らしい人物はアヴェロン（今日の Aveyron 県）のナン大修道院のベネディクト会修道士であるとしている（Huchet, p.441）。

（66）　《神の友》*Dieu e son amic* とは、敬虔で善良な人たちを指す。

（67）　二葉分欠けた部分は、ギヨーム・ド・ヌヴェールがブルボンに向けて出かけるところの説明と思われるが、ここに記された宿泊地は、ちょうどブルボンの北一五里のところにある、ロワール川河畔のフルシャンボー Fourchambaut（Nièvre 県）と思われる（Lavaud/Nelli, p.736）。

（68）、（69）　ローマの詩人オヴィディウス Ovide の『愛の治療法』*Remedia amoris*, p.161-2/139-40 を参照せよ。

（70）　中世南フランスにおける新しい愛の美学は、欲望の安易な充足を決して美的なものとして認めなかった。詩人たちが〈歓喜〉（joy）なる言葉で表現したのは、かなわぬ恋の道程で経験する、精神的禁欲と想像的官能のうずきの混り合った精神状態であった。

（71）　午後三時頃に当たる。前出 v.922 の注（38）を見よ。

（72）　Ramberge, *Ramberga*：オイル語の武勲詩のパロディー『オーディジエ』*Audigier*（十三世紀）の中で描かれている醜悪な女性。この名はフランス北部ではよく見られたが、南部（オック語圏）ではまれで、『フラメンカ』では、不器量で無教養な女としてこの名を持ち出していると思われる。

（73）　宿の主人は、ラウル伯爵がギヨームの兄である（v.1651-2）とはつゆ知らずに語る。ギヨームもとぼけてそれを受ける。彼はお忍びでブルボンに来ているのである（v.2042-3）。

（74）　ここでは、騎士としての振る舞いにおける courtoisie（宮廷風礼法、みやびの道）を示唆している。それは上品、優雅を旨とし、卑賤な行為（vilenie）とは正反対のものであった。

（75）　他人の中にあっては、仕える者たちの評価がその主君への評価につながる。

（76）Huchetは、これを一二二三年または一二二四年の四月二十九日土曜日としている（p.442）。

（77）原詩では《あの（文法）書もそれを言っている》（*so dis artz*）となっている。その著者ドナトゥス Donat, *Aelius Donatus* は四世紀中頃のラテン文法学者。彼の《*Ars major*》と《*Ars minor*》の二著は、中世における代表的な文法書であった。ほかにテレンティウス Térence, *Terentius* とヴェルギリウス Virgile, *Vergilius* の注釈がある。

（78）〈ソース〉（*Salsa*）はいくつかの成分からなる混合物であり、またそれ自体添え物でもある。

（79）《*adiman*》の語義は diamant（ダイヤモンド）, aimant（磁石：磁鉄鉱）.《*aman*》は amant（恋人）.

（80）〔*Que l'*〕*autrui dol badallas son*：直訳では、（例えば死者に対する）他人の悲嘆の涙は、空疎な泣き騒ぎ、といったところ。あえてここで訳出した職業的な《泣き女》（pleureuses）は、すでに古代ギリシア・ローマ時代の葬儀の際にも見られたらしく、その風習は中世のフランス、南イタリア、ギリシア、バルカン諸国、コルシカなどで存続していたとのことであるから、〈彼女たち〉が作者の念頭にあったことも十分考えられる。

（81）毛織り（ウール）のものではなく、穿くのにもっと手間がかかった（例えば）絹製のもの、ということか？

（82）《衣服を着たり脱いだりするたびに、袖を縫いつけたり、ほどいたりする習慣は、その時代のいろいろな作者たちがそれを証言している。トルバドゥールのアマニュー・ド・セスカ Amanieu de Sescas（十三世紀末）も、貴婦人の侍女たちに、いつでも女主人たちの袖を付け直してあげられるよう、糸と針を用意して持っておくよう勧めている》（Lavaud/Nelli, p.758）。

（83）〈マール〉（*marc*）は十一世紀から十八世紀の頃まで全ヨーロッパで用いられていた貴金属の計量単位。一マールは八オンス（一オンス＝二八・三五グラム）に当たる。

（84）《頂き物》とした '*estrena*'（étrenne）は初の贈り物のこと。実のある（*tota plera*, toute pleine）という形容詞は、ここでは〈*estrena*〉として贈られていた果物やクルミをほのめかしている（Lavaud/Nelli, p.760, Huchet, p.442）。

（85）作者はアルシャンボーの場合と比較して、このように言っているのである。

（86）*san Clemen*：四代教皇 Clemens 一世（在位九〇－九？）。聖ペトロの弟子、殉教者（祝日十一月二十三日）。

（87）この自分に向けられた祈りは、護符のように効験あらたかなものとされていた（Huchet, p.442）。

（88）*Dilexi quoniam*：〔旧約〕詩篇第一一六篇の一「われは主を愛する／そはわが声とわが願いとを聞きたまえばなり」。
（89）トルバドゥールの抒情詩の書き出しに、よく見られたモチーフを想起させる。
（90）内陣（choeur, *cor*）は、典礼中聖職者と聖歌隊が占める場所。
（91）聖節（le temps pascal, *lo tems pascal*）は、復活の主日（Pâques/春分後の最初の満月の次の日曜日）から聖霊降臨の大祝日（Pentecôte）までの七週五〇日間。その間にキリストの復活を祝う。
（92）この〈ヴェール〉（voile, *benda*）は《正確にはこめかみ、耳、頬、顎、また必要ならば口までも覆う目隠し布》（Lavaud/Nelli, p.768）。
（93）《素手で十字を切る》という教会内では自然な所作で、彼女は自分の手の美しさを相手（彼）にそっと見させることもできる（idem, p.768）。
（94）*Asperges me hyssopo et mundabor*：「ヒソプをもって、我をきよめたまえ」（詩篇第五一篇の七）。ミサ前の灌水式典礼文の冒頭語。〈ヒソプ〉は清めの祭式に用いられたヤナギハッカの小枝。
（95）*Domine, labia mea aperies*：「主よ、わが口唇を開きたまえ〔さらばわが口なんじの誉《ほまれ》をあらわさん〕」（詩篇五一篇の一五）。
（96）前出注（94）の〈ヒソプ〉が、当初は灌水刷毛（goupillon）として用いられていた。
（97）、（98）「救いのしるし」は復活祭後の六日目に歌われる賛美歌。ここで作者は、この賛美歌が言及する宗教的しるし（十字架）と愛の神が示す世俗的な美しいしるし（陽光）のそれぞれの〈しるし〉を、前者はラテン語（*signum*）で、後者はオック語（*ensena*）で表して、言葉の遊びをしている。
（99）《*confiteor*》：告白の祈り。ミサ中階段祈禱、聖体授与の前などに唱える。
（100）詩句一部脱漏。
（101）前のv.2415で言及されているヴェールで、額に十字を切るために下げているのである。これは恐らくコートとつながっていたのであろう。フラメンカは福音書奉読の初めと終わりに十字を切るのである（Lavaud/Nelli, p.774）。
（102）福音書奉読（Évangile）はミサ聖祭の一部。新年の時のもの（ルカ伝福音書Ⅱ、二一の四行）が一年で最も短い。それに反して、今「あっという間に」終わった白衣の主日〔復活祭後の第一日曜日〕の奉読はヨハネ伝福音書二〇の二五行以上である（Lavaud/Nelli, p.774, Huchet, p.442)。

（103）普通、親睦の接吻はこのように書物ではなく、聖体皿《パテナ》か特別の道具によって与えていた。ここでも先に侍者のニコラは、内陣の中でギヨームとピエール・ギーに、聖体皿でそれを与えている（v.2549-52）（Lavaud/Nelli, p.776, Huchet, p.442)。

（104）教会暦算表（comput, *comtier*）は毎年期日不定の移動祝日（イエス復活の祝日に準じて定まる）を算出する表。

（105）聖霊降臨日（*Pantecosta*）は復活祭後七度目の日曜日。

（106）閏余（*epacta*）は太陽暦に合わせるために、太陰暦に加えるべき日数。通例は一一日。

（107）*mieidia*：前出 v.1450 及びその注（53）を見よ。

（108）ファランドール（farandole）はプロヴァンス地方に古くから伝わる民俗舞踊。手をつなぎ列になって踊る。

（109）五月一日の夜間に、男子の青年たちは未婚の娘たちへ敬意を表するため、彼女たちの家の戸口に〈五月樹〉(arbres de mai, *maias*）を立てていた。

（110）「慈悲」さま（*domna Merces*）は寓意的人物。

（111）この日五月一日は、キリストにより最初に選ばれた一二人の使徒の中の小ヤコブ St Jacques le Mineur とフィリッポ St Philippe の祝日である。

（112）《「歓び」と「価値」と「分別」が栄え、すべての善なるものが更に向上しようとするところ》の〈ところ〉とは愛の神を指す。

（113）〈梨〉（*pera*）には、「信じやすく騙されやすい人」という意味もある。

（114）〈樹脂〉（*resina*）は当時薬剤として用いられていた（Lavaud/Nelli, p.800)。

（115）Phébus, *Phebus*：《ポイボス》はアポロンの称呼の一つ。オリュンポス一二神の一人。音楽、弓術、医術、預言、牧畜の司神で、ギリシア人にとり、あらゆる知性と文化の象徴とされる若くたくましい美貌の青年神。彼には恋の物語も多く、イダス Idas と、マルペッサ Marpessa の愛を争って敗れたり、ダフネ Daphne に恋して追いかけ彼女に逃げられたりしている（ダフネは遁れて月桂樹に化す）。

(116) 三時課(tierce, *tercia*)は、聖務日課の中の午前九時頃の勤め。主の昇天後、聖霊の降臨の時刻に相応する。

(117)《このように「つばきを吐く」のは、十三世紀には婦人たちにおいて、ごく自然な動作であったと思われる》(Lavaud/Nelli, p.804)。

(118)《神羔誦《しんこうしょう》》はミサ用語 *Agnus Dei* の訳。司祭はパンの形色の聖体を分割した後、身をかがめ、両手を合わせ、聖体の上に目を注ぎながらこの祈禱文を読誦する。

(119) *Fiat pax in virtute*:詩篇第一二二篇の七。

(120) ダビデ David は詩篇一五〇篇中約七〇篇を作ったとされている。ソロモン Salomon はダビデの子。前出注(56)を見よ。

(121)《*devinolas*》:十三世紀から十五世紀まで流行して非常によく歌われていた、一連の〈求愛〉の歌と似通ったものではないか。ここの場合は五月一日に歌われていたものである(Meyer, p.341)。

(122)《二つの大きな壁》*doas paretz* は、現実の塔の壁と己の悲観的な想像による壁。《恋人としての掟》*lei d'amador* は、相手を信頼して希望をもつことである。

(123) 前出注(116)を見よ。

(124)《石灰華》(tuf calcaire, *tiure*)は石灰質の水溶液から沈澱した炭酸石灰。温泉付近に多い。

(125) bliaut, *blisaut*:九世紀から十三世紀にかけて男女が着用していた、やや長めのガウン状の上着。胴をバンドで締め、袖は男物の場合長さを手首のところに合わせ、女物はゆったり広げてらっぱ形にしていた。

(126)、(127) アラス Arras とカンブレ Cambrai は、いずれもベルギーに近い北部にあり、今日も繊維・織物産業の盛んな町。

(128) 西洋では〈油〉は古くから、清浄力をもち邪悪を払うものとして民間信仰とともに民間医療においても治療の目的で広く使用されていた。

(129)《(ジュスタン)師のもとで》の義。

(130) 羊のベラン Belin を欺こうとして、説教師に変装したイザングラン Isangrin は言葉巧みに彼にお説教をする。しかしその一部始終を聞いていたルナール Renart は、ベランに用心してだまされぬよう助言する。トルバドゥールの Peire Cardenal は、イザングランを〈えせ坊主〉、〈偽善者〉の原型としている。『フラメンカ物語』の作者はここで、『きつね物語』の未知の挿話をほのめかしている（Lavaud/Nelli, p.834, Huchet, p.443）。

(131) 《修練士》（*morgues novels*）は誓願前の試験期にある見習い修道士。

(132) 《*coelum*》,《*secundum apostolum*》は、ラテン語祈禱文の冒頭のことば。

(133) Châtillon, *Castillon*：この物語の舞台であるブルボン＝ラルシャンボーの東南約一六キロのところにある町。

(134) 当時の学生たちが何か思い出せなかったり、度忘れなどした時に、記憶を呼び戻そうとしてやっていた刺戟法（Lavaud/Nelli, p.838）。

(135) 動詞 *s'apatarir* は、おそらくここでは〈偽善的な信心家になる［またはその役を演ずる］〉を意味すると思われる。〈異端者〉と言っても、それはフラメンカがその顕現であるところの〈愛〉を神とする異端のことである（Huchet, p.443）。

(136) マタイ伝第一〇章一九節。

(137) 今日でもなおフランスの田舎では、鍵を出入り口の扉の下の手の届くところや、閾の石の下に〈隠しておく〉ことがよくある（Lavaud/Nelli, p.844）。

(138) 一時課（prime, *prima*）は、その日の日の出後の第一時、すなわち午前六時頃に行う祈禱。

(139) 前出注（116）を見よ。

(140) フラメンカは〈祝祭の日と日曜日のほかは／塔の外へ出て行くことは一日もなかった〉（v.1416-7）。なるべくフラメンカを人前に出すまいとするアルシャンボーは、教会に入るのは一番最後、ミサが終わると一番にそこから出て行く（v.3207-9）。日曜日も祝祭日も、彼にはない方がよいのである。

(141) 神羔誦：前出注（118）を見よ。

(142) この〈書物〉とは聖務日課書（*breviari*）のこと。前出訳 v.2553-60 を参照せよ。

(143) 前出注（53）を見よ。

(144) トランプの六の札、一（エース）の札。

(145) 以下 v.4022 まで、愛の神とギヨームのやりとり。

(146) Tantale, *Tantalus*：〔希神〕ゼウス Zeus の子。黄泉の国の湖中に顎まで浸され、水を飲もうとすれば水は引き、木の実を食べようとすれば枝は退いて、永久の飢渇に苦しんだ。

(147) Sirène, *serena*：〔希神〕上半身は女で下半身は鳥の形の、人を魅する歌い手である海の精。彼女たちは二、三人が島のうえで歌をうたい、その美声に船乗りたちは島におびき寄せられて上陸、命を失ったという。

(148) この〈呼び声〉（*reclam*）は鷹狩りの用語で、鷹を呼び戻すための合図（叫びや餌の肉）を意味する。後出v.6250の場合も同様。

(149) 《この〈分かち合う歓び〉（la joie partagée）の理論は、より神秘主義的な〈心臓の交換〉（l'échange des cœurs）のそれを補い完全なものとし、近代恋愛理論の樹立に寄与することとなった。それは十三世紀の大部分の人々の意識を変え、彼らに（利己的でない）真実の愛の本質を知らしめた》（Lavaud/Nelli, p.854）。

(150) このギヨームの思惑と、フラメンカの口について出る言葉（v.4131 以下）の内容はかみ合わない。

(151) この括弧内はフラメンカの心の中での独白か?

(152) これは五月十四日の日曜日（Huchet, p.443）。

(153) フラメンカはこの語〈親睦（または平安）〉（*pas*）に、ミサにおける平安の接吻と彼女自身における平安という、二重の意味を与えている。

(154) 聖務日課の定時課（heures canoniales）は、朝課（matines）、讃課（laudes）、一時課（prime）、三時課（tierce）、六時課（sexte）、九時課（none）、晩課（vêpres）、終課（complies）の八つの時課を指す。朝課と讃課は真夜中すぎ、一時課は午前六時頃、三時課は午前九時頃、六時課は正午、九時課は午後三時頃、晩課は日没時、そして夜の祈禱の終課をもって一日の終わりとする。

(155) ここで〈目〉が話しかけている相手は〈耳〉であり、《わが主君》（*mon senor*）とは、目や耳も含む全身の器官の持ち主であり長であるものを指す。即ちギヨーム自身であり、彼の心でもある。

(156) 〈あんたらそれぞれ〉は左右の耳のことであり、ここで〈目〉は〈耳〉たちを《Domnas aurellas》（v.4379）と、奥さん呼ばわりしている。

(157) 《*Manna*》はエジプトを脱出したイスラエルの民に、四〇年間砂漠において神が与えたとされる奇蹟的食物であり、新約における聖体の前表である。

(158)、(159) 〈われわれ〉は目、〈あんたら〉は耳を指す。

(160) 《あの彼女》とはフラメンカを指す。

（161）前出 v.2865-6 の訳を参照せよ。

（162）*Lo romanz de Blancaflor*：ビザンチウムの古文学に由来するといわれ、十二世紀半ばに成立した作者不詳の韻文物語『フロワールとブランシュフロール』*Floire et Blancheflor* は、今日オイル語版のみにより知られている。サラセン王の王子フロワールは、生まれた時から奴隷の娘ブランシュフロールと一緒に育てられる。やがて二人の仲に不安をいだいた父王は、別々に遠いところに引き離す。しかし相思相愛に運命づけられている二人は、方々をさすらった末めぐり合って結ばれる。この内容からも、『フラメンカ』の主人公にその物語を持ち出させている、作者の意図がうかがわれる。

（163）《彼女（アリス）も詩篇集を所有しており、ラテン語を話せるわけである》（Lavaud/Nelli, p.876）。

（164）五月二十一日の日曜日（Huchet, p.443）。

（165）トロイ戦争の勇者アイネーイス Énée, *Eneas* は、トロイ陥落後逃れて諸方を転々としているうちに、海上で嵐に遭いアフリカのカルタゴに漂着する。そこの女王ディドー Didon, *Dido* は彼を歓待し恋するが、彼は神にローマ建国の運命を知らされ、女王を棄ててカルタゴを去ったので、彼女は火葬壇を築きそこに上って自殺する（ヴェルギリウス『アイネーイス』v.2007-144 を参照せよ）。

（166）《二升》（deux muids, *ii. mugz*）の 'muid'（ミュイ）は穀物、液体などの昔の容量単位（地方により異なるが、パリでは小麦・塩の場合一八七〇リットル、ワインは二七〇リットル）、または一ミュイ入りの升・樽。

（167）《すべての善なるものがある所》（*lai on totz bes reina*）とはフラメンカのこと。

（168）この《八日目》は五月二十八日の日曜日。

（169）言うまでもなく、ここで〈教養のないお人〉とは暗に夫アルシャンボーのことを指している。

（170）六月一日木曜日。

（171）前述注（154）を見よ。

（172）この《日曜日》は六月十一日、聖霊降臨《ペンテコステ》の大祝日（キリスト復活日から五〇日目、昇天日から一〇日後の日曜日）（後出 v.4965）。

（173）Courtoisie, *cortesia*：「節度を守りうる者こそクルトワジーを誇りうる。節度、それは気高く優雅に話す術のことである。うるわしく愛する術のことである。もしあなたが人から咎められることを望まないなら、いっさいのみだらな言葉、ばかばかしい言葉や嘲りの言葉を慎まねばならない」（マルカブリュ）。
(174) 聖霊降臨の大祝日（八日間）期間中の月曜日、六月十二日。
(175) この詩句の点線部分は空白。
(176) 聖バルナバ Saint Barnabé, *san Barnabe* は聖マルコの従兄弟、イエスの七二人の弟子の一人。パウロの伝道旅行に随伴、クプロ（キプロス）のサラミスで殉教したと伝えられる。作品におけるこの年の聖バルナバの祝日（六月十一日）は六月十八日に延期された。この祝日が《つつましやかにとり行われた》のは、聖霊降臨の盛大な祝いのあとであったから。
(177) 〈証聖者〉(confesseur, *confessor*) とは、すぐれた聖性の生涯をもって、キリスト教信仰を証明した人。初期教会の迫害時において、当局者の前で敢然としてキリスト信仰を告白して苦難を受けた者のうち、生命を失わなかった者。生命を捧げた者が殉教者とされた。
(178) 次はどう答えるかについて、フラメンカたちは聖バルナバの祝日（この年は六月十八日の日曜日）からイエスの〈先駆者〉聖ヨハネの誕生祝（六月二十四日の土曜日）までの六日間、じっくり考えたことになる。
(179) 六月二十五日。二人は二日続けて意志を伝え合ったことになる。
(180) *Jupiter*：ジュピターともいう。ローマ神話の最高神。天空神として古くより崇拝された。ギリシア神話のゼウス Zeus と同一視されている。
(181) 今の時代でも、くしゃみをした人に《Dieu vous blesse!》（神様のご加護がありますように！）とか《À vos souhaits!》（望みがかないますように！）と言う。
(182) 六月二十九日の木曜日。
(183) 聖ペテロ (Saint Pierre) と聖パウロ (Saint Paul)。
(184) 《それはできなかった》のは、彼女が〈奥まった隅っこ〉(v.4765) に再びはいり、目隠しバンドも元の位置に戻していたから。
(185) 前出 v.3513-6 を参照せよ。
(186) 《油の塗り薬》(onguent, *ongemen*) については、前出 v.3043 および v.3544-5 とその注 (128) を見よ。
(187) 七月二日の日曜日。

(188) 〈*gilos marritz*〉（jaloux marri）と〈*maritz gilos*〉（mari jaloux）は、からかいの気持ちを込めた語呂合わせによる言葉の遊び。

(189) 七月九日の日曜日。

(190) 七月十六日の日曜日。

(191) 七月二十二日の土曜日（聖マグダラ祭）。

(192) 七月二十三日の日曜日。

(193) 七月二十五日の火曜日（〈コンポステラの聖ヤコブ〉（大ヤコブ）はスペインの保護聖人）。

(194) 盗人たちに科せられた刑罰。

(195) 七月三十日の日曜日。

(196) 《*jorn*《ジュウル》 *breu*《ブレウ》 *e*《エ》 *gent*《ジェント》》：これまで二音節の言葉であったのが、唯一これは四音節からなっている。

(197) 聖ペテロは六月二十九日の木曜日にも、聖パウロと共に祝われている（v.5274-5）。

(198) *fin'amor*：〈純粋愛〉、〈至純の愛〉とも訳される。恋する男と意中の貴婦人との理想の関係で、あらゆる偽りの不誠実な愛と対立する。

(199) *fin aman*：〈完全な愛〉（v.5537）を体得した恋人。

(200) オヴィディウス『愛の技術』*Ars Amatoria*, IV, 11-2『恋愛歌』*Amores* I, 1, 13 & I, 2, 23-32 (Huchet, p.444).

(201) 〈肉豆蒄《にくずく》〉（noix muscade, *noz muscada*）はニクズク科の常緑高木。種子は三センチほどの長さの楕円形。乾燥して種皮を除いた胚乳は灰色で、しわがあり、これをニクズクと呼ぶ。薬用または調味料として用途が広い。

(202) 八月二日の水曜日。

(203) ギヨームは宿屋の主人に、太陰月の九日目（上弦の月の時）は入浴するのによい日だと言っていた（v.3259-60）。ここでフラメンカが、月が《力を盛り返す》と言っているのは、新月の細い月から満月へ移行し始め、除々にその輝きを増してくるという義。

(204)、(205) 八月一日の火曜日（前出 v.5516-7 も見よ）。

(206) 'oc' はオック語で 'oui'，即ち承諾の意味。

(207) 八月二日の水曜日。

(208) *Quar de mi seres tost desliures*：逐語訳では「やがてあなたは私から解放されるでしょうから」。妻（フラメンカ）の皮肉をまじえた夫への〈おどし〉。
(209) 入浴の効用を妻から聞かされても釈然としない、疑念と恨めしさを表している《浮かぬ顔》。
(210) 《開口部》（*pertus*）は、建物内の出入り口、透き間、穴、通気孔などの総称。
(211) *Mais nous penses ques iem despueille*：字義通りの訳は「私が衣服を脱ぎに行くと思わないでほしい」。
(212) この《半ズボン》（braies《ブレ》, *bragas*）は、中世初期ゴール人たちが着けていた、ゆったりして膝の下のところで締まった伝統的な衣服。
(213) *Rens*（Reims）：フランス北部、パリ東方一三〇キロのところにある都市。付近はシャンパン（酒）の本場で、古くから織物の町としても知られ、その伝統は現在も木綿、麻、レーヨンなどの繊維工業によって引き継がれている。
(214) この《長靴下》（chausses, *cassas*）は、中世の男子が着用していた脚部を覆うタイツ（bas-de-chausses）と思われる。
(215) 聖職者は頭頂部を円形に剃髪し、それは〈剃冠〉（*corona*）と言われていた。これについては前出の v.3548 以下を見よ。
(216) この《血の気のない顔色》については前出の v.3031-4 を参照せよ。
(217) 前出 v.5010 の《愛の礼法》とその注（173）を見よ。
(218) この《お方》とは愛の神を指す。
(219) *fin'amor*：ほかに〈完全な愛〉、〈精微の愛〉などと訳されている。前出 v.5537 の《完全な愛》およびその注（198）を見よ。
(220) ご亭主（アルシャンボー）の方も負けずにひとつ、トネリコの木の下で踊りの輪に加わり、恋人探しをなされてはいかが、との揶揄。これは今日俗語の言い回しにある《attendre *sous l'orme*》（ニレの木の下で待つ〔待っていても相手は来ないよ〕）と同類のものと思われる。
(221) 《少し湿り気を帯びた顔》は、実際は入浴しないのに、湯上りしたような顔をして、夫（アルシャンボー）をだますため。

(222) この〈汗〉（sueurs, *suzors*）は、不安や恐れなど緊張した時にかく〈冷や汗〉のことと思われる。

(223) 〔旧約〕出エジプト記一六：一四－三六。

(224) 原文は《*Qui non sap non sap*》（知らない者は知らない）.

(225) この挿入語句は Meyer, p.228, Lavaud/Nelli, p.963 による。

(226) 聖ヨハネの祝日には、恋人どうしの男女が互いの愛を確かめるため、藺草《いぐさ》の茎の両端を持って引っ張り合いをしていた。その茎のちょうど真ん中で切れると、二人の愛の度合いは等しい（相思相愛）とされ、そうでない場合、双方の手に残った茎の長短で相手に対する思いの尺度にしていた（Lavaud/Nelli, p.964, Huchet, p.444）。

(227) この挿入語句は Meyer, p.230, Lavaud/Nelli, p.967 による。

(228) 《*Pos sera venguz a reclam*》：この詩句中の 'reclam'（呼び声）は、狩猟用の鷹を手の上に呼び戻すための呼び声、またはそのための鳥獣の肉片を意味していた鷹狩りの用語。

(229) オヴィディウス『愛の技術』*Ars Amatoria* I, 664 を参照せよ。

(230) オヴィディウス、同右書Ⅲ, 69-72 を参照せよ。

(231) 八月三日の木曜日（の朝）。

(232) 前出 v.5838-9 を参照せよ。

(233) 〈愛のゲーム〉はチェッカー盤（damier）上での勝負にたとえられている。

(234) 《誘い》（invite, *envitz*）はトランプなどのゲーム用語（誘い札：コール）。

(235) 前出 v.5866 およびその注(219)を見よ。

(236) 原詩の *Mais los e[s]gartz simples e purs*…（v.6588）に対し、続く詩句 *Plus douzes e plus suboros* の脚韻は適合しないから、これら二つのいずれかが改竄されたか、むしろ二行欠漏していると思われる（Nelli, p.984）。

(237) ここで〈ベルト〉と訳した原語は《*faissolas*》. 文脈から判断すると、コルセットの代わりをする帯状の物。いずれにせよ、女性の衣装のかなり秘められた部分である（Meyer, p.355）。

(238) 心と恋人同士がここでは混ざりあい一つになる。

(239) フラメンカがここでまたギヨームと会うのは、前日からの約束であった（v.6525-8）。

(240) 八月二日の水曜日（v.5755）から十一月三十日の聖アンドレア祭（その年は木曜日）まで。聖アンドレア

saint André, *sant Andrieu* はキリストの一二使徒の一人。シモンとペテロの兄弟でベトサイダ出身の漁夫。とくに黒海沿岸地方で伝道し殉教した。民俗的風習として、その祝日の夜にみた夢は実現されると信じられ、また聖アンドレアは一般に結婚の仲人をするとも考えられている。

(241) 城主の奥方は自分の夫が部屋などに入ってきた時は、立ち上がり彼に敬意を表して、頭巾（被り物）を脱ぐのが普通（Nelli, p.988）。

(242) *E prendes, si-us plas, la palmada*：字義通りの訳は「それで手を打ちましょう」。合意（交渉成立）のしるしに両者が手と手を打ちあうのは、今日でも南フランスの定期市でみられる。

(243) このようなフラメンカの夫に対するかなり不遜な誓いからだけでも、アルシャンボーの心の内での豹変ぶりが十分了解される。おそらく作者はこの欠漏部分で、より心理的なほかの動機をつけ加えていたのであろう…いずれにせよアルシャンボーはこれ以後、やきもちも焼かず妻を監視することもなくなる。Raynouard も言っているように、フラメンカは夫の彼女への厳しい態度も恕《ゆる》せると思うようになった時、かねてもくろんでいた粋な策略を実行したのである（Nelli, p.988）。

(244) おそらくアルシャンボーの、彼の配下の者たちに対する個人的な（またはたぶん全体的な《慣習》の）譲歩にかかわるものであろう。Meyer もこの領主が臣下たちに、何か新たな譲歩を要求するには一年以内は広場で集まることを禁じたものと思う、と言っている。一一四五年から一二〇六年の間に、ブルボンの歴代領主は自由都市 villes franches の数を増やしている。ここではアルシャンボー八世が一一九五年、ブルボンの町に付与した自由都市認許のことをほのめかしていないだろうか（Nelli, p.990）。

(245) le Rhône, *Rosers*：フランス南東部の川。全長八一二キロ。スイスのサン・ゴタール山塊に発し、スイスとフランスを流れてマルセイユの西で地中海に注ぐ。

(246) la Garonne, *Garona*：フランス南西部の川。ロワール川、ローヌ川とともにフランスの代表的大河。全長六五〇キロ。スペインに源を発し、フランス南西部のアキテーヌ盆地をうるおし、大西洋の入江ビスケー湾に注ぐ。

(247) 地中海と大西洋を指す。

(248) またおそらく入浴もしたであろう。彼が《頭を洗った》というのは、周囲の者たちにとっても意外な（cf.

v.1549 sq.）おめでたい〈ニュース〉になったであろう。

(249)《二人きりでも》（*a celat*）は「ひそかにでも」「こっそりとでも」と同義。

(250) 前年の復活祭は四月二十三日に当たっていたから、続く年は四月の初めになるはず。復活祭（Pâques）はキリストが死後三日目に蘇ったことを記念し祝う日で、春分（三月二十一日）後の最初の満月の次の日曜日に祝われる。《移動祝日》に属し、毎年一定せず三月か四月のいずれかの月になる。

(251) 前出 v.3235-47 を参照せよ。

(252) あと二か月で一月というところである（v.6659）。従って五月となるとあと七か月。予告された騎馬試合（v.6707）は復活祭後の一五日目に催されることになっており（v.7203, 7689）、復活祭は四月の初めに当たり《五月の朔日》はごく近いことになる。

(253) 前出 v.922 の注（38）を見よ。

(254) 長引いた入浴のあとだから。

(255)（ギヨームが出立する前には）喜んでいたどんなことも。

(256) 言い換えると、「彼の信頼と愛情を取り戻せないようになるのを恐れて」。

(257) フランドル（Flandres, *Flandris*）は現在のベルギー西部とそれに隣接するフランスおよびオランダの一部を含む、北海沿岸の旧地方名。

(258) ヌムールのギー伯爵（v.43, 188）。

(259) 宿の女将ベルピルの言葉をあわせて参照せよ（v.1917-9）。

(260) 四旬節（Carême, *carerma*）は灰の水曜日（mercredi des Cendres）から復活祭の前日まで、日曜日を除く四〇日間、荒野でのキリストの断食を想起する悔悛の期間。四旬節は年の終わりの近いことを示し、十二世紀初頭以来、復活祭の前の〈聖土曜日〉（le samedi saint）から新しい年が始まっていた。

(261) ブラバン（Brabant, *Braiman*）は旧公国ブラバント。現在はベルギー中部の州でその中心はブリュッセルであるが、十一世紀以降の公国の首都はルーヴァン（Louvain, *Lovan*）であった。

(262) Grimm はこの紺青の紋地に金色のゆりの花を配した紋章の中に、ブルボン家の跡取り娘ベアトリス Béatrice が、ルイ九世の六番目の息子ロベール・ド・クレルモン Robert de Clermont と結婚（一二七二年）して後のブルボン家の大紋章《アルモワリー》との類似が認められる、と言っている。だとすると、この物語は一二七二年より以前のものでないことも考えられる（Huchet, p.445）。

(263) 《槍先たんぽ》（boutons, *botos*）は、稽古用の槍先についた綿を丸めて皮で包んだもの。

(264) ヌムール（Nemours）は、ジョスランとフラメンカの実父ギー伯爵の居城のあるところ。

(265) この書簡（*breu*）は羊皮紙に書かれている。

(266) この欠漏部分は、おそらく「喜んでこれをそっちで預かっておいてもらおう」といった意味のことであろう（Nelli, p.1008）。

(267) ここで持ち出されている書簡体の詩（saluts, *salutz*）は大抵の場合、平韻で八音節詩句からなる韻文詩。トルバドゥール詩の中でも作品数の少ないジャンルで、詩人が意中の奥方に敬意を表し、彼の愛を受け入れてくれるよう願い出る内容のものである。ここでの詩の内容（v.7099 以下）は空白になっている。

(268) 羊皮紙上の愛の書簡には、このような微細画による花模様や飾り文字が施されていた。

(269) 前出 v.6890-6 を参照せよ。

(270) 《帯の折り畳み方》は転義で「だます」、「惑わす」こと。バンドを使い、それを折りたたんだりして、その絡み合いや結び目などで人目をごまかし楽しませる手品芸を連想させる。

(271) （もしもそのような債務契約を結んでいたら）四旬節までの期間は彼女たちには長すぎるどころか、短すぎるように思えたろうから。オイル語の諺に「復活祭に支払うべき借金をしたまえ、そうすれば四旬節までの期間を短く感じるだろう」というのがあるが、同じような諺がオック語でもあったに違いない（Nelli, p.1014）。

(272) *Le pros marques de Monferrat*：イタリア北部地方のロンバルディアに、九九一年に没した初代侯爵（Aleran）を祖とする名門一族がいた。中でも最も有名なのは、一二〇四年から一二〇七年までギリシア北部の港町テサロニキの王で、第四回十字軍指揮官の一人であったBoniface de Monferrat（一二〇七年没）である。

(273) 《ツノクサリヘビ》（*drasca, cerastes*）は北アフリカ・サハラ砂漠などにすむ夜行性のヘビ。目の上のうろこがちょうど角のようになっている。

(274) 《黒金象眼》の〈黒金《ニエロ》〉は、銀、銅、鉛、硫黄から成る黒色の金属で、金銀細工品の象眼に用いられる。

(275) 前年の復活祭は四月二十三日の日曜日だったから、その年の復活祭はおそらく四月十日頃がその日に当たっているはず。その騎馬試合は四月二十五日頃から始まったと思われる（Lavaud/Nelli, p.1016）。
（276）このような会での大盤振舞いは、それを催すものにとって己の権勢を誇示し、信望を集めるための絶好の機会であったと思われる。
（277）《大会の女王》は〈la dame de tournoi〉（トーナメントの奥方）、即ちこの会の主催者の妻であるフラメンカのこと。
（278）皆の目には、ギヨームとフラメンカは未知の間柄であったと映っているのである。
（279）《御機嫌伺い》の相手はもちろんフラメンカ。
（280）saint Michel, *sanz Miquels*：〔旧約〕聖ミカエルはユダヤ教、キリスト教およびイスラム教における大天使の一。キリスト教では、教会においては異教徒と戦うキリスト教徒の助力者であり、悪者に対する個々の信者の保護聖人として尊敬されてきている。
（281）〔旧約〕カイン（Caïn, *Cayms*）とアベル（Abel, *Abels*）は兄弟、アダムとイヴの子。長子カインは農耕を、弟アベルは牧畜を業とした。二人は共に神に供物をしたが、子羊の犠牲を献げたアベルの供物だけが神に受け入れられたため、兄のカインは嫉妬して怒りアベルを絞殺し、人類最初の殺人者となった（創世四）。
（282）前出の《ベルモンの美女》（v.7098）のところを参照せよ。
（283）前出 v.7359-65 を参照せよ。
（284）《鎖かたびら》（haubergeon, *albergot*）は 'haubert' という一般の〈かたびら〉よりもっと短い、鎖の環の編み目のひとえの上衣で、会合などに出掛ける場合に着用していた（Lavaud/Nelli, p.1030）。
（285）Nantes（*Nantas*）：フランス西部、パリの南西約一六〇キロのところ、ロワール川の支流であるエルドル川とセーブル・ナンテール川の合流点に位置するロワール・アトランティック県の主都。
（286）Sanlis（*Sanliz*）：パリの北、オワーズ県内の郡庁所在地。
（287）〈リーヴル〉（livre）は重量単位で一リーヴルは五〇〇グラム、二〇リーヴルは一〇キログラム。
（288）Auxerre, *Aussurra*：パリの南東約一六〇キロのところ、ヨンヌ川に面したヨンヌ県の県庁所在地。
（289）オヴィディウス Ovide（前四三－後一七頃）：ローマの詩人、スルモ Sulmo 生まれ。はじめ法律家として世に出たが、これを嫌い作詩に転じた。『恋愛歌』*Amores* や『愛の技術』*Ars amatoria* などの作者として名声を馳せた。
(290) 前出注（83）を見よ。
(291) 《飾り紐》（cordons, *cordos*）は絹製（ここでは宝石の飾り付き）で、愛または友情の証《しるし》として与えられていた。
(292) 《上衣（寛衣《ブリオー》）》（bliaut, *blisaut*）は通常リンネルまたは絹でできた男子または女子用のトゥニカ（古代人が着た長めのシャツ、婦人用上着の一種であるチューニック）。
(293) ボエティウス Boèce（四八〇－五二四）はローマ生まれの哲学者、政治家、詩人、音楽評論家。時のイタリアの支配者東ゴート王テオドリックに仕えたが、反逆罪の廉で投獄され処刑された。その獄中で詩歌まじりの散文で『哲学の慰め』*De consolationé philosophiae*（五巻）を書いた。これは中世以来広く愛読されたが、音楽評論家としても古典古代における音楽論の集大成とされる『音楽論』*De institutione musicae*（五巻）を著している。
(294)、(295) 〈ギャロップ〉は乗馬で最も速い駆け方（襲歩）、〈トロット〉は軽い駆け足（速歩）。
(296) 〈しるし〉（enseignes, *seignals*）は、同じ軍勢に属する騎士たちの識別標や、試合のために忠誠を誓った貴婦人たちからもらったリボンなど。
(297) Nevers, *Nevers*：ヌヴェールはブルゴーニュ地方にあるニエーヴル県の県庁所在地。
(298) Marche, *Marca*：マルシュはフランス中部の旧地方名。現在のクルーズ県とオート＝ヴィエンヌ県の一部にあたる。
(299) 〈純粋な歓び〉（fine joie, *fis jois*）は、フラメンカとギヨームのあいだに示し合わせている〈喜び〉を暗にほのめかした表現。
(300) ローマの叙情詩人ホラティウス Horace, *Oracis*（前六五－八）の二巻二一編からなる『書簡詩』*Epistolāre* I, 2, 69-70 を参照せよ。
(301) ルーヴァン Louvain はベルギー中部にある町。この Gontaric と呼ばれていたという人物は知られていない（Lavaud/Nelli, p.1050）。
(302) *le coms Amfos*：おそらく、一一四八年から兄（弟？）と領地を共同支配した、トゥールーズのアルフォンス二世のことと思われる（idem., p.1050）。

(303) *Gaufre de Blaia*：ブライユ Blaye はジロンド県郡役所所在地。十一世紀から十三世紀にかけて、ブライユの数人の領主は同名の Jaufre（Geoffroi）であった。その中には〈遙けき愛〉（*amor de lonh*）の伝説で有名なトルバドゥールの Jaufré Rudel（十二世紀中葉）もいる。

(304) Guillem de Bouvila という人物が一二四四年にトゥールーズのレイモン七世により、騎士に叙任されている。*Bouvila* はロッテ=ガロンヌ県の Beauville（小郡役所所在地）のことなのか？ ペリゴール地方にある Bouville のことか（Lavaud/Nelli, p.1052）？

(305) Lusignan, *Losina*：リュジニャンはポワトゥー=シャラント地域圏内のヴィエンヌ県（Vienne）小郡役所所在地。

(306) Anduze, *Andusa*：アンデューズはラングドック地方ガール県（Gard）の小郡役所所在地。

(307) *En Aimerics duc de Narbona*：一〇三〇年から一三八八年までのナルボンヌの九人の子爵（Vicomtes）は、エムリー Aimeri という同名であった（Lavaud/Nelli, p.1054）。

(308) *Guillems de Mompeslier*：このギレム Guillem（Guillaume）は、モンペリエの歴代領主が襲名したもの（idem., p.1056）。

(309) Constantin, *Costanti*：コンスタンティヌスI世〔大帝〕（二八〇?-三三七）、ローマ皇帝（三〇六-三三七）。

(310) Gautier, le comte de Brienne, *Gautiers le coms de Brena*：十一世紀から十四世紀までシャンパーニュ地方のブリエンヌ伯爵家には、五人の同名のゴーチエがいた（Lavaud/Nelli, p.1056）。

(311) le vicomte de Turenne, *lo vescomte de Torena*：チュレンヌはリムーザン地方のコレーズ県（Corrèze）内にある小村。

(312) ロデズ Rodez はエルグ地方アヴェロン県の県庁所在地。かつてのここの伯爵領主たちは、トルバドゥールたちを保護した。中でもアンリ一世（一二一四-一二二二?）には自作の詩も残っている。

(313) Cardaillac, *Card[a]illac*：カルデヤックはミディ=ピレネー地方のロット県フィジュアク（Figeac）の北約一〇キロのところにある（Lavaud/Nelli, p.1060）。

(314) Flandres, *Flandris*：ネーデルラントの南西部を占め、現在のベルギー西部を中心に、フランスおよびオランダの一部を含む地域。

解説

中世期ヨーロッパ文学にさきがけ、宮廷風愛の理念を掲げて南フランスの宮廷を中心に発展し、十二世紀後半最盛期にあったオック語叙情詩は、十三世紀初頭に勃発したアルビジョワ十字軍戦争(一二〇九―一二九)を境に、衰退への道をたどることになる。戦乱による諸侯の没落が、彼らの保護の下にあったトルバドゥールの文芸も巻き添えにし、一変した政治的・社会的状況の中で、その文芸の中核をなしていた独特の愛の理念は徐々に効力を失い、詩人たちの感興をそそる対象の座から遠のいていったのである。

一方、ロマン(物語風作品)の分野では、北フランス(オイル語圏)の方が十二世紀中に先鞭をつけ、クレチアン・ド・トロワ(一一三五頃―八三頃)にもその影響が色濃く認められるように、南部の恋愛理念を引き継ぐことにより真の開花をとげ、その種子は更にヨーロッパの各地へ伝播して〈西欧的愛〉へと発展した。その間、北部では十二世紀末から十三世紀初頭にかけ、多くの作品に好んで盛り込まれていた超自然的要素を拒む新しいタイプのロマンが現れる。それはジャン・ルナール(十二世紀末―十三世紀初頭)(1)などの作家に見られるように、より真実らしい枠の中で具体的に人物や生活の情景を描写しようとするもので、もっとさかのぼれば、クレチアン・ド・トロワと同時代のゴーチエ・ダラス(2)あたりからの流れを汲むものであった。宮廷風愛のエッセンスである《fin'amor》(至純の愛)は、ジャン・ルナールなどを経たのちも一部の作家たちの中で根強く生き残り、『ヴェルジ城主の奥方』(十三世紀中葉)(3)のような優れた恋愛物語の着想を与えた。しかし十三世紀も終わるころには、フランスの南北を問わず一種の現実主義ないし自然主義の風潮が一般化した。それは教会が望んだ新しい方向と一致するもので、恋愛も結婚のため以外は罪とされた。そのような時勢の下で、禁欲による一時的精神の高揚に基づくトルバドゥールの〈愛〉は、いかなる意義も失ってきていた。

ところで、南部の方ではロマンはどうであったろうか。中世オック語文学が今日まで伝えている作品数は、わずか一〇篇ほどにすぎない。しかもその殆どは、ただ一種類の写本によるものである。このような数の上での保存状況は、動乱期中に亡失したものもあったにせよ、それほどでなかったこのジャンルに対する関心の度合いを示すものであろう。事実南フランスでは、ロマンの伝統は『ジョウフレ』、『ブランダン・ド・コルヌアーユ』、『バルラームとジョザファ』などの場合のように、古い伝説の翻案や模倣の形で細々と命脈を保っていたのである。(4)

ここに訳出した『フラメンカ物語』は、先に述べた〈新しいタイプ〉のロマンで、この種のもので中世オック語文学がわれわれに残してくれた唯一の貴重な作品である。《オック語文化の真髄の最後の輝かしい表出》(R・ネリ)(5)、《オック語で書かれた物語中最も魅力的なものの一つで、おそらく最も独創的な作品》(H・-I・マルー)(6)、《オクシタニーの華やかな社会、その文明と高度な文化や趣味嗜好を最も忠実に伝える資料》(J・ルーケット)(7)、叙述の的確さ、文体の優雅さ、洗練されたエスプリ、ラ・フォンテーヌやヴォルテールの物語《コント》を思わせるそれとない巧みな風刺などからも、《文句なしの一流作品》(A・ジャンロワ)(8)と、今日この物語に対する評価はきわめて高い。しかし、後述の創作年代とも合わせ考える必要があるが、世俗的題材に〈姦通の〉宮廷風恋愛を組み込んだこの作品が、この種の文学に冷淡になっていたと思われる南フランスの社会において、世評にのぼるほど持てはやされなかったとしても不思議ではない。八音綴詩句平韻八〇九五行(冒頭と最後の部分毀損)のこの物語も、他の大方のオック語によるロマンの場合と同様、今日ただ一つ残された筆写本(カルカソンヌ市立図書館蔵)によって、その存在を知ることができるのである。(9)なお、《Le Roman de Flamenca》(フラメンカ物語)という表題は、写本の冒頭部分が欠け不確かであったのを、前世紀にこの学問分野の泰斗レヌアールが選んで付したものである。(10)一八六五年、ポール・メイエルにより訳付きで最初に公刊され、一九〇一年に同人により再版された。(11)

作者は不詳。作品中に聖書、古代の物語、民間伝承の話などをふんだんに織り込む豊かな学識からも、作者は教養のある聖職者で、書かれた場所は、言語学的特徴から、現在のアヴェロン県を含むルエルグ地方であろうと一般に考えられている。(12)物語の舞台はフランスのほぼ地理的中心にあるブルボン=ラルシャンボーで、登場人物は北部のフランス人たちである。この物語において、知られざる作者は、該博な知識を駆使して描くすべてのものを、抜群の同化能力によって結びつけ調和させ、当時のフランス南北の精神を完全に統合することに成功している。(13)

創作年代については、十三世紀のどの時期のものか、いろいろ主張が分かれ定説とされるものはない。レヌアールは作品中に挙げられた典礼の祝祭日から割り出して、一二六四年以後に書かれたとは考えられないとし、(14)レヴィユーは一二三四年頃と主張、メイエルは一二二〇年と一二五〇年の間の作と結論している。(15) シャルル・グリムは、物語で言及されている《紺青の地に金色の花》（六九九七―八行）というブルボンの領主アルシャンボー（フラメンカの夫）の家紋が、実際にブルボン領主家の跡取り娘ベアトリスが一二七二年、ルイ九世（聖王）の第六子ロベール・ド・クレルモンと結婚した後のブルボン家の紋章に類似している点に着目し、一二七二年以前のものでないという十三世紀末葉説を主張した。(16)

この問題で主流をなしてきたのは、ジャンロワ以来の一二四〇年から一二五〇年、ないし十三世紀中葉の作とする説であった。しかし今日、グリム説寄りの立場をとる者も多く、流れがその方に移行してきているような印象さえ受ける。この分野の現代の権威者の一人ピエール・ベックは、グリムの独創性を認めながら説得力を欠くとして、信憑性の点でジャンロワ説の方を支持しながら、『フラメンカ物語』はアルチュール王物語群のオック語版『ジョウフレ』（一二二五―八年作）や『ばら物語』の前篇（一二二五―四〇年作）より後年のものであるとしている。(17) しかし、一九六〇年にジャンロワ路線にあることを表明していたルネ・ネリは、その後一九六三年と一九七九年に刊行された著書では、《一二七〇年頃》《一二七〇年または八〇年》と、十三世紀末葉説の方に傾いてきている。(18) 最近の新しい文献にも、この傾向が表れている。

この翻訳には底本として、*Le Roman de Flamenca, publié d'après le manuscrit unique de Carcassonne, traduit et accompagné d'un vocabulaire. Deuxième édition entièrement refondue par Paul Meyer*（Slatkine Reprints, 1974）を使用し、J.-Ch. Huchet, *Flamenca, roman occitan du XIIIe siècle*（Union Générale d'Editions, 1988）, R. Lavaud et R. Nelli, *Les Troubadours - Jaufré, Flamenca, Barlaam et Josaphat*（Desclée de Brouwer, 1960）を参照した。

謝辞　この物語の全訳は、平成十一年から二十年まで足かけ一〇年にわたって一一回『福岡大学人文論叢』に掲載していただいたもので、福岡大学で同僚として教職にあった時から長年昵懇の間柄である毛利潔教授のお勧め、九州大学出版会編集部の永山俊二部長の寛大なご理解、それに奥野有希さんはじめスタッフの方々のご尽力に負うところが大きい。特記して深謝の証としておきたい。

注

（1）Jean Renart：生没年代、生涯については一切不詳。明らかに彼の作品とされるのは『影の短詩』*Le Lai de l'ombre*（一二二一頃）のみであるが、『とび』*L'Escoufle*（一二〇〇－一二）、『ギョーム・ド・ドール』*Guillaume de Dole*（一二〇八－一〇）も作品に含まれているアナグラムから、また『ガルラン・ド・ブルターニュ』*Garlan de Bretagne*（一二二五頃）も彼の作と推定されている。

（2）Gautier d'Arras：シャンパーニュの宮廷作家。クレチアン・ド・トロワのライバルでもあった。一一六四年と一一七一年の間にマリ・ド・フランスの短詩から想を得た『イルとガルロン』*Ille et Galeron* と、聖者伝と歴史物語の中間の『エラクル』*Eracles*（一一六五頃）を書いている。

（3）*Châtelaine de Vergi*：作者不詳。八音綴詩句九五八行から成るこの繊細典雅な恋物語が広く人気を博していたことは、十四・五世紀ヨーロッパ各地で多くの模倣作品が現れ、またその写本が今日一八種以上残されている事実からも推測しうる。

（4）*Jaufré*（作者不詳。八音綴詩句一〇九五〇行／一二二五－八）と*Blandin de Cornouaille*（作者不詳。八音綴詩句二三九四行／十三世紀末－十四世紀初頭）はオック語版アルチュール王物語。*Barlaam et Josaphat*（十三世紀末－十四世紀初頭）は仏陀に関する伝説をキリスト教化した散文物語。これらについては、同名表題の拙論（福岡大学人文論叢　第六巻　第二・三号（昭和四十九年）、第八巻　第二号（昭和五十一年）、第七巻第一号（昭和五十年））を参照せよ。

（5）R. Nelli, *Troubadours & trouvères*, Hachette, 1979, p.63.

（6）H.-I. Marrou, *Les troubadours*, Éd. du Seuil, 1971, p.40.

（7）J. Rouquette, *La Littérature d'oc*, Presses Universitaires de France, 1968, p.40.

（8）A. Jeanroy, *Histoire Sommaire de la poésie occitane*, Slatkine Reprints, 1973, pp.96-9.

（9）テキストは一三六葉の羊皮紙（二一五×一四〇ミリ）の裏表に、横一段二九（もしくは三〇）行の割り付けで筆写されている。

（10）R. Lavaud et R. Nelli, *Les Troubadours*, Desclée de Brouwer, 1960, p.621. François Raynouard（一七六一－一

八三六）は言語学者、文献学者、作家。特にトルバドゥールの言語・文学研究へ道を開いた先駆者。

（11）A. Jeanroy, op. cit., pp.96-7 note. Paul Meyer（一八四〇－一九一七）はロマン語学者。コレージュ・ド・フランス教授、パリ古文書学校長をつとめた。

（12）《（作者は）教養のある聖職者で、Aveyron, Gard および Lozère 県の境界地帯の、有力な男爵領・領主 Roquefeuil 家の側近として生きた人物と思われる》（P. Bec, *Nouvelle Anthologie de la Lyrique occitane du Moyen Age*, p.291）《また、言語上の多くの特徴が示すように、この物語が Aveyron 県内の Rouergue 地方の、おそらく Nant に近いベネディクト会修道院において書かれたことは、ほぼ間違いない》（Huchet, *Flamenca*, p.11）。

（13）R. Nelli, *Troubadours & Trouvères*, p.63.

（14）F. Raynouard, *Les Notices et Extraits des manuscrits*, pp.80-132.

（15）P. Meyer, *Flamenca*, Ire éd., p.xxi.

（16）Ch. Grimm, *Etude sur le Roman de Flamenca*, pp.85-90.

（17）P. Bec, op. cit.（注（12））, p.291.

（18）*Les Troubadours*, Desclée de Brouwer, p.622（1960）, *L'érotique des Troubadours*, Privat, p.62（1963）, *Troubadours & Trouvères*, Hachette, p.63（1979）.

参考文献

P. Bec, *Nouvelle Anthologie de la Lyrique occitane du Moyen Age*, 1972

Ch. Grimm, *Etude sur le Roman de Flamenca*, 1930

J.-Ch. Huchet, *Flamenca, roman occitan du XIIIe siècle*, Union Générale d'Editions, 1988

A. Jeanroy, *Histoire Sommaire de la poésie occitane*, Slatkine Reprints, 1973

R. Lavaud et R. Nelli, *Les Troubadours -Jaufré, Flamenca, Barlaam et Josaphat*, Desclée de Brouwer, 1960

H.-I. Marrou, *Les troubadours*, Éd. du Seuil, 1971

P. Meyer, *Le Roman de Flamenca, publié d'après le manuscrit unique de Carcassonne, traduit et accompagné d'un vocabulaire, Deuxième édition entièrement refondue par Paul Meyer*, Slatkine Reprints, 1974

R. Nelli, *Les Troubadours*, Desclée de Brouwer,1960

R. Nelli, *L'érotique des Troubadours*, Privat,1963

R. Nelli, *Troubadours & Trouvères*, Hachette, 1979

J. Rouquette, *La Littérature d'oc*, Presses Universitaires de France, 1968

訳者紹介

中内克昌（なかうち　かつまさ）

1928年，福岡県に生まれる。1953年，大阪外国語大学フランス語学科卒業。1957年，九州大学大学院文学研究科修士課程修了。以後約10年間，フランス系酸素会社，在日フランス大使館で実務（翻訳担当）に携わる。1969年から35年間福岡大学に在職。現在，同大学名誉教授。

著書：『アキテーヌ公 ギヨーム九世 ── 最古のトルバドゥールの人と作品 ──』九州大学出版会，2009年

フランメンカ物語《ものがたり》

2011年10月20日　初版発行

訳　者　中　内　克　昌

発行者　五十川　直　行

発行所　㈶九州大学出版会

〒812-0053　福岡市東区箱崎7-1-146
九州大学構内
電話　092-641-0515(直通)
振替　01710-6-3677

印刷／城島印刷㈱　製本／篠原製本㈱

ISBN 978-4-7985-0053-9

アキテーヌ公 ギヨーム九世
最古のトルバドゥールの人と作品

中内克昌　　A 5 判・188頁・**3,200円**(税別)

高い身分にありながら奔放に生き，非常に個性的であったといわれるアキテーヌ公ギヨーム九世。中世南仏文学の担い手であったトルバドゥール（吟遊詩人）の祖とされる彼は，それまでの女性観を変革し，女性を対等な人間として扱う新しい愛の理想を発見した先駆者でもあった。現存する 11 篇の詩作品とその解説，またその生涯や言語の分析を通し，人物像を浮き彫りにする。

ISBN 978-4-87378-996-5

九州大学出版会